古人为何要留胡子

谈艺论文录

沈从文

人文三书

刘红庆 编

新星出版社

NEW STAR PRESS

图书在版编目（CIP）数据

古人为何要留胡子：谈艺论文录 / 沈从文著．—— 北京：新星出版社，2017.3

（沈从文人文三书）

ISBN 978-7-5133-1265-3

Ⅰ．①古… Ⅱ．①沈… Ⅲ．①随笔–作品集–中国–现代 Ⅳ．① I266.1

中国版本图书馆 CIP 数据核字（2017）第 036283 号

古人为何要留胡子：谈艺论文录

沈从文 著

责任编辑：高晓岩

责任印制：李珊珊

装帧设计：冷暖儿

出版发行：新星出版社

出 版 人：谢 刚

社　　址：北京市西城区车公庄大街丙3号楼　100044

网　　址：www.newstarpress.com

电　　话：010-88310888

传　　真：010-65270449

法律顾问：北京市大成律师事务所

读者服务：010-88310811　service@newstarpress.com

邮购地址：北京市西城区车公庄大街丙 3 号楼　100044

印　　刷：北京汇瑞嘉合文化发展有限公司

开　　本：910mm × 1230mm　1/32

印　　张：9

字　　数：200千字

版　　次：2017年3月第一版　2017年3月第一次印刷

书　　号：ISBN 978-7-5133-1265-3

定　　价：48.00元

出版者的话

沈从文（1902—1988），原名沈岳焕，苗族，湖南凤凰人，作家，文物研究专家，代表作有《边城》《湘行散记》《中国古代服饰研究》等。众所周知，沈从文先生的创作开创了中国现代抒情文学的新路，他对中国古代文物的精湛研究，提升了我们对文明进程的理解水准。

可以说，公众对沈从文先生的了解，仍局限于几本代表作。他身后出版的洋洋几十卷《沈从文全集》，只是少数爱好者及研究者的收藏物，人们并不知晓其中蕴含的价值。在文学创作之外，先生为数甚多的随笔、检讨、书信为我们展示了别样的精神空间，从中浮现出一个真实可亲的作者面相，对渴望了解大师人生及创作的人而言，无异于一把金钥匙。为此，本社特意约请沈迷刘红庆先生编选了“沈从文人文三书”，将作家小说、散文之外的文字介绍给读者。

《生命的光影形线》呈现的是作为思想家的沈从文的面貌，他对人生与命运的哲理思考，予人以特别的启迪；对人性及现实的批评，因其深刻的洞察力而发人深省；对新中国的遥望与设计，因其赤子之心而令人感动。

《古人为何要留胡子》是一本谈艺论文录，涉及创作心得、艺术的功用、美的教育以及对文物演变史的阐发，另辟蹊径，发他人所未发，可谓美的发现之旅。

《大小生活都在念中》是先生在动荡岁月里写的家书（1966—

1976），这些保存下来的文字，因传达了作者真实的情感与思想而弥足珍贵，既是了解作家情感与思想的上佳读物，也是了解那个苦难时代的可靠读物。有忧患深沉的家国情怀，有真挚细腻的儿女情长，有徘徊在歧路的迷茫与惆怅……

需要说明的是，为提示主题，编者为每篇文章及书信新拟了标题。沈从文先生的写作带有自己鲜明的风格，从字词、方言的运用到标点符号的使用，时有与当下语文规范相抵牾的地方，我们只校正某些明显的错误，可以意会或贯通的一概不作改动。为了有助于读者阅读，我们对一些难以理解的人名及用词略加注释。

选文及注释多出自北岳文艺出版社之《沈从文全集》，在此，谨对劳作者致以诚挚的谢意。

书里所用照片系沈从文长子沈龙朱先生提供，一并致以感谢。

新星出版社

2017 年 3 月

目　录

第一辑　谈文学与艺术

第二辑　谈器物的源流

第三辑 谈图案及其他

第一辑　谈文学与艺术

我们实在是很需要作家的。这作家他最先就必是个无迷信的人。他不迷信自己是天才，也不迷信某一种真命天子一个人就可以使民族强大起来。他明白自己在这社会上的关系，在他作品上，他所注意的，必然是对于现状下一切坏处的极端憎恨，而同时还能给读者一个新的人格的自觉。他努力于这种作品产生，就为得是他还明白，只有从这种作品上，方能把自己力量渗入社会里去！

我的写作与水的关系

| 首发于一九三四年《文学》一周年纪念特辑。

我可以说是与文学毫无关系的一个人，在这种题目上来说话，真是无话可说的。第一，我看不懂正在研究文学的人所作的文章；第二，我弄不明白许多作家教人作文章的方法；第三，我猜不透一些从事于文学事业的人自己登龙为人画虎的作用。近十年来我虽写了一大堆小说，但那并不算个什么，这不过从生活上，我经过的是与人稍稍不同的生活；从书本上，我又恰恰读了一些很杂乱的书，加之在军营里作书记时，我学得一种老守在桌边的“静”，过去日子又似乎过的十分“闲”，所以就写成了那么些小说故事罢了。

但在我的工作上，照一般称呼说来既算得是“文学事业”，这事业要来追究一下，解释一下，或对于比我年青一点的朋友，多少有点用处。我可以说的，是我这个工作的基础，并不建筑在“一本合用的书”或“一堆合用的书”上，因为它实在却只是建筑在“水”上。

在我一个自传里，我曾经提到过水给我的种种印象。檐溜，小小的河流，汪洋万顷的大海，莫不对于我有过极大的帮助，我学会用小小脑子去思索一切，全亏得是水；我对于宇宙认识得深一点，也亏得是水。

“孤独一点，在你缺少一切的时节，你就会发现原来还有个你自己。”这是一句真话。我有我自己的生活与思想，可以说是皆从孤独得来的。我的教育，也是从孤独中得来的。然而这点孤独，与水不能分开。

年纪六岁七岁时节，私塾在我看来实在是个最无意思的地方。我不能忍受那个逼窄的天地，无论如何总得想出方法到学校以外的日光下去生活。大六月里与一些同街比邻的坏小子，把书篮用草标各作下了一个记号，搁在本街土地堂的木偶身背后，就撒着手与他们到城外去，钻入高可及身的禾林里，捕捉禾穗上的蚱蜢，虽肩背为烈日所烤炙，也毫不在意。耳朵中只听到各处蚱蜢振翅的声音，全个心思只顾去追逐那种绿色黄色跳跃伶便的小生物。到后看看所得来的东西已尽够一顿午餐了，方到河滩边去洗濯，拾些干草枯枝，用野火来烧烤蚱蜢，把这些东西当饭吃。直到这些小生物完全吃尽后，大家于是脱光了身子，用大石压着衣裤，各自从悬崖高处向河水中跃去。就这样泡在河水里，一直到晚方回家去，挨一顿不可避免的痛打。有时正在绿油油禾田中活动，有时正泡在水里，六月里照例的行雨来了，大的雨点夹着吓人的霹雳同时来到，各人匆匆忙忙逃到路坎旁废碾坊下或大树下去躲避，雨落得久一点，一时不能停止，我必一面望着河面的水泡，或树枝上反光的叶片，想起许多事情。……所捉的鱼逃了，所有的衣湿了，河面溜走的水蛇，钉固在大腿上的蚂蟥，碾坊里的母黄狗，挂在转动不已大水车上的起花人肠子，因为雨，制止了我身体的活动，心中便把一切看见的经过的皆记忆温习起来了。

也是同样的逃学，有时阴雨天气，不能向河边走去，我便上山或到庙里去，在庙前庙后树林或竹林里，爬上了这一株，到上面玩玩后，又溜下来爬另外一株。若所爬的是竹子，必在上面摇荡一会；爬的是树木，便看看上面有无鸟巢或啄木鸟孵卵的孔穴。雨落大了，再不能作这种游戏时，就坐在楠木树下或庙门前石阶上看雨。既还不是回家的时候，一面看雨一面自然就需要温习那些过去的经验，这个日子方能发遣开去。雨落得越长，人也就越寂寞。在这时节想到一切好处也必想到一切坏处。那么大的雨，回家去说不定还得全身弄湿，不由得有点害怕起来，不敢再想了。我于是走到庙廊下去为作丝线的人牵丝，为制棕绳的人摇绳车。这些地方每天照例有这种工人作工，而且这种工人照例又还是我很熟习的人。也就因为这种雨，无从掩饰我的劣行，回到家中时，我便更容易被罚跪在仓屋中。在那间空洞寂寞的仓屋里，听着外面檐溜滴沥声，我的想象力却更有了一种很好训练的机会。我得用回想与幻想补充我所缺少的饮食，安慰我所得到的痛苦。我因恐怖得去想一些不使我再恐怖的生活，我因孤寂又得去想一些热闹事情方不至于过分孤寂。

到十五岁以后，我的生活同一条辰河无从离开，我在那条河流边住下的日子约五年。这一大堆日子中我差不多无日不与河水发生关系。走长路皆得住宿到桥边与渡头，值得回忆的哀乐人事常是湿的。至少我还有十分之一的时间，是在那条河水正流与支流各样船只上消磨的。从汤汤流水上，我明白了多少人事，学会了多少知识，见过了多少世界！我的想象是在这条河水上扩大的。我把过去生活加以温习，或对未来生活有何安排时，必依赖这一条河水。这条河水有多少次差一点儿把我攫去，又幸亏他的流动，帮助我作着那种横海扬帆的远梦，方使我能够依然好好的在人世中过着日子！

再过五年，我手中的一支笔，居然已能够尽我自由运用了，我虽离开了那条河流，我所写的故事，却多数是水边的故事。故事中我所最满意的文章，常用船上水上作为背影，我故事中人物的性格，全为我在水边船上所见到的人物性格。我文字中一点忧郁气氛，便因为被过去十五年前南方的阴雨天气影响而来，我文字风格，假若还有些值得注意处，那只因为我记得水上人的言语太多了。

再过五年后，我的住处已由干燥的北京移到一个明朗华丽的海边。海既那么宽泛无涯无际，我对人生远景凝眸的机会便较多了些。海边既那么寂寞，他培养了我的孤独心情。海放大了我的感情与希望，且放大了我的人格。

有兴味去看万汇百物所发生的一切

| 原题《新年试笔》，又题《谈创作》，首发于一九三四年一月《文学》。

有人问我："怎样会写'创作'？"真是一个窘人的题目。想了很久，我方能说出一句话，我说："因为他先'懂创作'。"问的于是也仿佛受了点儿窘，便走开了。

等待到这个很诚实的年青人走后，我就思索我自己所下的那个字眼儿的分量。我想明白什么是"懂创作"，老实说，我得先弄明白一点，将来也省得窘人以后自己受窘。

就一般说来，大家读了许多书，或许记忆好些的书，还能把某一书里边最精彩的一页，背诵如流，但这个人却并不是个懂创作的人。有些人会做得出动人的批评，把很好的文章说得极坏，把极坏的文章说得很好，但也不能称为懂创作的人。一个懂创作的人，也应当看许多书，但并不需记忆一段两段书。他不必会作批评文字，每一个作品在他心中却有一个数目。最要紧的是从无数小说中，明白如何写就可以成为小说，且明白一个小说许可他怎么样写。起始，结果，中间的铺叙，他口上并不能为人说出某一本书所用的方法极佳，但他知道有无数方法。他从一堆小说中知道说一个故事时处置故事的得失，他从无数话语中弄明白了说一句话时那种语气的轻重。他明白组织各种故事的方法，他明白文字的分量。是的，他最应当明白的是文字的分量。同时凡每一句话，每一个标点，他皆能捡选轻重得当的去使用。为了自己想弄明白文字的分量，他得在记忆里收藏了一大堆单字单句。他这点积蓄，是他平时处处用心，从眼睛里从耳朵里装进去的。平常人看一本书，只需记忆那本书故事的好坏，他不记忆故事。故事多容易，一个会创作的人，故事要它如何就如何，把一只狗写得比人还懂事，把一个人写得比石头还笨，都太容易了。一创作者看一本书，他留心的只是："这本书如何写下去，写到某一件事，提到某一点气候同某一个人的感觉时，他使用了些什么文字去说明。他简单处简单到什么程度，相反的，复杂时又复杂到什么程度。他所说的这个故事，所用的一组文字，是不是合理的？……他有思想，有主张，他又如何去表现他这点主张？"

一个创作者在那么情形下看各种各样的书，他一面看书，一面就在那里学习经验那本书上的一切人生。放下了书本，他便去想。走出门外去，他又仍然与看书同样的安静，同样的发生兴味，去看万汇百物在一分习惯下所发生的一切。他并不学画，他所选择的人事，常如一幅凸出的人生活动画图，与画家所注意的相暗合。他把一切官能很贪婪的去接近那些小事情，去称量那些小事情在另外一种人心中所有的分量，也如同他看书时称量文字一样。他喜欢一切，就因为当他接近他们时，他已忘了还有自己的身分存在。

简单说来，便是他能在书本上发痴，在一切人事上同样也能发痴。他从说明人生的书本上，养成了对于人生一切现象注意的兴味，再用对于实际人生体验的知识，来评判一个作品记录人生的得失。他再让一堆日子在眼前过去，慢慢的，他懂创作了。

目下有若干作家如何会写得出小说，他自己也就说不明白。但旁人可以看明白的，就是这些人一切作品皆常常浮在人事表面上，受不了时间的选择。不管写了一堆作品或一篇作品，不管如何善于运用作品以外的机会，很下流的造点文坛消息为自己说说话，不管如何聪敏伶巧的把自己作品押在一个较有利益的注上去，还是不成。在文字形式上，故事形式上，人生形式上，所知道得都太少了。写自己就极缺少那点所必需的能力。未写以前就不曾很客观的来学习过认识自己，分析自己，批评自己。多数作家的思想皆太容易转变了，对自己的工作实缺少了一点严格的批评、反省。从这样看来，无好成绩是很自然的。

我自己呢，是若干作者中之一人，还应当去学，还应当学许多。不希望自己比谁聪明，只希望自己比别人勤快一点，耐烦一点。

作家千万别迷信“天才”与“灵感”

原题《致〈文艺〉读者》·《元旦日致〈文艺〉读者》，分别首发于一九三三年十二月三十日、一九三四年一月一日天津《大公报·文艺副刊》。

上·致《文艺》读者

十五年以来，随了中国新文学的发展，有两个极无意思的名词，第一个是“天才”，第二个是“灵感”。两个名词虽从不为有识者所承认，但在各种懒人谬论中，以及一般平常人意见中，莫不可以看出两个胡涂字眼儿的势力存在。使新文学日趋于萎瘁，失去健康，转入个人主义的乖僻；或字面异常奢侈，或字面异常贫俭，大多数作品，不是草率平凡，便是装模作样的想从新风格取得成功，内容莫不空空洞洞。原因虽不止一端，最大的原因，实在就是一般作者被这两个名词所毒害，因迷信而失去理性的结果。

作者对于“天才”怀了一种迷信，便常常疏忽了一个作者使其伟大所必需的努力；对于“灵感”若也同样怀了一种迷信，便常常在等候灵感中把日子打发走了。

成名的作者因这点迷信而成的局面，是作品在量上希奇的贫乏。仿佛在自览“天才已尽灵感不来”的情形中，大多数作者皆搁了笔。为这搁笔许多年轻人似乎皆很不安，其实这并不是可忧虑的事情。因这种迷信，将使他们本人与作品皆宜乎为社会忘去，且较先一时，他们或即有所写作，常常早就忘了社会的。一个并不希望把自己的力量渗入社会里面去的人，凭一点儿迷信，使他们活得窄一些，同时也许就正可以使他们把对于人类的坏影响少一些。他们活着，如小缸中一尾金鱼很俨然的那么活着，到后要死了，一切也就完事了。金鱼生存的时节，只在眩人眼目，许多人也欢喜金鱼。既然有人因迷信愿意去作金鱼，照我想来，尽他们在不拘什么样子的缸里去生活，我们也应当把他们当金鱼看待，莫希望他们太多，他们的生活态度，大多数人也不必十分注意的。

但一些还未成名的或正预备有所写作的，若不缺少相似的迷信时，却实在十分可惜。因为这些人若知道好好的如何去发展自己，他们的好作品，也正可以如另一时或另一国度一般好作品样子，能在社会民族方面发挥极大良好影响的，但这些人若尽记着“天才”两个字，便将养成一种很坏的性格，对于其他作品，他明白是很好的，他必以为那是天才产生的东西，他作不到，就不肯努力去作。那作品他觉得不好，在社会上又正是大多数人所需要的，他会以为这作品所表现的并无天才，只是人工，他又不屑于努力去作。他作出来自以为很好，却不能如别人作品一般成功时，他便想起：“天才历来很少为人认识”的一句旧话，自欺自慰下去。他摹仿了什么人的文章，写成了一篇稍稍像样东西，为了掩饰他的摹仿处，有机会给他开口时，他又必说：“这是我……。”自然的,说这句话时他不会用“天才”字样，或许说的是另外一个字眼，还说得很轻，但他意思却在告人那成就“应由天才负责”！这些人相信天才的结果，是所谓纪念碑似的作品，永无机会可以希望从他们手中产生。这些人相信天才以外还相信灵感，便使他们异常懒惰起来，因为在任何懒惰情形下，皆可以用“灵感不来”作为盾牌，挡着因理性反省伴同而来的羞耻与痛苦。

对于中国新文学怀了一种期待，很关心它的发展，且计算到它发展在社会方面的得失的，自然很有些人。这些人或尝从论文上，反复说明作者思想倾向的抉择，或把希望放在更年青一点的作家方面去。其实一切理论还是毫无裨于伟大作品的产生。一个有迷信无理性的民族，也许因迷信而凝聚了这个民族的精力，还能产生点大东西，至于一个因迷信而弄懒惰了的作家，还有什么可以希望？

中国目前指示作家方向的理论文学已够多了，却似乎还无一篇理论文学指示到作家做“人”的方法。倘若有这种人来作这种论文，我建议起始便应当说：

人类最不道德处，是不诚实与懦怯。作家最不道德处，是迷信“天才”与“灵感”的存在；因这点迷信，把自己弄得异常放纵与异常懒惰。……

下·元旦日致《文艺》读者

在前文中，我说到作者间因迷信而成为异常懒惰的一件事情。这懒惰倘若别作诠释，另外是不是找得出一个原因？为了把作者本身错误减轻一点，我们似乎还可以要历史去负一点儿责任。

一个民族已经那么敝旧了，按照过去的历史而言，则哲学的贫困与营养不足，两件事莫不影响到我们这个民族的生存态度。号称黄帝冢嗣的我们，承受的既是个懒惰文化，加上三千年作臣仆的世故，思想皆浮在小小人事表面上爬行，生活皆无热无光，是一件自然而然的事情。他们第一件事胃口就不好。我们做什么总没有气力。我们多数人成天便仿佛在打盹里过日子。我们的懒惰，可以说是曾祖著的书，祖父穿的衣服，爸爸吃的东西的结果。作家天生就有个容易在“天才”“灵感”这些字眼儿上中毒的气质，因迷信而更其懒惰，也是必然的事！

或人将说：

“欧洲许多有识的历史学家，莫不称赞我们民族是个能够忍劳耐苦稀有的民族。同时我们自己对于中国农村若多具一分理解，也必能够认识我这本国的农民，是一种如何不懒惰的农民！”

是的，不独从外人论断以及自己观察，对于农民皆可以得到个乐观的结论。便是一个美国留学生，他也会告诉我们，中国大学生在美国学习什么时，在功课上如何不让于人。一个上海人，也就会说上海乐华足球队，在国际赛时所取得的光荣。一个稍有内战经验的军官，他还会用他的名誉，证明他所参加的内战，凡是一切兵士，在壕沟边作战时，是一种如何勇于牺牲的英雄！农民，留学生，乐华足球队员，以及万千的兵士，他们的勤苦，聪明，活泼，勇敢，谁能怀疑，谁能否认？

但这些人对于目前的中国有什么用处？

中国成为问题的，不是农民不愿耕田，却是大多数农民无田可耕。不是留学生不配作一个美国或英国好公民，却是这些人留学回来不知如何来作一个中国目前所需要的好公民。……不是足球队员无能，更不是兵士懦弱。明明白白的只是大部分有理性的人皆懒于思索！人人厌烦现状，却无人不是用消极的生活态度，支持现状。人人皆知道再想敷衍下去实在敷衍不下去，却无人愿从本身生活起始，就来改变一下，大家皆俨然明白国际压力与国内一塌糊涂的情形，使这个民族已堕落到一个不可希望的悲惨境遇里去，因此大家便只有混着活下去一个办法，结束自己，到自己死亡时，仿佛一切也就完事了。

这些独善其身的君子，大家且俨然以为一切现在坏处的责任，应由帝国主义的侵略，鸦片烟的流毒去担负，此后民族复兴的责任，也就应由帝国主义者的觉悟，与鸦片烟自己的觉悟，方能弄好的。在这里我用了个“鸦片烟自己觉悟”的名词，并没有什么错误。我们只看看国内所有知识阶级对于这种毒物流行的漠视态度，如何近于相信“鸦片烟自己会觉悟”！

事实上则所谓帝国主义与鸦片烟，极左倾的残杀与极右倾的独裁，农村破产与土匪割据，……一切现存的坏处，虽可以由历史上的人物，书本，饮食，各种东西去负责，但这个民族未来的存亡，却必需由我们活到这地面上的人来负责的。如今老年人好像已不能为后人思索，年轻人又还不会来为自己思索，有知识有理性的中坚份子，则大多数在不敢思索情形中鬼混下去，这样一个国家，纵想在地球上存在，还配在地球上存在下去吗?

在多数愚人心目中，皆希望一个奇迹；来一个领袖，来一个英雄，把全国民族命运皆交给这样一个人。且皆由于愚昧，由于其他一片地面所有领袖作出的事业，得到一个证据，皆期待这样一个人，以为这样一个人有一天终会来到的。

一个作者天才的迷信，既可以在他本身生活中发生懒惰的影响，倘若把这点迷信移植到一个其他人物方面去时，也必依然使他懒惰，发出种种懒惰的谬论，与懒惰的人生观，因这种人生观去期望一个主人或一种政体，且依赖到这个希望异常懒惰活下去。

在这样情形下，我们实在需要些作家！一个具有独立思想的作家，能够追究这个民族一切症结的所在，并弄明白了这个民族人生观上的虚浮，懦弱，迷信，懒惰，由于历史所发生的坏影响，我们已经受了什么报应，若此后再糊涂愚昧下去，又必然还有什么悲惨场面；他又能理解在文学方面，为这个民族自存努力上，能够尽些什么力，且应当如何去尽力。

我们实在是很需要作家的。这作家他最先就必是个无迷信的人。他不迷信自己是天才，也不迷信某一种真命天子一个人就可以使民族强大起来。他明白自己在这社会上的关系，在他作品上，他所注意的，必然是对于现状下一切坏处的极端憎恨，而同时还能给读者一个新的人格的自觉。他努力于这种作品产生，就为得是他还明白，只有从这种作品上，方能把自己力量渗入社会里去！

我们需要的是这种朴实作家。倘若我们还相信文学可以修正这个社会制度的错误，纠正这个民族若干人的生活观念的错误，使独善其身的绅士知耻，使一切迷信不再存在，使……缺少这种作家，是不能产生我们所理想的这种作品的。

用我的作品去拥抱世界

| 原题《萧乾小说集·题记》，首发于一九三四年十二月十五日天津《大公报·文艺副刊》。

在都市住上十年，我还是个乡下人。第一件事，我就永远不习惯城里人所习惯的道德的愉快，伦理的愉快。

我崇拜朝气，欢喜自由，赞美胆量大的，精力强的。一个人行为或精神上有朝气，不在小利小害上打算计较，不拘于物质攫取与人世毁誉，他能硬起脊梁，笔直走他要走的道路，他所学的或同我所学的完全是两样东西，他的政治思想或与我的极其相反，他的宗教信仰或与我的十分冲突，那不碍事，我仍然觉得这是个朋友，这是个人。我爱这种人也尊敬这种人。因为这种人有气魄，有力量。这种人也许野一点，粗一点，但一切伟大事业伟大作品就只这类人有分。他不能避免失败，他失败了能再干。他容易跌倒，但在跌倒以后仍然即刻可以爬起。

至于怕事，偷懒，不结实，缺少相当偏见，凡事投机取巧媚世悦俗的人呢，我不习惯同这种人要好，他们给我的"同情"，还不如另一种人给我"反对"有用。这种"城里人"仿佛细腻，其实庸俗。仿佛和平，其实阴险。仿佛清高，其实鬼祟。这世界若永远不变个样子，自然是他们的世界。右倾革命的也罢，革右倾的命的也罢，一切世俗热闹皆有他们的分。就由于应世技巧的圆熟，他们的工作常常容易见好，也极容易成功。这种人在“作家”中就不少。老实说，我讨厌这种城里人。

曾经有人询问我，“你为什么要写作？”

我告他说：“因为我活到这世界里有所爱。美丽，清洁，智慧，以及对全人类幸福的幻影，皆永远觉得是一种德性，也因此永远使我对它崇拜和倾心。这点情绪同宗教情绪完全一样。这点情绪促我来写作，不断的写作，没有厌倦，只因为我将在各个作品各种形式里，表现我对于这个道德的努力。人事能够燃起我感情的太多了，我的写作就是颂扬一切与我同在的人类美丽与智慧。若每个作品还皆许可作者安置一点贪欲，我想到的是用我的作品去拥抱世界，占有这一世纪所有青年的心。……生活或许使我平凡与堕落，我的感情还可以向高处跑去；生活或许使我孤单独立，我的作品将同许多人发生爱情同友谊……”

这是个乡下人的意见，同流行的观点自然是不相称的。

朋友萧乾弟一个短篇小说集子行将付印了，他要我在这个集子说几句话，他的每篇文章，第一个读者几乎全是我。他的文章我除了觉得很好，说不出别的意见。这意见我相信将与所有本书读者相同的。至于他的为人，他的创作态度呢，我认为只有一个“乡下人”，才能那么生气勃勃勇敢结实。我希望他永远是乡下人，不要相信天才，狂妄造作，急于自见。应当养成担负失败的忍耐，在忍耐中产生他更完全的作品。

我应当来写一本《圣经》了

| 原题《沉默》，首发于一九三六年十一月一日《文季月刊》。

读完一堆从各处寄来的新刊物后，仿佛看完了一场戏，留下种热闹和寂寞混和的感觉。

我沉默了两年。这沉默显得近于有点自弃，有点衰老。是的。古人说："玩物丧志"，两年来我似乎就在用某种癖好系住自己。我的癖好近于压制性灵的碇石，铰残理想的剪子。需要它，我才能够贴近地面，不至于转入虚无。我们平时见什么作家搁笔略久时，必以为"这人笔下枯窘，因为心头业已一无所有"。我这枝笔一搁下就是两年。我并不枯窘。泉水潜伏在地底流动，炉火闷在灰里燃烧，我不过不曾继续用它到那个固有工作上罢了。一个人想证明他的存在，有两个方法：其一从事功上由另一人承认而证明；其一从内省上由自己感觉而证明。我用的是第二种方法。我走了一条近于一般中年人生活内敛以后所走的僻路。寂寞一点，冷落一点，然而同别人一样是"生存"。或者这种生存从别人看来叫作"落后"，那无关系。两千年前的庄周，仿佛比当时多少人都落后一点。那些人早死尽了，到如今，你和我读《秋水》、《马蹄》时，仿佛面前还站有那个落后的人。

我不写作，却在思索写作对于我们生命的意义。我想起三千年来许多人，想起这些人如何使用他那一只手。有些人经过一千年三千年那只手还俨然有力量能揪住多数人的神经或感情，屈抑它，松弛它，绷紧它，完全是一只魔手。每个人都是同样的一只手，五个指头，尖端缀一枚覆梘形的淡红色指甲，关节处有一些微涡和小皱，背面还萦绕着一点隐伏在皮肤下的青色筋络。然而有些人的手却似乎特有魔力。是不是我们每个人都可以把自己的手变成一只魔手？是不是只要我们愿意，就可以把自己一只手成为光荣的手？

我知道我们的手，不过是人类一颗心走向另一颗心的一道桥梁。作成这桥梁取材不一，也可以用金玉木石（建筑或雕刻），也可以用颜色（绘画），也可以用文字，用各种不同的文字。也可以单纯进取，譬如说，当你同一个青年女子在一处，相互用沉默和微笑代替语言犹有所不足时，它的小小活动就能够使一颗心更靠近一颗心。既然是一道桥梁，借此通过的自然就贵贱不一。将军凯旋由此通过，小贩贸易也由此通过。既有人用它雕凿大同的石窟，和阗的碧玉，也就有人用它编织芦席，削刮小挖耳子。故宫所藏宋人的《雪山图》、《洞天山堂》等等伟大画幅，是用手作成的；上海四马路小弄堂转角处叫卖的小画儿，也是用手作成的。《史记》是一个人写的，《肉蒲团》也是一个人写的。既然是一道桥梁，通过的当然有各种各色的人性，道德可以通过，罪恶也无从拒绝。

提起道德和罪恶，使我感到一点迷惑。我不注意我这只手是否能够拒绝罪恶，倒是对于罪恶或道德两个名词想仔细把它弄清楚些。平时对于这两个名词显得异常关心的人，照例却是不甚追究这两个名词意义的人，我们想认识它；如制造糕饼人认识糕饼，到具体认识它的无固定性时，这两个名词在我们个人生活上，实已等于消灭无多意义了。人人都说艺术应当有一个道德的要求，这观念假定容许它存在，创作最低的效果是给自己与他人以人性交流的满足，由满足而感觉愉快，这效果的获得，可以说是道德的。造一点小小谣言，诪张为幻，通常认为不道德，然而倘若它也能给某种人以满足，也间或被一些人当作“战略”，看来又好像是道德的了。道德既随人随事而有变，它即或与罪恶是两个名词，事实上就无时不可以对调或混淆。一个牧师对于道德有特殊敏感，为道德的理由，终日手持一本《圣经》，到同夫人豁勃，这豁勃且起源于两人生理上某种缺陷时，对于他最道德的书，倒是一本讨论关于两性心理如何调整的书。一个律师对于道德有它一定的看法，当家中孩子被沸水烫伤时，对于他最道德的书，倒是一本新旧合刊的丹方大全。若说道德邻于人类向上的需要，有人需要一本《圣经》，有人需要一本《太上感应篇》，他，我的一个密友，却需要我写一封甜蜜蜜充满了温情与一点轻微忧郁的来信。因为他等待着这个信，我知道！如说多数需要是道德的，事实上多数需要的却照例是一个作家所不能给的。大多数伟大作品，是因为它“存在”，成为多数需要。并不是因为多数需要，它因之“产生”。我的手是来写一本《圣经》，一本《太上感应篇》，还是好好的回我那个朋友一封信？很明显的是我可以在三者之间随意选择。我在选择。但当我能够下笔时，我一定已经忘掉了道德和罪恶，也同时忘了那个多数。

我始终不了解一个作者把“作品”与为“多数”连缀起来，努力使作品庸陋，雷同，无个性，无特性，却又希望它长久存在，以为它能够长久存在，这一个观念如何能够成立。溪面群飞的蜻蜓够多了，倘若有那么一匹小生物，倦于骚扰，独自休息在一个岩石上或一片芦叶上，这休息，且是准备着一种更有意义的振翅，这休息不十分坏。我想，沉默两年不是一段长久的时间，若果事情能照我愿意作的作去，我还必需把这分沉默延长。

这也许近于逃遁，一种对于多数骚扰的逃遁。人到底比蜻蜓不同，生活复杂得多，神经发达得多。也必然有反应，被刺激过后的反应。也必然有直觉，基于动物求生的直觉。但自然既使人脑子进化得特别大，好像就是要人凡事多想一想，许可人向深处走，向远处走，向高处走。思索是人的权利，也是人其所能生存能进步的工具。什么人自愿抛弃这种权利，那是个人的自由，正如一个酒徒用剧烈酒精燃烧自己的血液，是酒徒的自由。可是如果他放下了那个生存进步的工具，以为用另外一种简单方式可以生存，尤其是一个作者，一个企图用手作成桥梁，通过一个理想，希望作品存在，与肉体脱离而独立存在，与事实似乎不合。自杀不是求生的方式，谐俗也不是求生的方式。作品能存在，仰赖读者，然对读者在乎启发，不在乎媚悦。通俗作品够在读者间存在的事实正多，然通俗与庸俗却又稍稍不同。无思索的一唱百和，内容与外形的一致摹仿，不可避免必陷于庸俗。庸俗既不能增人气力，也不能益人智慧。在行为上一个人若带着教训神气向旁人说：人应当用手足同时走路，因为它合乎大多数的动物本性或习惯。说这种话的人，很少不被人当作疯子。然而在文学创作上，类似的教训对作家却居然大有影响。原因单纯，就是大多数人知道要出路，不知道要脑子。随波逐流容易见好，独立逆风需要气力。

我觉得我应当努力来写一本《圣经》了，这经典的完成，不在增加多数人对于天国的迷信，却在说明人力的可信。使一些有志从事写作者，对于作品之生长，多有一分知识。希望个人作品成为推进历史的工具，这工具必需如何造作，方能结实牢靠，像一个理想的工具。我预备那么写下去，第一件事每个作家先得有一个能客观看世界的脑子。可是当我想起是不是这世界每个人都自愿有一个脑子，都觉得必需有个脑子时，我依然把笔搁下了。人间广泛，万汇难齐。沮洳是水作成的，江河也是水作成的；橘柚宜于南国，枣梨生长北方，万物各适其性，各有其宜，应沉默处得沉默，古人名为顺天体道。

从现实学习

｜首发于一九四六年十一月天津《大公报·星期文艺》。

——近年来常有人说我不懂"现实"，追求"抽象"，勇气虽若热烈实无边际。在杨墨[①]并进时代，不免近于无所归依，因之落伍。这个结论不错，平常而自然。极不幸即我所明白的现实，和从温室中培养长大的知识分子所明白的全不一样，和另一种出身小城市自以为是属于工农分子明白的也不一样，所以不仅目下和一般人所谓现实脱节，即追求抽象方式，恐亦不免和其他方面脱节了。试疏理个人游离于杨墨以外种种，写一个小文章，用作对于一切陌生访问和通信所寄托的责备与希望的回答。

我第一次听到"现实"两个字，距如今已二十五年。我原是个不折不扣的乡巴佬，辗转于川黔湘鄂二十八县一片土地上。耳目经验所及，属于人事一方面，好和坏都若离奇不经。这分教育对于一个生于现代城市中的年青人，实在太荒唐了。可是

①杨即杨朱，墨即墨翟，均为战国初期思想家。这里是用来指现实中两种对立的人生态度。

若把它和目下还存在于中国许多事情对照对照，便又会觉得极平常了。当时正因为所看到的好的农村种种逐渐崩毁，只是大小武力割据统治作成的最愚蠢的争夺打杀，对于一个年青人教育意义是现实，一种混合愚蠢与堕落的现实，流注浸润，实在太可怕了，方从那个半军半匪部队中走出。不意一走便撞进了住有一百五十万市民的北京城。第一回和一个亲戚[①]见面时，他很关心的问我："你来北京，作什么的？"我即天真烂漫地回答说："我来寻找理想，读点书。""嗐，读书。你有什么理想，怎么读书？你可知道，北京城目下就有一万大学生，毕业后无事可做，愁眉苦脸不知何以为计。大学教授薪水十折一，只三十六块钱一月，还是打拱作揖联合罢教软硬并用争来的。大小书呆子不是读死书就是读书死。那有你在乡下作老总有出息！""可是我怎么作下去？六年中我眼看在脚边杀了上万无辜平民，除对被杀的和杀人的留下个愚蠢残忍印象，什么都学不到！做官的有不少聪明人，人越聪明也就越纵容愚蠢气质抬头，而自己俨然高高在上，以万物为刍狗。被杀的临死时的沉默，恰像是一种抗议：'你杀了我肉体，我就腐烂你灵魂。'灵魂是个看不见的东西，可是它存在，它将从另外许多方面能证明存在。这种腐烂是有传染性的，于是军官就相互传染下去，越来越堕落，越变越坏。你可想得到，一个机关三百职员有百五十支烟枪，是个什么光景？我实在呆不下了，才跑出来！……我想来读点书，半工半读，读好书救救国家。这个国家这么下去实在要不得！"

我于是依照当时《新青年》、《新潮》、《改造》等等刊物所提出的文学运动社会运动原则意见，引用了些使我发迷的美丽

①指沈从文的姐夫田真逸。

词令，以为社会必须重造，这工作得由文学重造起始。文学革命后，就可以用它燃起这个民族被权势萎缩了的情感，和财富压瘪扭曲了的理性。两者必需解放，新文学应负责任极多。我还相信人类热忱和正义终必抬头，爱能重新黏合人的关系，这一点明天的新文学也必须勇敢担当。我要那么从外面给社会的影响，或从内里本身的学习进步，证实生命的意义和生命的可能。说去说来直到自己也觉得不知所谓时，方带怔止住。事实上呢，只需几句话即已足够了。“我厌恶了我接触的好的日益消失坏的支配一切那个丑恶现实。若承认它，并好好适应它，我即可慢慢升科长，改县长，作厅长。但我已因为厌恶而离开了。”至于文学呢，我还不会标点符号！我承认应当从这个学起，且丝毫不觉得惭愧。因为我相信报纸上说的，一个人肯勤学，总有办法的。

亲戚为人本富于幽默感，听过我的荒谬绝伦抒情议论后，完全明白了我的来意，充满善心对我笑笑地说：“好，好，你来得好。人家带了弓箭药弩入山中猎取虎豹，你倒赤手空拳带了一脑子不切实际幻想入北京城作这分买卖。你这个古怪乡下人，胆气真好！凭你这点胆气，就有资格来北京城住下，学习一切经验一切了。可是我得告你，既为信仰而来，千万不要把信仰失去！因为除了它，你什么也没有！”

我当真就那么住下来了。摸摸身边，剩余七块六毛钱。五四运动以后第三年。

怎么向新的现实学习？先是在一个小公寓湿霉霉的房间，零下十二度的寒气中，学习不用火炉过冬的耐寒力；再其次是三天两天不吃东西，学习空空洞洞腹中的耐饥力；并其次是从饥寒交迫无望无助状况中，学习进图书馆自行摸索的阅读力；再其次是起始用一支笔，无日无夜写下去，把所有作品寄给各报章杂志，在毫无结果等待中，学习对于工作失败的抵抗力与适应力。各方面的测验，间或不免使得头脑有点儿乱，实在支撑不住时，便跟随什么奉系直系募兵委员手上摇摇晃晃那一面小小三角白布旗，和五七个面黄肌瘦不相识同胞，在天桥杂耍棚附近转了几转，心中浮起一派悲愤和混乱。到快要点名填志愿书发饭费时，那亲戚说的话，在心上忽然有了回音，“可千万别忘了信仰！”这是我唯一老本，我那能忘掉？便依然从现实所作成的混乱情感中逃出，把一双饿得昏花朦胧的眼睛，看定远处，借故离开了那个委员，那群同胞，回转我那“窄而霉小斋”，用空气和阳光作知己，照旧等待下来了。记得郁达夫先生第一次到我住处来看看，在口上，随后在文章上，都带着感慨劝我向亲戚家顺手偷一点什么，即可从从容容过一年时，我只笑笑。为的是他只看到我的生活，不明白我在为什么而如此生活。这就是我到北方来追求抽象跟现实学习，起始走的第一段长路，共约四年光景。年青人欢喜说“学习”和“争斗”，可有人想得到这是一种什么学习和争斗！

这个时节个人以外的中国社会呢，代表武力有大帅，巡阅使，督军……马弁；代表文治有内阁和以下官吏到传达；代表人民有议会参众两院到乡约保长；代表知识有大学教授到小学教员。武人的理想为多讨几个女戏子，增加家庭欢乐。派人和大土匪和小军阀招安撒伙，膨胀实力。在会馆衙门做寿唱堂会，增加收入并表示阔气。再其次即和有实力的地方军人，与有才气的国会文人，换谱打亲家，企图稳定局面或扩大局面。凡属武力一直到伙夫马夫，还可向人民作威作福，要马料柴火时，吓得县长越墙而走。至于高级官吏和那个全民代表，则高踞病态社会组织最上层，不外三件事娱乐开心：一是逛窑子，二是上馆子，三是听乐子。最高理想是讨几个小婊子，找一个好厨子。（五子登科原来也是接收过来的！）若兼作某某军阀驻京代表时，住处即必然成为一个有政治性的俱乐部，可以唱京戏，推牌九，随心所欲，京兆尹和京师警察总监绝不会派人捉赌。会议中照报上记载看来，却只闻相骂，相打，打到后来且互相上法院起诉。两派议员开会，席次相距较远，神经兴奋无从交手时，便依照《封神演义》上作战方式，一面大骂一面祭起手边的铜墨盒法宝，远远抛去，弄得个墨汁淋漓。一切情景恰恰像《红楼梦》顽童茗烟闹学，不过在庄严议会表演而已。相形之下，会议中的文治派，在报上发表的宪法约法主张，自然见得黯然无色。任何理论都不如现实具体，但这却是一种什么现实！在这么一个统治机构下，穷是普遍的事实。因之解决它即各自着手。管理市政的卖城砖，管理庙坛的卖柏树，管理宫殿的且因偷盗事物过多难于报销，为省事计，即索兴放一把火将那座大殿烧掉，无可对证。一直到管理教育的一部之长，也未能免俗，把京师图书馆的善本书，提出来抵押给银行，用为发给部员的月薪。总之，凡典守保管的都可以随意处理。即自己性命还不能好好保管的大兵，住在西苑时，也异想天开，把圆明园附近大路路面的黄麻石，一块块撬起卖给附近学校人家起墙造房子。卖来卖去，政府当然就卖倒了。一团腐烂，终于完事。但促成其崩毁的新的一群，一部分既那么贴近这个腐烂堆积物，就已经看出一点征象，于不小心中沾上了些有毒细菌。当时既不曾好好消毒防止，当然便有相互传染之一日。

从现实以外看看理想，这四年中也可说是在一个新陈代谢挣扎过程中。文学思想运动已显明在起作用，扩大了年青学生对社会重造的幻想与信心。那个人之师的一群呢，五四已过，低潮随来。官僚取了个最像官僚的政策，对他们不闻不问，使教书的同陷于绝境。然而社会转机也即在此。教授过的日子虽极困难，惟对现实的否定差不多却有了个一致性。学生方面则热忱纯粹分子中，起始有了以纵横社交方式活动的分子，且与五四稍稍不同，即“勤学”与“活动”已分离为二。不学并且像是一种有普遍性的传染病。（这事看来小，发展下去影响就不小！五四的活动分子，大多数都成了专家学者，对社会进步始终能正面负责任。三一八的活动分子，大多数的成就，便不易言了。）许多习文学的，当时即搁了学习的笔，在种种现实中活动，联络这个，对付那个，欢迎活的，纪念死的，开会，打架——这一切又一律即名为革命过程中的争斗，庄严与猥亵的奇异混和，竟若每事的必然，不如此即不成其为活动。问问“为什么要这样？”就中熟人即说：“这个名叫政治。政治学权力第一。如果得到权力，就是明日伟大政治家。”这一来，我这个乡下人可糊涂了。第一是料想不到文学家的努力，在此而不在彼。其次是这些人将来若上了台，能为国家作什么事？有些和我相熟的，见我终日守在油腻腻桌子边出神，以为如此呆下去，不是自杀必然会发疯，从他们口中我第二次听到现实。证明抽象的追求现实方式。

“老弟，不用写文章了。你真太不知道现实，净作书呆子做白日梦，久想产生伟大的作品，那会有结果？不如加入我们一伙，有饭吃，有事做，将来还可以——只要你愿意，什么都不难。”

“我并不是为吃饭和做事来北京的！”

“那为什么？难道当真喝北风，晒太阳，可以活下去？欠公寓伙食账太多时，半夜才能回住处，欠馆子饭账三五元，就不大敢从门前走过，一个人可以如此长远无出息的活下去？我问你。”

“为了证实信仰和希望，我就能够。”

“信仰和希望，多动人的名词，可是也多空洞！你就呆呆地守住这个空洞名词拖下去，挨下去，以为世界有一天忽然会变好？老弟，世界上事不那么单纯，你所信仰希望的惟有革命方能达到。革命是要推翻一个当前，不管它好坏，不问用什么手段，什么方式。这是一种现实。你出力参加，你将来就可作委员，作部长，什么理想都可慢慢实现。你不参加，那就只好做个投稿家，写三毛五一千字的小文章，过这种怪寒伧的日子下去了。”

“你说信仰和希望，只是些单纯空洞名词，对于我并不如此。它至少将证明一个人由坚信和宏愿，能为社会作出点切切实实的贡献。譬如科学……”

“不必向我演说，我可得走了。我还有许多事情！四点钟还要出席同乡会，五点半出席恋爱自由讨论会，八点还要……老弟，你就依旧写作你的杰作吧，我要走了。”

时间于是过去了，“革命”成功了。现实使一些人青春的绿梦全褪了色。我那些熟人，当真就有不少凭空作了委员，娶了校花，出国又回国，从作家中退出，成为手提皮包，一身打磨得光亮亮小要人的。但也似乎证实了我这个乡下人的呆想头，并不十分谬误。做官固然得有人，作事还要人。挂个作家牌子，各处活动，终日开会吃点心固然要人，低头从事工作更要人。守住新文学运动所提出的庄严原则，从“工具重造”观点上有所试验，锲而不舍的要人；从“工具重用”观点上，把文学用到比宣传品作用深远一些，从种种试验取得经验的尤其要人。革命如所期待的来临，也如所忧虑加速分化。在这个现实过程中，不幸的作了古人，幸运的即作了要人，文学成就是各自留下三五十首小诗，或三五篇小说，装点装点作家身分。至于我呢，真如某兄所说，完全落了伍。因为革命一来，把三毛到一元千字的投稿家身分也剥夺了，只好到香山慈幼院去作个小职员。但自己倒不在意，只觉得刚走毕第一段路，既好好接触这个新的现实，明白新的现实，一切高尚理想通过现实时，所形成的分解与溃乱，也无一不清清楚楚，而把保留叙述这点儿现实引为己任，以为必可供明日悲剧修正的参考。

在革命成功热闹中，活着的忙于权利争夺时，刚好也是文学作品和商业资本初次正式结合，用一种新的分配商品方式刺激社会时，现实政治和抽象文学亦发生了奇异而微妙的联系。我想要活下去，继续工作，就必得将工作和新的商业发生一点关系。我得起始走进第二步路，于是转到一个更大更现实的都市，上海。上海的商人，社会，以及作家，便共同给我以另外一课新的测验，新的经验。

当时情形是一个作家总得和某方面有点关连，或和政治，或和书店——或相信，或承认，文章出路即不大成问题。若依然只照一个“老京派”方式低头写，写来用自由投稿方式找主顾，当然无出路。且现代政治的特殊包庇性，既已感染到作家间，于是流行一种现实争斗，一例以小帮伙作基础，由隔离形成小恩小怨，对立并峙。或与商业技术合流，按照需要，交换阿谀，标榜同道，企图市场独占。或互相在文坛消息上制造谣言，倾覆异己，企图取快一时。在这种变动不居是非不明的现实背景中，人的试验自然也因之而加强。为适应环境更需要眼尖手快，以及能忽彼忽此。有昨日尚相互恶骂，今日又握手言欢的。有今天刚发表雄赳赳的议论，大家正为他安全担心，隔一日却已成为什么什么老伙计的。也有一面兼营舞场经理，赌场掌柜，十分在行，一面还用绿色水笔写恋爱诗，红色水笔写革命诗的。……总之，千奇百怪，无所不有。对于文学，由这些人说来，不过是一种求发展求生存的工具或装饰而已。既不过是工具或装饰，热闹而不认真处，自然即种下些恶种子，影响于社会的将来。很可惜即一些准备执笔的年青朋友，习染于这个风气中，不能不一面学习写作，一面就学习送丧拜寿。其时个人用个虔诚谨慎态度有所写作，成绩足以自见的，固不乏人，但一到集团，便不免空空洞洞。集团表面越势力赫赫，这部门也就越见得空虚。文运既由个人自由竞争转而成为党团或书商势力和钱财的堆积比赛，老板为竞争营业计，因之昨日方印行普罗文学，明日又会提倡儿童妇女教育。对作家则一例以不花钱为原则，减少商品成本，方合经济学原理。但为营业计，每一书印出尚可见大幅广告出现，未尝不刺激了作者，以为得不到金钱总还有个读者。至于政治，则既有那种用作家名分作委员要人的在内，当然还要文学，因此到某一天，首都什么文学夜会时，参加的作家便到了四五百人。且有不少女作者。事后报上还很生动的叙述这个夜会中的种种，以为要人和美丽太太都出席，增加了夜会的欢乐进步空气。要人之一其实即是和我同在北平小公寓中住下，做了十多年作家，还不曾印行过一个小小集子的老朋友。也就是告我政治即权力的活动家。夜会过后，这“魔手生蛋”一般出现的四百作家，也就似乎忽然消失了，再不曾听说有什么作品上报了。这个现实象征的是什么，热闹是否即进步，或稍稍有点进步的希望？现实对某些人纵不可怕，对年青的一辈却实在是影响恶劣。原来一种新的腐败已传染到这个部门，一切如戏，点缀政治。无怪乎“文学即宣传”一名词，毫无人感觉奇异。……乡下人觉得三年中在上海已看够了，学够了，因之回到了北平，重新消失于一百五十万市民群中，不见了。我明白，还只走完第二段路，尚有个新的长长的寂寞跋涉，待慢慢完成。北平的北风和阳光，比起上海南京的商业和政治来，前者也许还能督促我，鼓励我，爬上一个新的峰头，贴近自然，认识人生。

我以为作家本无足贵，可贵者应当是他能产生作品。作品亦未必尽可贵，可贵者应当：他的成就或足为新文学运动提出个较高标准，创造点进步事实，一面足以刺激更多执笔者，有勇气，得启示，能作各种新的努力和探险，一面且足以将作品中所浸润寄托的宏博深至感情，对读者能引起普遍而良好的影响。因此一个作家当然不能仅具个作家身分，即用此身分转而成为现实政治的清客，或普通社会的交际花为已足。必需如一般从事科学或文史工作者，长时期沉默而虔敬的有所从事，在谨严认真持久不懈态度上，和优秀成就上，都有同样足资模范的纪录。事业或职业部门多，念念不忘出路不忘功利的，很可以在其他部门中得到更多更方便机会，不必搞文学，不必充作家。政治上负责者无从扶助这个部门的正常发展，也就得放弃了它，如放弃学校教育一样，将它一律交给自由主义者，听其在阳光和空气下自由发展。（教育还包含了点权利，必国家花钱，至于文学，却近乎完全自尽义务，要的是政府给予以自由，不是金钱！）这个看法本极其自然，与事实需要亦切合。然于时政治上已有个独占趋势，朝野既还有那些走路像作家，吃饭像作家，稿纸上必印就“××创作用稿”，名片上必印就“××文学会员”的活动人物，得在上海争文运作为政治据点，且寄食于这个名分上。因此在朝在野所作成的空气，就依然还是把作家放入宣传机构作属员为合理。凡违反这个趋势的努力都近于精力白费，不知现实。“民族文学”“报告小说”等等名词即应运而生。多少人的活动，也因之与中国公文政治有个一致性，到原则方案提出后，照例引起一阵辩论，辩论过后，告一段落，再无下文。正因为空论易热闹，实难见好，相互之间争持名词是非，便转而越见激烈。到无可争持时，同属一伙还得争个名分谁属，谁发明，谁领导，来增加文运活泼空气。真如所谓“妄人争年，以后止者为胜”，虽激烈而持久，无助于真实的进步亦可想而知！活泼背后的空虚，一个明眼人是看得出的。

文学运动既离不了商业竞卖和政治争夺，由切实工作转入宣传铺张，转入死丧庆吊仪式趋赴里，都若有个夙命的必然。在这个风气流转中，能制造点缀“时代”风景的作家，自然即无望产生受得住岁月陶冶的优秀作品。玩弄名词复陶醉催眠于名词下的作家既已很多了，我得和那个少数争表现。工作也许比他人的稍麻烦些，沉闷些，需保持单纯和严谨，从各方面学习试用这枝笔，才能突破前人也超越自己。工作游离于理论纠纷以外，于普通成败得失以外，都无可避免。即作品所表现方式，也不得不从习惯以外有所寻觅，有所发现，扩大它，重造它，形成一种新的自由要求的基础。因之试从历史传说上重新发掘，腐旧至于佛典中的喻言禁律，亦尝试用一种抒情方式，重新加以处理，看看是不是还能使之翻陈生新。文体固定如骈文和偈语，亦尝试将它整个解散，与鄙俚口语重新拼合，证明能不能产生一种新的效果。我还得从更多不同地方的人事和景物取证。因之不久又离开北京，在武汉，在青岛，各地来去过了二年。就中尤以在青岛两年中，从多阳光的海岸边所作的长时间的散步，大海边的天云与海水，以及浪潮漂洗得明莹如玉的螺蚌残骸所得的沉默无声的教育，竟比一切并世文豪理论反而还具体。惟工作方式既游离于朝野文学运动理论和作品所提示的标准以外，对于寄食的职业又从不如何重视，所以对普遍生活言，我近于完全败北。然而对于工作信仰和希望，却反而日益明确。在工作成就上，我明白，还无望成为一个优秀作家，在工作态度上，却希望能无愧于手中一枝笔，以及几个良师益友一群赞赏者对于这枝笔可作的善意期许。

东北沦陷于日人手中后，敌人势力逼近平津，华北有特殊化趋势。为国家明日计，西北或河南山东，凡事都得要重新作起，问题不轻细。有心人必承认，到中央势力完全退出时，文字在华北将成为唯一抵抗强邻坚强自己的武器。三十岁以上一代，人格性情已成定型，或者无可奈何了，还有个在生长中的儿童与少壮，待注入一点民族情感和做人勇气。因之和几个师友接受了一个有关国防的机构委托，为华北学生编制基本读物[①]。从小学起始，逐渐完成。把这些教材带到师大附小去作实验的，还是个国立大学校长，为理想的证实，特意辞去了那个庄严职务，接受这么一份平凡工作。乡下人的名衔，则应当是某某小学国文教师的助理。（同样作助理的，还有个是国内极负盛名大学的国文系主任！）照政治即权力的活动家说来，这义利取舍多不聪明，多失计。但是，乡下人老实沉默走上第三段路，和几个良师益友在一处工作继续了四年，很单纯，也很愉快。

在争夺口号名词是非得失过程中，南方以上海为中心，已得到了个“杂文高于一切”的成就。然而成就又似乎只是个结论，结论且有个地方性，有个时间性，一离开上海，过二三年后，活泼热闹便无以为继，且若无可追寻。在南京，则文学夜会也够得个活泼热闹！在北平呢，真如某“文化兄”所说，死沉沉的。人与人则若游离涣散，见不出一个领导团体。对工作信念，则各自为战，各自低头寻觅学习，且还是一套老心情，藏之名山，传诸其人，与群众脱离，与现实脱离。某“文化兄”说的当然是一种真实。但只是真实的一面，因为这死沉沉与相对的那个活泼泼，一通过相当长的时间，譬如说，三年四年吧，比较上就会不同一点的。在南方成就当然也极大。唯一时间用

①此事指一九三三年夏天开始的以杨振声为首的为华北中小学生编写教材和基本读物的任务。下文所说辞去国立大学校长职务的人，即是杨振声。一九三二年九月前，杨曾担任青岛大学校长。“国文系主任”则指任清华大学中文系主任的朱自清。

人工方法作成注意热闹集中的大众语、拉丁化……等等，却似乎只作成一个政治的效果，留下一本论战的总集，热闹过后，便放弃了。总之，团体和成就竟若一个相反比例，集团越大成就就越少。所以在南京方面，我们竟只留下一个印象，即“夜会”继以“虚无”。然而在北方，在所谓死沉沉的大城里，却慢慢生长了一群有实力有生气的作家。曹禺、芦焚、卞之琳、萧乾、林徽因、李健吾、何其芳、李广田……是在这个时期中陆续为人所熟习的，而熟习的不仅是姓名，却熟习他们用个谦虚态度产生的优秀作品！因为在游离涣散不相黏附各自为战情形中，即有个相似态度，争表现，从一个广泛原则下自由争表现。再承认另一件事实，即听凭比空洞理论还公正些的“时间”来陶冶清算，证明什么将消灭，什么能存在。这个发展虽若缓慢而呆笨，影响之深远却到目前尚有作用，一般人也可看出的。提及这个扶育工作时，《大公报》对文学副刊的理想，朱光潜、闻一多、郑振铎、叶公超、朱自清诸先生主持大学文学系的态度，巴金、章靳以主持大型刊物的态度，共同作成的贡献是不可忘的。

只可惜工作来不及作更大的展开，战争来了。一切书呆子的理想，和其他人的财富权势，以及年青一辈对生活事业的温馨美梦，同样都于顷刻间失去了意义。于是大家沉默无言在一个大院中大火炉旁，毁去了数年来所有的资料和成绩，匆匆离开了北平，穿过中国中部和西南部，转入云南。现实虽若摧毁了一切，可并不曾摧毁个人的理想。这并不是个终结，只是一个新的学习的开始。打败仗图翻身，胜利后得建国，这个部门的工作，即始终还需要人临以庄敬来谨慎从事。工作费力而难见好。在人弃我取意义下，我当然还得用这一枝笔从学习中讨经验，继续下去。

到云南后便接近一个新的现实社会。这社会特点之一，即耳目所及，无不为战争所造成的法币空气所渗透。地方本来的厚重朴质，虽还保留在多数有教养的家庭中，随物质活动来的时髦，却装点到社会表面。阳光下自由既相当多，因之带刺的仙人掌即常常缠了些美而易谢的牵牛花，和织网于其间的银绿色有毒蜘蛛，彼此共存共荣。真实景物中还包含了个比喻，即在特别温暖气候中，能生长高尚理想，也能繁荣腐臭事实。少数人支配欲既得到个充分发展机会，积累了万千不义财富，另外少数人领导欲亦需要寻觅出路，取得若干群众信托。两者照理说本相互对峙，不易混合，但不知如何一来，却又忽然转若可以相互依赖，水乳交融，有钱有势的如某某金融头目，对抽象忽发生兴味，装作追求抽象的一群，亦即忽略了目前问题。因之地方便于短短时期中忽然成为民主的温室。到处都可听到有人对于民主的倾心，真真假假却不宜过细追问。银行客厅中挂满了首都名流的丑恶字画，又即在这种客厅中请来另外一些名流作家反复演讲。在这个温室中，真正对学术有贡献，做人也站得住的纯粹知识分子，在国家微薄待遇中，在物价上涨剥削中，无不受尽困辱饥饿，不知何以为生。有些住处还被人赶来赶去。也少有人注意到他们对国家社会战时平时的重要性，或就能力所及从公私各方面谋补救之方。小部分在学识上既无特别贡献，为人还有些问题的，不是从彼一特殊意义中，见得相当活跃，即是从此一微妙关系中，见得相当重要。或相反，或相成，于是到处有国际猜谜的社论，隔靴搔痒的座谈，新式八股的讲演，七拼八凑的主张。凡事都若异常活泼而庄严，背后却又一例寄托于一个相当矛盾的不大不小各种机缘上。一切理想的发芽生根机会，便得依靠一种与理想相反的现实。所以为人之师的，一面在推广高尚的原则，一面亦即在承认并支持一些不甚高尚的现实。一些青年朋友在此空气中呼吸，也就成为一个矛盾混合体。贫穷的子弟多还保有农村的朴质纯粹，非常可爱；官商子弟暴发户，则一面从不拒绝家中得来的不义之财，买原子笔学跳舞，以为时髦不落人后。书房中却照例乐意有个鲁迅高尔基木刻像，也参加回把夜会朗诵诗，免得思想落伍。因之一时兴奋，什么似乎都能否定，兴奋过后继以沉默，什么似乎又即完全承认。社会一面如此，另一面则又有些人，俨若游离于时代苦闷以外，亦在时代苦闷之中。即一部分知识分子，平时以儒学自许，自高自卑情绪错综纠结，寂寞难受，思有以自见，即放弃了“子不语怪力乱神”的理性态度，听生命中剩余宗教情绪泛滥，一变而公开为人念咒诵经，打鬼驱魔。且有人不自知残忍，从种种暗示中促成家中小孩子白日见神见鬼，且于小小集团中，相互煽惑，相互传染。举凡过去神权社会巫术时代的形形色色，竟无不在着长袍洋装衣冠中复演重生。由藏入滇的喇嘛，穿上朱红缎袍，坐了某委员的吉普车满街兜风，许多有知无知的善男信女，因之即在大法王驻跸处把头磕得个昏昏沉沉，求传法得点灵福。（这些人可绝想不到中甸大庙那个活佛，却是当地唯一钟表修理人！）大约这也分散了些民主的信仰，于是就来了“政治”，又有什么“国特”活动的近乎神迹鬼话的传说，铺张于彼此寒暄里。……试为之偈曰：“一切如戏，点缀政治。一切如梦，认真无从。一切现实，背后空虚。仔细分析，转增悲悯。”一切有生，于抵抗、适应、承受由战争而来的抽象具体压力时所见出种种园景彩绘，固必然如彼如此也。

由于战争太久，大家生活既艰苦又沉闷，国事且十分糟，使人对于现实政治更感到绝望，多少人神经都支持不住，失去了本来的柔韧，因之各以不同方式，谋得身心两面的新的平衡。

从深处看，这一切本不足奇。但同是从深处看，“民主温室”之破碎冻结，一变而成为冰窖，自是意中事。这个温室固可望培养滋育某种健康抽象观念，使之经风雨，耐霜雪，但亦可能生成野蒿荨麻。而后者的特殊繁殖性，且将更容易于短时期普遍蔓延，使地面形成一个回复荒芜现象，也是意中事。乡下人便在这个复杂多方的现实中，领略现实，并于回复过程中，认识现实，简简单单过了九年日子。在这段时间中，对于能变更自己重造自己去适应时代，追求理想，终又因而为当权者爪牙一击而毁去的朋友，我充满敬意。可是对于另外那些更多数同事，用完全沉默来承当战争所加给于本身的苦难，和工作所受挫折限制，有一时反而被年青人误解，亦若用沉默来否定这个现实的，实抱同样敬意。为的是他们的死，他们的不死，都有其庄严与沉痛。而生者的担负，以及其意义，影响于国家明日尤其重大。我明白，我记住，这对我也即是一种教育。

这是乡下人的第四段旅程，相当长，相当寂寞，相当苦辛。但却依然用那个初初北上向现实学第一课的朴素态度接受下来了。尤其是战事结束前二年，一种新式纵横之术，正为某某二三子所采用，在我物质精神生活同感困难时期，对我所加的诽谤袭击。另一方面，我的作品一部分，又受个愚而无知的检查制度所摧毁。几个最切身的亲友，且因为受不住长时期战争所加于生活的压力，在不同情形下陆续毁去。从普通人看来，我似乎就还是无抵抗，不作解救之方，且仿佛无动于衷。然而用沉默来接受这一切的过程中，至少家中有个人却明白，这对我自己，求所以不变更取予态度，用的是一种什么艰苦挣扎与战争！

这其间，世界地图变了。这个前后改变，凡是地下资源所在，人民集中，商业转口，军略必争处，以及广大无垠的海洋和天空，也无不有钢铁爆裂作成的死亡与流血。其继续存在的意义，亦无不有了极大分别。即以中国而言，属于有形的局势和无形的人心，不是也都有了大大变更？即以乡下人本身而言，牙齿脱了，头发花了，至于个人信念，却似乎正好用这一切作为测验，说明它已仿佛顽固僵化，无可救药。我只能说，脱掉的因为不结实，听它脱掉。毁去的因为脆弱，也只好随之毁去。为追求现实而有所予，知适应现实而有所取，生活也许会好得多，至少那个因失业而发疯亲戚还可望得救。但是我的工作即将完全失去意义。一个人有一个人的限度，君子豹变既无可望，恐怕是近于夙命，要和这个集团而争浑水摸鱼的现实脱节了。这也就是一种战争！即甘心情愿生活败北到一个不可收拾程度，焦头烂额，争取一个做人的简单原则，不取非其道，来否认现代简化人头脑的势力所作的挣扎。我得做人，得工作，二而一，不可分。我的工作在解释过去，说明当前，至于是否有助于未来，正和个人的迂腐顽固处，将一律交给历史结算去了。

国家既落在被一群富有童心的伟大玩火情形中，大烧小烧都在人意料中。历史上玩火者的结果，虽常常是烧死他人时也同时焚毁了自己，可是目前，凡有武力武器的恐都不会那么用古鉴今。所以烧到后来，很可能什么都会变成一堆灰，剩下些寡妇孤儿，以及……但是到那时，年青的一代，要生存，要发展，总还会有一天觉得要另外寻出一条路的！这条路就必然是从“争夺”以外接受一种教育，用爱与合作来重新解释“政治”二字的含义，在这种憧憬中，以及憧憬扩大努力中，一个国家的新生，进步与繁荣，也会慢慢来到人间的！在当前，在明日，我们若希望那些在发育长成中的头脑，在僵化硬化以前，还能对现实有点否定作用，而又勇于探寻能重铸抽象，文学似乎还能作点事，给他们以鼓励，以启示，以保证，他们似乎也才可望有一种希望和勇气，明日来在这个由于情绪凝结自相残毁所作成的尸骨瓦砾堆积物上，接受持久内战带来的贫乏和悲惨，重造一个比较合理的国家！

我回来了，回到离开了九年相熟已二十五年的北京大城中来了。一切不同，一切如旧。从某方面言，二十年前军阀政客议员官僚的种种，都若已成陈迹，已成过去。这种过去陈迹的叙述，对于一个二十岁左右的年青朋友，即已近于一种不可信的离奇神话，竟不像真有其人真有其事。但试从另一角度看看，则凡是历史上影响到人类那个贪得而无知的弱点，以及近三十年来现代政治，近八年的奴役统治共同培养成功的一切弱点，却又像终无从消失，只不过像是经过一种压缩作用，还保存得上好，稍有机会即必然会慢慢膨胀，恢复旧观。一不小心，这些无形无质有剧性毒的东西，且能于不知不觉间传染给神经不健全身心有缺陷抵抗力又特别脆弱的年青人。受传染的特征约有数种，其一即头脑简化而统一，永远如在催眠中，生活无目的无理想，年龄长大出洋留学读一万卷书后，还无从救济那个麻木呆钝。另外一种，头脑组织不同一点，又按照我那些老熟人活动方式，变成一个小华威先生，熟习世故哲学，手提皮包，打磨得上下溜光，身分和灵魂都大同小异，对生命也还是无目的，无信心。……提到这个典型人时，如从一个写小说的因材使用观说来，本应当说这纵不十分可爱，也毫不怎么可憎。复杂与简单，我都能欣赏，且将由理解欣赏进而成为朋友。可是若从一个普通人观点想想，一个国家若有一部分机构，一部分人，正在制造这种一切场面上都可出现的朋友，我们会不会为这个国家感到点儿痛苦和危惧？

国家所遭遇的困难虽有多端，而追求现实、迷信现实、依赖现实所作的政治空气和倾向，却应该负较多责任。当前国家不祥的局势，亦即由此而形成，而延长，而扩大。谁都明知如此下去无以善后，却依然毫无真正转机可望，坐使国力作广泛消耗，作成民族自杀的悲剧。这种悲剧是不是还可望从一种观念重造设计中，作点补救工作？个人以为现实虽是强有力的巨无霸，不仅支配当前，还将形成未来。举凡人类由热忱理性相结合所产生的伟大业绩，一与之接触即可能瘫痪圮坍，成为一个无用堆积物。然而我们却还得承认，凝固现实，分解现实，否定现实，并可以重造现实的，唯一希望将依然是那个无量无形的观念！由头脑出发，用人生的光和热所蓄聚综合所作成的种种优美原则，用各种材料加以表现处理，彼此相黏合，相融汇，相传染，慢慢形成一种新的势能、新的秩序的憧憬来代替。知识分子若缺少这点信心，那我们这个国家，才当真可说是完了！

人人都说北平是中国的头脑，因为许多人能思索，且能将知识和理性有效注入于年青一代健康头脑中。学校次第复员，说明这头脑又将起始负起了检讨思索的责任。看看今年三万学生的投考，宜使人对于这头脑的如何运用，分外关心。

北平天空依然蓝得那么令人感动，阳光明朗空气又如此清新。间或从一个什么机关门外走过，看到那面青天白日满地红的国旗，总像是有点象征意味，不免令一些人内心感到点渺茫烦忧，又给另外一些人于此中怀有些些希冀。这些烦忧和希冀，反应到普通市民情绪中，或者顷刻间即消失无余；注入年青学生头脑里，很显然即会有作用。北平市目前有将近二万的大学生，情绪郁结比生活困苦还严重，似乎即尚无人想到，必须加以疏理。若缺少有效的安排，或听其漫无所归，或一例归于现实政治作成的人工催眠所形成的病态发展，实非国家民族之福，反而将悲剧延长。“学术自由”一名词，已重新在这个区域叫得很响，可见对于它国人寄托了多少希望。名词虽若相当空泛，原则的兑现，实应为容许与鼓励刚发育完成的头脑，吹入一点清新活泼自由独立的空气。使之对于自己当前和未来，多负点责任。能去掉依赖的自然习惯，受奴役麻醉的强迫习惯，对现实的腐朽气味和畸形状态，敢怀疑，敢否认，并仔细检讨现实，且批评凡用武力支持推销的一切抽象。若这种种在目前还近于一种禁忌，关涉牵连太多如何努力设法除去不必要的禁忌，应当是北平头脑可作的事，也是待发展的文学思想运动必需担当的事。

夜深人静，天宇澄碧，一片灿烂星光所作成的夜景，庄严美丽实无可形容。由常识我们知道每一星光的形成，时空都相去悬远，零落孤单，永不相及。然而这些星光虽各以不同方式而存在，又仍若各自为一不可知之意志力所束缚，所吸引，因而形成其万分复杂的宇宙壮观。人类景象亦未尝不如是。温习过去，观照当前，悬揣未来，乡下人当检察到个人生命中所保有的单纯热忱和朦胧信仰，二十五年使用到这个工作上，所作成的微末光芒时徘徊四顾，所能看到的，亦即似乎只是一片寥廓的虚无。不过面对此虚无时，实并不彷徨丧气，反而引起一种严肃的感印。想起人类热忱和慧思，在文化史上所作成的景象，各个星子煜煜灼灼，华彩耀目，与其生前生命如何从现实脱出，陷于隔绝与孤立，一种类似宗教徒的虔敬皈依之心，转油然而生。

我这个乡下人似乎得开始走第三站路了。昔人说，“德不孤，必有邻”。证以过去，推想未来，这种沉默持久的跋涉，即永远无个终点，也必然永远会有人同时或异代继续走去！再走个十年八年，也许就得放下笔长远休息了。“大块劳我以生，息我以死。”玩味蒙庄之言，使人反而增加从容。二十年来的学习，担当了一个“多产作家”的名分，名分中不免包含了些嘲讽意味，若以之与活动分子的相反成就比，实更见出这个名分的不祥。但试想想，如果中国近二十年多有三五十个老老实实的作家，能忘却普遍成败得失，肯分担这个称呼，即或对于目下这个乱糟糟的社会，既无从去积极参加改造，也无望消极去参加调停，惟对于文学运动理想之一，各自留下点东西，作为后来者参考，或者比当前这个部门的成就，即丰富多了。二十五年前和我这个亲戚的对话，还在我生命中，信仰中。二十五年前我来这个大城中想读点书，结果用文字写成的好书，我读得并不多，所阅览的依旧是那本用人事写成的大书。现在又派到我来教书了。说真话，若书本只限于用文字写成的一种，我的职业实近于对尊严学术的嘲讽。因国家人材即再缺少，也不宜于让一个不学之人，用文字以外写成的书来胡说八道。然而到这里来我倒并不为亵渎学术而难受。因为第一次送我到学校去的，就是北大主持者胡适之先生。民十八年左右，他在中国公学作校长时，就给了我这种难得的机会。这个大胆的尝试，也可说是适之先生尝试的第二集，因为不特影响到我此后的工作，更重要的还是影响我对工作的态度，以及这个态度推广到国内相熟或陌生师友同道方面去时，慢慢所引起的作用。这个作用便是“自由主义”在文学运动中的健康发展，及其成就。这一点如还必需扩大，值得扩大，让我来北大作个小事，必有其意义，个人得失实不足道，更新的尝试，还会从这个方式上有个好的未来。

惟在回到这里来一个月后，于陌生熟识朋友学生的拜访招邀上，以及那个充满善意、略有幽默的种种访问记的刊载中，却感到一种深深的恐惧。北平号称中国的头脑，然而这头脑之可贵，实应当包含各部门专家丰富深刻知识的堆积。以一个大学言来，值得我们尊敬的，有习地质的，学生物的，治经济政治的，弄教育法律的，即文史部门也还有各种学识都极重要。至于习文学，不过是学校中一个小小部门，太重视与忽视都不大合理。与文学有关的作家，近二十年来虽具有教育兼娱乐多数读者的义务，也即已经享受了些抽象的权利，即多数的敬爱与信托。若比之于学人，又仿佛显得特别重要。这实在是社会一种错觉。这种错觉乃由于对当前政治的绝望，并非对学术的真正认识关心。因为在目前局势中，在政治高于一切的情况中，凡用武力推销主义寄食于上层统治的人物，都说是为人民，事实上在朝在野却都毫无对人民的爱和同情。在企图化干戈为玉帛调停声中，凡为此而奔走的各党各派，也都说是代表群众，仔细分析，却除了知道他们目前在奔走，将来可能作部长、国府委员，有几个人在近三十年，真正为群众做了些什么事？当在人民印象中。又曾经用他的工作，在社会上有以自见？在习惯上，在事实上，真正丰富了人民的情感，提高了人民的觉醒，就还是国内几个有思想，有热情，有成就的作家。在对现实濒于绝望情形中，作家因之也就特别取得群众真实的敬爱与信托。然而一个作家若对于国家存在与发展有个认识，却必然会觉得工作即有影响，个人实不值得受群众特别重视。且需要努力使多数希望，转移到那个多数在课堂，在实验室，在工作场，在一切方面，仿佛沉默无闻，从各种挫折困难中用一个素朴态度守住自己，努力探寻学习的专家学人，为国家民族求生存求发展所作的工作之巨大而永久。一个作家之所以可贵，也即是和这些人取同一沉默谦逊态度，从事工作，而又能将这个忠于求知敬重知识的观念特别阐扬。这是我在学校里从书本以外所学得的东西，也是待发展的一种文学理论。

我希望用这个结论，和一切为信仰为理想而执笔的朋友互学互勉。从这结论上，也就可以看出一个乡下人如何从现实学习，而终于仿佛与现实脱节，更深一层的意义和原因！

向鲁迅学习

| 原题《鲁迅的战斗》·《学鲁迅》，前者首发年代不详，后者首发于一九四七年。

鲁迅的战斗

在批评上，把鲁迅称为“战士”，这样名称虽仿佛来源出自一二“自家人”，从年青人同情方面得到了附和，而又从敌对方面得到了近于揶揄的承认；然而这个人，有些地方是不愧把这称呼双手接受的。对统治者的不妥协态度，对绅士的泼辣态度，以及对社会的冷而无情的讥嘲态度，处处莫不显示这个人的大胆无畏精神。虽然这大无畏精神，若能详细加以解剖，那发动正似乎也仍然只是中国人的“任性”；而属于“名士”一流的任性，病的颓废的任性，可尊敬处并不比可嘲弄处为多。并且从另一方面去检查，也足证明那软弱不结实；因为那战斗是辱骂，是毫无危险的袭击，是很方便的法术。这里在战斗一个名词上，我们是只看得鲁迅比其他作家诚实率真一点的。另外是看得他的聪明，善于用笔作战，把自己位置在有阴影处。不过他的战斗还告了我们一件事情，就是他那不大从小利害打算的可爱处。

从老辣文章上，我们又可以寻得到这个人的天真心情。懂世故而不学世故，不否认自己世故，却事事同世故异途，是这个人比其他作家名流不同的地方。这脾气的形成，有两面，一是年龄，一是生长的地方；我以为第一个理由较可解释得正确。

鲁迅是战斗过来的，在那五年来的过去。眼前仿佛沉默了，也并不完全消沉。在将来，某一个日子，某一时，我们当相信还能见到这个战士，重新的披坚持锐（在行为上他总仍然不能不把自己发风动气的样子给人取笑），向一切挑衅，挥斧扬戈吧。这样事，是什么时候呢？是谁也不明白的。这里所需要的自然是他对于人生的新的决定一件事了。

可是，在过去，在这个人任性行为的过去，本人所得的意义是些什么呢？是成功的欢喜，还是败北的消沉呢？

用脚踹下了他的敌人到泥里去以后，这有了点年纪的人，是不是真如故事所说“掀髯喝喝大笑”？从各方面看，是这个因寂寞而说话的人，正如因寂寞而唱歌一样，到台上去，把一阕一阕所要唱的歌唱过，听到拍手，同时也听到一点反对声音，但歌声一息，年青人皆离了座位，这个人，新的寂寞或原有的寂寞，仍然粘上心来了。为寂寞，或者在方便中说，为不平，为脾气的固有，要战斗，不惜牺牲一切，作恶詈指摘工作，从一些小罅小隙方便处，施小而有效的针螫，这人是可以说奏了凯而回营的。原有的趣味不投的一切敌人，是好像完全在自己一枝笔下扫尽了，许多年青人皆成为俘虏感觉到战士的可钦佩了。这战士，在疲倦苏息中，用一双战胜敌人的眼与出奇制胜的心，睨视天的一方作一种忖度，忽然感到另外一个威严向他压迫，一团黑色的东西，一种不可抗的势力，向他挑衅；这敌人，就是衰老同死亡，像一只荒漠中以麋鹿作食料的巨鹰，盘旋到这略有了点年纪的人心头上，鲁迅吓怕了，软弱了。

从《坟》《热风》《华盖》各集到《野草》，可以搜索得出这个战士先是怎样与世作战，而到后又如何在衰老的自觉情形中战栗与沉默。他如一般有思想的人一样，从那一个黑暗而感到黑暗的严肃；也如一般有思想的人一样，把希望付之于年青人，而以感慨度着剩余的每一个日子了。那里有无可奈何的，可悯恻的，柔软如女孩子的心情，这心情是忧郁的女性的。青春的绝望，现世的梦的破灭，时代的动摇，以及其他纠纷，他无有不看到感到；他写了《野草》。《野草》有人说是诗，是散文，那是并无多大关系的。《野草》比其他杂感稍稍不同，可不是完全任性的东西。在《野草》上，我们的读者，是应当因为明白那些思想的蛇缭绕到作者的脑中，怎样的苦了这"战士"，把他的械缴去，被幽囚起来，而锢蔽中聊以自娱的光明的希望，是如何可怜的付之于年青时代那一面的。懂到《野草》上所缠缚的一个图与生存作战而终于用手遮掩了双眼的中年人心情，我们在另外一些过去一时代的人物，在生存中多悲愤，任性自弃，或故图违反人类生活里所有道德的秩序，容易得到一种理解的机会。从生存的对方，衰老与死亡，看到敌人所持的兵刃，以及所掘的深阱，因而更坚持着这生，顽固而谋作一种争斗，或在否定里谋解决，如释迦牟尼，这自然是一个伟大而可敬佩的苦战。同样看到了一切，或一片，因为民族性与过去我们哲人一类留下的不健康的生活观念所影响，在找寻结论的困难中，跌到了酒色声歌各样享乐世道里，消磨这生的残余，如中国各样古往今来的诗人文人，这也仍然是一种持着生存向前而不能，始反回毁灭那一条路的勇壮的企图。两种人皆是感着为时代所带走，由旧时代所培养而来的情绪不适宜于新的天地，在积极消极行为中向黑暗反抗，而那动机与其说是可敬可笑，倒不如一例给这些人以同样怜悯为恰当的。因为这些哲人或名士，那争斗的情形，仍然全是先屈服到那一个深阱的黑暗里，到后是恰如其所料，跌到里面去了。

同死亡衰老作直接斗争的，在过去是道教的神仙，在近世是自然科学家。因为把基础立在一个与诗歌同样美幻的唯心的抽象上面努力，做神仙的是完全失败了。科学的发明，虽据说有了可惊的成绩，但用科学来代替那不意的神迹，反自然的实现，为时仍似乎尚早。在中国，则知识阶级的一型中，所谓知识阶级不缺少绅士教养的中年人，对过去的神仙的梦既不能作，新的信赖复极缺少，在生存的肯定上起了惑疑，而又缺少堕入放荡行为的方便，终于彷徨无措，仍然如年纪方在二十数目上的年青人的烦恼，任性使气，睚眦之怨必报，多疑而无力向前，鲁迅是我们所知道见到的一个。

终于彷徨了自己的脚步，在数年来作着那个林语堂教授所说的装死时代的鲁迅先生，在那沉默里（说是“装死”原是侮辱了这个人的一句最不得体的话），我们是可以希望到有一天见到他那新的肯定后，跃马上场的百倍精神情形的。可是这事是鲁迅先生能够做到的，还是高兴去做的没有？虽然在左翼作家联盟添上了一个名字。这里是缺少智慧作像林教授那种答案的言语的。

在这个人过去的战斗意义上，有些人，是为了他那手段感到尊敬，为那方向却不少小小失望的。但他在这上面有了一种解释，作过一种辩护。那辩护好像他说过所说的事全是非说不可。“是意气，把‘意气’这样东西除去，把‘趣味’这样东西除去，把因偏见而孕育的憎恶除去，鲁迅就不能写一篇文章了。”上面的话是我曾听到过一个有思想而对于鲁迅先生认识的年青人某君说过。那年青人说的话，是承认批评这字样，就完全建筑在意气与趣味两种理由上而成立的东西。但因为趣味同意气，即兴的与任性的两样原因，他以为鲁迅杂感与创作对世界所下的那批评，自己过后或许也有感到无聊的一时了。我对于这个估计十分同意。他那两年来的沉默，据说是有所感慨而沉默的。前后全是感慨！不作另外杂感文章，原来是时代使他哑了口。他对一些不可知的年青人，付给一切光明的希望，但对现在所谓左翼作者，他是在放下笔以后用口还仍然在作一种不饶人的极其缺少尊敬的批评的，这些事就说明了那意气粘膏一般还贴在心上。个人主义的一点强项处，是这人使我们有机会触着他那最人性的一面，而感觉到那孩子气的爱娇的地方的。在这里，我们似乎不适宜于用一个批评家口吻，说“那样好这样坏”拣选精肥的言语了，在研究这人的作品一事上，我们不得不把效率同价值暂时抛开的。

现在的鲁迅，在翻译与介绍上，给我们年青人尽的力，是他那排除意气而与时代的虚伪作战所取的一个最新的而最漂亮的手段。这里自然有比过去更大的贡献的意义存在。不过为了那在任何时皆可从那中年人言行上找到的“任性”的气分，那气分，将使他仍然会在某样方便中，否认他自己的工作，用俨然不足与共存亡的最中国型的态度，不惜自污那样说是“自己仍然只是趣味的原故做这些事”，用作对付那类掮着文学招牌到处招摇兜揽的人物，这是一定事实吧。这态度，我曾说过这是“最中国型”的态度的。

鲁迅先生不要正义与名分，是为什么原因？

现在所谓好的名分，似乎全为那些伶精方便汉子攫到手中了，许多人是完全依赖这名分而活下的，鲁迅先生放弃这正义了。作家们在自己刊物上自己作伪的事情，那样聪明的求名，敏捷的自炫，真是令人非常的佩服，鲁迅明白这个所以他对于那纸上恭敬，也看到背面的阴谋。“战士”的绰号，在那中年人的耳朵里，所振动的恐怕不过只是那不端方的嘲谑。这些他那杂感里，那对于名分的逃遁，很容易给人发笑的神气，是一再可以发现到的。那不好意思在某种名分下生活的情形，恰恰与另一种人太好意思自觉神圣的，据说是最前进的文学思想掮客的大作家们作一巧妙的对照。在这对照上，我们看得出鲁迅的“诚实”，而另外一种的适宜生存于新的时代。

世界上，蠢东西仿佛总是多数的多数，在好名分里，在多数解释的一个态度下，在叫卖情形中，我们是从掮着圣雅各名义活得很舒泰的基督徒那一方面，可以憬然觉悟作着那种异途同归的事业的人是应用了怎样狡猾诡诈的方法而又如何得到了“多数”的。鲁迅并不得到多数，也不大注意去怎样获得，这一点是他可爱的地方，是中国型的作人的美处。这典型的姿态，到鲁迅，或者是最后的一位了。因为在新的生产关系下长成的年青人，如郭沫若，如……在生存态度下，是种下了深的顽固的，争斗的力之种子，贪得，进取，不量力的争夺，空的虚声的呐喊，不知遮掩的战斗，造谣，说谎，种种在昔时为“无赖”而在今日为“长德”的各样行为，使“世故”与年青人无缘，鲁迅先生的战略，或者是不会再见于中国了！

学鲁迅

文学革命的意义，实包含“工具重造”、“工具重用”两个目标。把文字由艰深空泛转为明白亲切，是工具重造。由误用滥用，把艰深空泛文字用到颂扬名伶名花、军阀遗老，为他们封王进爵、拜生做寿，或死去以后谀墓哄鬼工作，改成明白亲切文体，用到人民生活苦乐的叙述，以及多数人民为求生存，求发展，所作合理挣扎，种种挣扎如何遭遇挫折，半路绊倒又继续爬起，始终否定当前现实，追求未来种种合理发展过程，加以分析，检讨，解剖，进而对于明日社会作种种预言，鼓励其实现，是工具重用。两目标同源异流，各自发展，各有成就：或丰饶了新文学各部门在文体设计文学风格上的纪录，或扩大加强了文学社会性的价值意识。终复异途同归，二而一，“文学与人生不可分”。一切理论的发展，由陈独秀、胡适之诸先生起始，三十年来或以文学社团主张出发，或由政治集团思想出发，理论变化虽多，却始终无从推翻这话所包含的健康原则和深远意义。几个先驱者工作中，具有实证性及奠基性的成就，鲁迅先生的贡献实明确而永久。分别说来，有三方面特别值得记忆和敬视：

一、于古文学的爬梳整理工作，不作章句之儒，能把握大处。

二、于否定现实社会工作，一支笔锋利如刀，用在杂文方面，能直中民族中虚伪、自大、空疏、堕落、依赖、因循种种弱点的要害。强烈憎恶中复一贯有深刻悲悯浸润流注。

三、于乡土文学的发轫，作为领路者，使新作家群的笔，从教条观念拘束中脱出，贴近土地，挹取滋养，新文学的发展，进入一新的领域，而描写土地人民成为近二十年文学主流。

至于对工作的诚恳，对人的诚恳，一切素朴无华性格，尤足为后来者示范取法。

每年一度对于死者的纪念，纪念意思若有从前人学习，并推广对于前人工作价值的理解，促进更多方面的发展意义，个人以为这一天的纪念，应当使其他三百天大家来好好使用手中的笔，方为合理。因为文学革命的工具重造、工具重用，前人虽尽了所能尽的力，作各方面试探学习，实在说来，待作未作的事就还很多！更何况这个国家目前所进行的大悲剧，使年青一代更担负了如何沉重一份重担，还得要文学家从一个更新之观点上给他们以鼓励，以刺激，以启发，将来方能于此残破国土上有勇气来重新努力收拾一切!

“诚恳”倘若是可学的，也是任何一种民族在忧患中挣扎时基本品质。我们由此出发，对于工作，对于人，设能好好保持到它，即或走各自能走的路：作研究好，写杂文好，把一支笔贴近土地来写旧的毁灭和新的生长，以及新旧交替一切问题好。若这一点学不到，纪念即再热烈，和纪念本意将越来越远，即用笔，所能作的贡献，恐怕也将不会怎么多！再若教人学鲁迅的，年过四十，鲁迅在四十岁前后工作上的三种成就，尚无一种能学到。至于鲁迅先生那点天真诚恳处，却用一种社交上的世故适应来代替，这就未免太可怕了。因为年青人若葫芦依样，死者无知，倒也无所谓，正如中山先生之伟大，并不曾为后来者不能光大主义而减色。若死者有知，则每次纪念，将必增加痛苦。

其实这痛苦鲁迅先生在死后虽可免去，在生前则已料及。病时所发表一个拟遗嘱上，曾说得极明白。要家中人莫为彼举行任何仪式，莫收受人馈赠，要儿子莫作空头文学家。言虽若嘲谑，而实沉痛。因生前虽极力帮忙年青作家，也吃了不少空头作家闷气，十分失望。目下大家言学鲁迅，这个遗嘱其实也值得提出来，作为一种警惕。

书法艺术应向传统学习

| 原题《谈写字（一）》·《谈写字（二）》，前者首发于一九三七年四月四日天津《大公报·文艺》，后者首发于一九四八年七月一日《论语》。

一

社会组织复杂时，所有事业就得“分工”。任何一种工作，必需要锲而不舍地从事多年，才能够有点成就。当行与玩票，造诣分别显然。兼有几种长处，所谓业余嗜好成就胜过本行专业的，自然有人。但这种人到底是少数。特殊天才虽可以超越那个限度，用极少精力，极少时间，作成发明创造的奇迹。然而这种奇迹期之于一般人，无可希望。一般人对于某种专门事业，无具体了解，难说创造；无较深认识，决不能产生奇迹。不特谨严的科学是这样，便是看来自由方便的艺术，其实也是这样。

多数人若肯承认在艺术上分工的事实，那就好多了。不幸得很，中国多数人大都忽略了这种事实。都以为一事精便百事精。尤其是艺术，社会上许多人到某一时都欢喜附庸风雅，从事艺术。惟其倾心艺术，影响所及恰好作成艺术进步的障碍，这个人若在社会又有地位，有势力，且会招致艺术的堕落。最显著的一例就是写字。

写字算不算得是艺术，本来是一个问题。原因是它在人类少共通性，在时间上又少固定性。但我们不妨从历史来考察一下，看看写字是不是可称为有艺术价值。就现存最古的甲骨文字看来，可知道当时文字制作者，在点线明朗悦目便于记忆外，已经注重到它个别与群体的装饰美或图案美。到铜器文字，这种努力尤其显然（商器文字如画，周器文字上极重组织）。此后大小篆的雄秀，秦权量文字的整肃，汉碑碣的繁复变化，从而节省为章草，整齐成今隶，它那变革原因，虽重在讲求便利，切合实用，然而也就始终有一种造形美的意识存在。因为这种超实用的意识，浸润流注，方促进其发展。我们若有了这点认识，就权且承认写字是一种艺术，似乎算不得如何冒失了。

写字的艺术价值成为问题，倒恰好是文字被人承认为艺术一部门之时。史称熹平时蔡邕写石经成功，立于太学门外，观看的和摹写的车乘日千余辆，填塞街陌。到晋有王羲之作行草书，更奠定了字体在中国的艺术价值，不过同时也就凝固了文字艺术创造的精神。从此写字重摹仿，且渐重作者本人的事功，容易受人为风气所支配，在社会上它的地位与图画、音乐、雕刻比较起来，虽见得更贴近生活，切于应用，令人注意，但与纯艺术也就越远了。

到近来因此有人否认字在艺术上的价值，以为它虽有社会地位，却无艺术价值。郑振铎先生是否认它最力的一个人，与朋友间或作小小的舌战，以为写字不能称为艺术。（郑先生大约只是觉得它与“革命”无关，与“利用学生”无关，所以否认它有艺术价值。至于某种字体笔画分布妥贴所给人的愉快，郑先生还是能够欣赏，所以当影印某种图籍时，却乐于找寻朋友，用极飘逸悦目的字体，写他所作那篇序文。）艺术，是不是还许可它在给人愉快意义上证明它的价值？我们是不是可以为艺术下个简单界说："艺术，它的作用就是能够给人一种正当无邪的愉快？"艺术的价值自然很多，但据我个人看来，称引一种美丽的字体为艺术，大致是不会十分错误的。

字的艺术价值动摇，浮泛而无固定性，是否艺术成为问题，另外有个原因，不在它的本身，却在大多数人对于字的估价方法先有问题。一部分人把它和图画、音乐、雕刻比较，便见得一切艺术都有所谓创造性，唯独写字拘束性大，无创造性可言。并且单独无道德或情感教化启示力量，故轻视它。这种轻视无补于字的地位，自然也无害于字的艺术真价值。轻视它，不注意它，那就罢了。到记日用账目或给什么密友情人写信时，这轻视它的人总依然不肯十分疏忽它，明白一个文件看来顺眼有助于目的的获得。家中的卧房或客厅里，还是愿意挂一副写得极好的对联，或某种字体美丽的拓片，作为墙头上的装饰。轻视字的艺术价值的人，其实不过是对于字的艺术效果要求太多而已。糟的倒是另外一种过分重视它而又莫明其妙的欣赏者。这种人对于字的本身美恶照例毫无理解（凑巧这种人又特别多），正因其无理解，便把字附上另外人事的媒介，间接给他一种价值。把字当成一种人格的象征，一种权力的符咒；换言之，欣赏它只为的是崇拜它。前年中国运故宫古物往伦敦展览时，英国委员选画的标准是见有乾隆皇帝题字的都一例带走。中国委员当时以为这种"毛子精神"十分可笑。其实中国艺术鉴赏者，何尝不是同样可笑。近年来南北美术展览会里，常常可以发现吴佩孚先生画的竹子，冯玉祥先生写的白话诗，注意的人可真不少。假石涛假八大的字画，定价相当的高，还是容易找到买主。几个比较风雅稍明绘事能涂抹两下的朝野要人，把鬻画作画当成副业，收入居然十分可观。凡此种种，就证明“毛子精神”原来在中国更普遍的存在。几年来“艺术”两个字在社会上走了点运，被人常常提起，便正好仰赖到一群艺术欣赏者的糊涂势利精神，那点对于艺术膈膜，批判不苛刻，对于名公巨卿又特别容易油然发生景仰情绪作成的嗜好。山东督办张宗昌，虽不识字，某艺术杂志上还刊载过他一笔写成的虎字！多数人这么爱好艺术，无形中自然就奖励到庸俗与平凡。标准越低，充行家也越多。书画并列，尤其是写字，仿佛更容易玩票，无怪乎游山玩水时，每到一处名胜地方，当眼处总碰到一些名人题壁刻石。若无世俗对于这些名人的盲目崇拜，这些人一定羞于题壁刻石，把上好的一堵墙壁一块石头脏毁，来虐待游人的眼目了。

所以说，“分工”应当是挽救这种艺术堕落可能办法之一种。本来人人都有对于业余兴趣选择的自由，艺术玩票实在还值得加以提倡。因为与其要做官的兼营公债买卖，教书的玩麻雀牌，办党的唱京戏，倒还是让他们写写字画点画好些。然而必需认识分工的事实，真的专家行家方有抬头机会，这一门艺术也方有进步希望。这点认识不特当前的名人需要，当前几个名画家同样需要。画家欢喜写美术字，这种字给人视觉上的痛苦，是大家都知道的。又譬如林风眠先生，可说是近代中国画家态度诚实用力勤苦的一个模范，他那有创造性的中国画，虽近于一种试验，成就尚有待于他的努力，至少他的试验我们得承认它是一条可能的新路。不幸他还想把那点创造性转用在题画的文字上，因此一来，一幅好画也弄成不三不四了。记得他那绘画展览时，还有个批评家，特别称赞他题在画上的字，以为一部分用水冲淡，能给人一种新的印象。很显然，这种称赞是荒谬可笑的。林先生所写的字，所用的冲淡方法，都因为他对于写字并不当行。林先生若还有一个诤友，就应当劝他把那些美丽画上的文字，尽可能的去掉。

话说回来，在中国，一切专业者似乎都有机会抬头，唯独写字，它的希望真渺茫得很！每个认字的人，照例都被动或自动临过几种字帖，刘石庵、邓石如、九成宫、多宝塔、张黑女、董美人，……是一串人熟习的名词。有人欢喜玩它，谁能说这不是你的当行，不必玩？正因为是一种谁也知道一两手的玩意儿，因此在任何艺术展览会里，我们的眼福就只是看俗书劣书，别无希望了。专家何尝不多，但所谓专家，也不过是会写写字，多学几种帖，能摹仿某种名迹的形似那么一种人吧。欣赏者不懂字，专家也不怎么懂字。必明白字的艺术，应有的限度，折衷古人，综合其长处，方能给人一点新的惊讶，新的启示。欲独辟蹊径，必理解它在点线疏密分布间，如何一来方可以得到一种官感上的愉快，一种从视觉上给人雕塑、图画兼音乐的效果。这种专家当然不多。另一种专家，就是有继往开来的野心，却无继往开来的能力，终日胡乱涂抹，自得其乐，批评鉴赏者不外僚属朋辈以及强充风雅的市侩，各以糊涂而兼阿谀口吻行为，赞叹爱好，因此这人便成一家。这种专家在目前情形下，当然越来越多。这种专家一多，结果促成一种风气，便是以庸俗恶劣代替美丽的风气。专家不抬头，倒是“塞翁失马”，消极的不至于使字的艺术十分堕落，专家抬头，也许更要不得了。

我们若在这方面还存下一点希望，似乎还有两种办法可以努力，一是把写字重新加以提倡，使它成为一种特殊的艺术，玩票的无由插手；二是索性把它看成一种卑贱的行业，让各种字体同工匠书记发生密切关系，以至于玩票的不屑于从事此道。如此一来，从装饰言，将来必可以看到许多点线悦目的字；从应用言，也可望多数人都写出一种便利流动的字。这种提倡值得大家关心，因为它若有了点效果，名流的俗字，艺术家的美术字，不至于到处散播，我们的眼目，就不必再忍受这两种虐待了。

二

一、宋四家

书画到宋代后，有了极大变化，说坏处是去传统标准日远，说特色是敢自我作古。经生体的稳重熟练把握不住，虞欧褚颜的创造天赋也都缺乏。试用代表这个时代的苏黄米蔡（图 1-4）作例，就可知道这几个人的成就，若律以晋唐法度规模，便

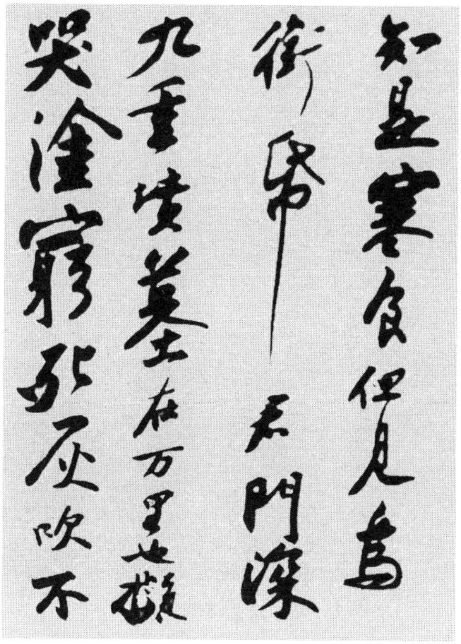

图 1　宋　苏轼《东坡黄州寒食诗》局部

图2　宋　黄庭坚《伏波神祠诗卷》局部

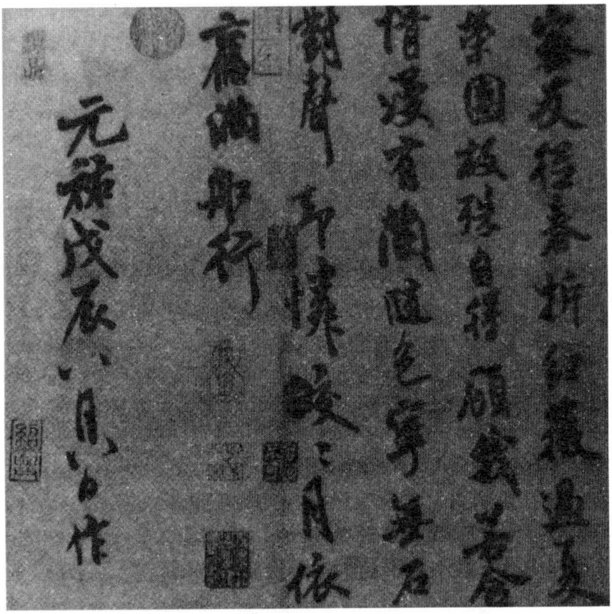

图3　宋　米芾《苕溪诗》局部

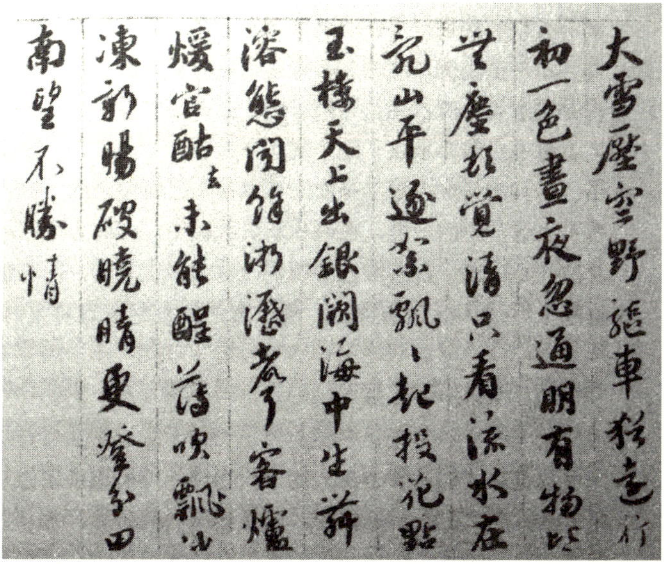

图4　宋　蔡襄《自书诗帖》局部

见得结体用笔无不带点权谲霸气，少端丽庄雅，能奔放而不能蕴藉。就中蔡襄楷书虽努力学古，也并不成功。功夫即下得多，作字结体用笔，都呆俗无精神。米芾书称从兰亭出，去兰亭从容和婉可多远！若遇游山玩水，探胜访奇，兴会来时，攘袖挥毫，摩崖题壁，草草数行，自然尚有些动人处。函简往还，叙述家常琐事，跋赞法书名画，间或记点小小掌故，也留下些妙墨佳书，至若一本正经的碑志文字，四家实少合作。苏书罗池庙碑，蔡书荔子谱，万安桥记，都笔不称名。黄书做作，力求奔放潇洒，不脱新安茶客情调。恰如副官与人对杯，终不能令人想象曲水流觞情景也。米书可大可小，最不宜中，一到正正经经来点什么时，即大有不知如何做手脚急窘，此外理学大儒，馆阁词臣，元勋武将，词人骚客，也留下许多作品，如朱熹、王安石、司马光、文彦博、韩绛、吴琚、范成大、陆游，大多数可说是字以人传，无多特别精彩处。倒还是范成大和陆游较好。即以四大家而论，米称俊爽豪放，苏称妩媚温润，黄号秀挺老成，蔡号独得大王草法；其实则多以巧取势，实学不足，去本日远。即以对于艺术兴趣特别浓厚赏鉴力又极高之徽宗皇帝而言，题跋前人名迹时，来三两行瘦金体书，笔墨秀挺中见苍劲，自成一格，还可给人一种洒落印象。写字一到二十行，就不免因结体少变化而见出俗气，呆气，头巾气，难称佳制。《墨庄漫录》称：

> 海岳以书学博士召对，上问本朝以书名数人。海岳各以其人对，曰："蔡京不得笔，蔡卞得笔而少逸韵。蔡襄勒字，沈辽排字，黄庭坚描字，苏轼画字。"上复问："卿书如何？"对曰："臣书刷字。"

倪思评及宋贤书时，也有相似意见。大米虽有痴名，人实不痴，既善作伪，又复好洁成癖，对于自己一笔字，平时倒看得极重。其实论到宋代几个有名书家笔墨长短时，这种应对可谓相当准确，并非完全戏谑。说宋人已不能如虞欧褚颜认真写字，并不为过。

宋人虽不长于认真写字，可是后世人作园林别墅匾对，用宋人字体写来，却还不俗气。这种匾对照例可保留一种潇洒散逸情趣，容易与自然景物相衬。即作商店铺户横竖招牌，有时也比较傻仿颜柳字体少市侩气，呆仿六朝碑少做作气。就中尤以米苏字体，在卷轴上作一寸以内题识时，如吴琚与吴宽，笔墨尽管极力求脱俗，结果或者反而难免八分俗气。成行成篇还看得去，一个一个裁下看，简直不成东西！可是若把字体放大到一尺以后，不多不少来个三五字，又却常常雅韵欲流，面目一新。然放大米书容易，放大苏书似不容易。因此能作大字米黄体的有人，作苏书的世多不见。

二、近代笔墨

康南海先生喜谈书法，谈及近百年笔墨优劣时，有所抑扬，常举例不示例，不足以证是非。至于南海先生个人用笔结体，虽努力在点画间求苍莽雄奇效果，无如笔不从心，手不逮意，终不免给人一芜杂印象。一生到处题名，写字无数，且最欢喜写“开张天岸马　奇逸人中龙”一联，却始终不及在云南昆明黑龙潭相传为陈搏那十个字来得秀雅奇逸！一个书家终生努力，还不及他人十个字给人印象之深，似乎也就大可不必写字了。昔人说，鲜于伯几康里子山笔下有河朔气，评语褒中寓贬。南海先生实代表“广东作风”，启近代“伟人派”一格。反不如梁任公胡展堂二先生同样是广东人，却能谨守一家法度，不失古人步骤，转而耐看。所以说南海先生代表广东作风，正可与画家中的高奇峰、高剑父、林风眠，同为一条战线上人物。笔下心中都有创造欲，可惜意境不高，成就因之亦有限。政治革命为社会民族作预言，事情不容易而容易；至于文学艺术革命，事情却容易而不容易。为的是这是另外一种战争！

因此让我想起一个附带建议，即盼望现代画家再莫题跋。尤其是几位欢喜题跋的画家，题跋常破坏了画的完美！

其实欲明白清代书法优劣，为南海先生议论取证，不如向故都琉璃厂走走，即可从南纸店和古董铺匾额得到满意答复。因为照习惯，这百十家商店的市招，多近两百年国内名流达宦手笔。虽匾额字数不多，难尽各人所长，然在同一限度中，却多少可见出一点各自不同的风格或性格。北平商店最有名市招，自然应数宣武门外骡马市大街“西鹤年堂”一面金字招牌，传为严分宜手书，还有神武门大街大高殿牌楼几个横额，字体从小欧道因碑出，加峻紧险迫，筋骨开张；二百年来还仿佛可从笔画转折间见出执笔者执拗性情。至于琉璃厂匾额，实美不胜收。二十六年最摩登的应数梅兰芳为“伦池斋”写的三个字。乾嘉时代多宰臣执政名公巨卿手笔，刘墉、翁方纲可作代表。咸同之季多儒将手笔，曾左可作代表。晚清多诗人名士手笔，法式善，宝竹坡可作代表。……入民国以后，情形又随政体而变，总统如黎元洪、袁世凯，军阀如吴佩孚、段祺瑞，此外如水竹村人（徐世昌）的大草书，逊清太傅陈宝琛的欧体书，内阁总理熊希龄的山谷体行书，诗人词客议员记者学者名伶如樊增祥、姚茫父、罗瘿公、罗振玉、沈寐叟、庄蕴宽、林长民、邵飘萍等等各有千秋的笔墨，都各据一家屋檐下，俯视过路人，也仅过路人瞻仰。到民八以后，则新社会露头角的名流，与旧社会身份日高的戏剧演员，及在新旧社会之间两不可少的印人画家，如蔡元培、胡适之、梅兰芳、程砚秋、齐白石、寿鑈诸人写的大小招牌，又各自填补了若干屋檐下空缺。所以从这个地方，我们不仅可以见出近两百年来有象征性的大人物名姓墨迹，还可从执笔者的身份地位见出时代风气的变迁。先是名公宰臣的题署，与宏奖风雅大有关系，极为商人所尊重。其次是官爵与艺术分道扬镳，名士未必即是名臣，商人倒乐意用名士作号召。再其次是遗老与军阀，艺员与画家，在商人心中眼中已给予平等重视，这些人本身也必然亦承认了这个现实平等观。“民主”二字倒真像快要来到了。再其次是玩古董字画卖文房四宝，已得用新的一群作象征，也可知事实上这个新的一群，在时代新陈代谢中，已成为风雅的支持者了。再其次，是琉璃厂古董铺已有悄悄改营金钞生意的，旧书铺或兼卖新体小说或率性改作纸烟杂货店，横匾自然就已到可有可无时代了。

三、市招与社会

若说从故都一条小街上的市招字体，可看出中国近百年书法的变，和中国历史文化的新陈代谢，及社会风气的转移，那从此外各地都会市招上，也一定可以明白一点东西。凡较热闹的省会，我们一定会感觉到一件事，即新的马路和新的店铺，多用新的市招。虽间或可从药店，和糕饼店、南纸店，发现一二旧式匾额，比较上已不多。可知这三样旧社会的商业，或因牌号旧，或因社会需要，在新的都会中尚勉强能存在。但试想想，旧药店已不能不卖阿司批灵，糕饼店也安上玻璃柜兼售牛奶面包，南纸店更照例得准备洋墨水和练习簿，就可知大都会这些旧牌号，虽存在实勉强存在，过不久恐都得取消了。最后剩下的将是中医与财神庙的匾额，这是中国人五十年内少不了的。虽然新式理发馆或大银行门面，依然常常有个伟人题字点缀，一看也就知道所需要的正如办丧事人家题铭旌，只是题字人的功名，字体好坏实已不再为任何方面注意。武昌黄鹤楼废基上的露天摊子，“小孔明”的招子，已到什么总队的大队长为用美术字招徕主顾了。

不过从执笔方面，也多少可以看出一点代表地方的象征。譬如说，南京有的是官大名分多的革命要人，市招上题名也大多数是这种要人。民十八以后，南京的旅馆、饭馆，以及什么公司，都可发现谭于诸老的墨迹，多少也可象征一个不再重职业阶级的民主国伟人气度。山东究竟是文化礼义之邦，济南市面虽日益变新，旧招牌尚多好好保存。较新的牌号，大多数还是一个胶东状元王垿所包办，醴泉铭作底子的馆阁体欧书，虽平板些不失典型。长沙是个也爱名人也重伟人的地方，（未焚烧前）各业匾额便多谭延闿先生争座位颜体大字，和书家杨仲子

（杨度之弟）六朝体榜书，两人秋色平分。杭州是个也有名流也要书家的地方，所以商店中到处可见周承德先生宽博大方的郑文公碑体写在朱红漆金字大匾上。至若西湖沿湖私人别墅园亭，却多国内近卅年名流达官的题署。上海是个商业都会，并且是个五方杂处英雄豪杰活动地方，所以凡用得着署名市招的，就常有上海闻人虞洽卿、王一亭、杜月笙的题字。近代社会要人与闻人关系既相当密切，因之凡闻人的大小企业，从百货公司到成衣店，却又多党国要人题字。

四、新问题

大凡欢喜写写字，且乐意到一个新地方从当地招牌上认识那地方文化程度或象征人物的，都可能有个相差不多的印象或感想，即招牌字体有越来越不高明的趋势。或者因为新式商店门面宽窄无定，或者因为油漆匠技术与所用材料恶劣，居多招牌字体比例就永远不会与匾额相称，匾额又照例难与门面装饰性相调和。至于请求名人动笔的商人呢，似乎已到不明好坏不问好坏情形，只是执笔的官位越大或为人越富于商标性就越好。至于写字的名人伟人呢，若还想把它当成一件事作，好坏之间还有点荣辱感，肯老老实实找个人代笔，还不失为得计。不幸常常是来者不拒，有求必应。有些人（尤其是我们常见的“文化人”）许多许多竟特别欢喜不择纸笔，当众挥毫，表示伟大洒脱。不是用写径寸字体的结构方法放大成对径二尺三尺的大字，就是用不知什么东西作成的笔，三涂五抹而成，真应了千年前火正后人米颠说的，不是“勒”字就是“排”字，不是“描”字就是“刷”字。可是论成就，却与古人成就相去多远！虽说这种连扫带刷的字体，有时倒也和照相馆西药房这些商号本身性质相称，可是这一来，在街上散步时，我们从市招上享受字体愉快的权利，可完全被剥夺了。（但知识青年的纪念册，却正是这种伟人字的战场，恰恰如许多名胜地方墙壁上，是副官军需题诗的战场一样；论恶劣，真不容易公平批判！）

权利去掉后自然多了一种义务，那就是在任何地方都可碰头的伟人字和美术字。这两者合流，正象征一种新的形成，原来是奠基于“莫名其妙”和“七拼八凑”。从写字看文化，使我们感觉到像上月朱自清先生，对于政府十年前迫学生用毛笔的复古担忧，为不必要。也为梁思成先生主持北平文整会的修理工作的意见，同意以外觉得茫然。因为党国要人中虽还有个吴稚老，欢喜写写篆字，至于另外一位富有民主风度的于胡子，写的字就已经像是有意现代化，用大型特制原子笔作成莼菜条笔锋。北平琉璃厂的戴月轩李福寿，好笔作价已到三千万，政府那还有兴趣能够强迫人用毛笔写好字！至于费三十五十亿来收拾的故都，也真只是将将就就来收拾一下罢了。因为国内最有历史价值的建筑雕刻，当数山西河洛，许多地方都是梁先生伉俪在二十三到二十六年亲身调查过的。八年沦陷，云冈和天龙山已面目全非，五台赵城的土木建筑，毁去的更无可补救。和平胜利后，随之而来是一个更猛烈残酷的内战，炮火焚灼所及，这些东东西西留下的废墟，也会因种种情形而完全毁去本来样子，作成个踪迹不存。十年前保存在中国营造学社，人间仅有的一些建筑照片，听说一部分即已在八年前寄存于天津一银行库中时为水毁去。能爱惜、研究、保存的专家，全中国只那么一二人，个人即雄心依旧，必和国内其他工矿专家一样，也快老了，体力精神消耗得都差不多了，即有机会再来工作，也恐怕来不及了。全个国家却正在具体和抽象的两种大火中无限制的焚烧。读读《大公报》上连载的梁先生那篇文章，让我们看到一个对历史和文化有责任有良心的专家，活在二十世纪上半期的中国，灵魂上的灾难实如何深刻。梁先生也许会和我有同感，即一个故宫博物院最大的用处，如只是五月二十这一天，把宫灯挂出来点缀纪念，不能作更有意义的改革，并供给多数人研究学习的便利，这个博物院的存在与否，实在都无意义可言！且不妨比朱佩弦先生主张听它毁坍还激烈，进而主张一把火烧去。但目前更重要的，或者还是凡力之所及能保存的，即毁去也无助于社会革命发展的，读书人的急进诅咒，莫一例来煽火扬焰。社会分解加剧，“文化保卫”四个字若还有点意义，有许多事就值得分开来说来看，而这个分别的责任，即落在对国家民族对世界文化有认识有良心的读书人肩上。这时节作豪言壮语易，说这种良心话却难。我们实在还需要更多像梁思成先生的意见，提出给全国各方面参考。因为任何一个新的社会来临，就还需要工业和其他！

从写字也可让我们明白，社会在变，字体在变，可是字的存在为人民继续当作一种传达意见情感的工具来运用，至少在中国够总还有个百十年寿命可言。字本来是让人认识的，如像北伐以后，近二十年来政工人员写的美术字标语，实在不容易认识，也并不怎么美，使我觉得即此一事，提出向“传统学习”的口号，也就还有其必要！但是向一个现代从事政工人员说“标语字要明白简单醒目而有效果，宜于从传统学习”，当然像是完全胡说！因为凡是这一行工作，都正在打倒“传统”，而学的却是有现代性的“美术字”。辩论结果，只会相互头痛。

京戏的改进问题

| 节选自《跑龙套》，首发于一九五七年七月八日《人民文学》。

我对于京戏，简直是个外行，解放前一年难得看上三五次，解放后机会多了些，还是并不懂戏。虽然极小时就欢喜站在有牵牛花式大喇叭的留声机前边，饱听过谭叫天、陈德林、孙菊仙、小达子、杨小楼……等流行唱片，似乎预先已有过一些训练。顽童时代也净逃学去看野台戏。到北京来资格还是极差。全国人都说是“看戏”，唯有北京说“听戏”，二十年前你说去“看戏”，还将当作笑谈，肯定你是外行。京戏必用耳听，有个半世纪前故事可以作例：清末民初有那么一个真懂艺术的戏迷，上“三庆”听谭老板的戏时，不问寒暑，每戏必到，但座位远近却因戏而不同。到老谭戏一落腔，就把预先藏在袖子里两个小小棉花球，谨谨慎慎取出来，塞住耳朵，屏声静气，躬身退席。用意是把老谭那点味儿好好保留在大脑中，免得被下场锣鼓人声冲淡！这才真正是老谭难得的知音，演员听众各有千秋！故事虽极生动，我还是觉得这对当前今后京戏的提高和改进，并无什么好影响。因为老谭不出世，这种观众也不易培养。至于一般观众，居多是在近八年内由全国四面八方

而来，不论是学生还是工农兵，到戏园子来，大致还是准备眼耳并用，不能如老内行有修养。对于个人在台边一唱半天的某种剧目，即或唱工再好，也不免令人起疲乏之感。何况有时还腔调平凡陈腐。最不上劲的，是某种名角的新腔。通常是一个人摇着头满得意的唱下去，曼声长引，转腔换调时，逼得喉咙紧紧的，上气不接下气，好像孩子比赛似的，看谁气长谁就算本事高明。他本人除了唱也似乎无戏可作，手足身段都是静止的，台上一大群跑龙套，更是无戏可作，多站在那里睡意朦胧的打盹，只让主角一人拚命。这种单调唱辞的延长，和沉闷的空气的感染，使得观众中不可免也有逐渐同梦周公势。这种感染催眠情形，是观众对艺术的无知，还是台上的表演过于沉闷单调，似乎值得商讨。有朋友说，旧戏主角占特别地位，在这一点上，是“主角突出”。我以为如突出到主角声嘶力竭，而台上下到催眠程度，是否反而形成一种脱离群众的典型，还是值得商讨。

京戏中有很多好戏，其中一部分过于重视主角唱做，忽略助手作用，观众有意见虽保留不言，但是却从另外一种反应测验得知。即近年来地方戏到京演出，几几乎得到普遍的成功。川戏自不待言。此外湘、粤、徽、赣、闽、晋、豫，几几乎都能给观众一种好印象。地方戏不同于京戏，主要就是凡上台的生旦净丑，身分虽不相同，都有戏可做。这是中国戏剧真正老规矩，从元明杂剧本子上也可看得出来。虽属纯粹配角，也要让他适当发挥作用，共同形成一个总体印象。地方古典戏的编导者，都懂得这一点。比较起来，京戏倒并不是保守，而略有冒进。至于京戏打乱了旧规矩，特别重视名角制，可能受两种影响：前一段和晚清宫廷贵族爱好要求相关，次一段和辛亥以来姚茫父、罗瘿公诸名流为编改脚本有关。这么一来，对诸名艺员而言，为主角突出，可得到充分发挥长处的机会。但是对全个京戏而言，就显然失去了整体调协作用。和地方戏比较，人材锻炼培养也大不相同：地方戏安排角色，从不抹杀一切演员的长处，演员各得其所，新陈代谢之际，生旦净丑不愁接班无人。京戏安排角色，只成就三五名人，其他比较忽略，名人一经凋谢，不免全班解体，难以为继。京戏有危机在此，需要正视。二十年谈京戏改良，我还听到一个京戏正宗大专家说过：京戏有京戏老规矩，不能随便更动（曾举例许多）。我们说京戏并不老，唱法服装都不老，他不承认。事实上随同戏台条件不同，什么都在变。出将入相的二门，当时认为绝不能取消的，一般都不能不取消，只有傀儡戏不变动。检场的今昔也大不相同，二十年前我们还可见到梅兰芳先生演戏，半当中转过面去还有人奉茶。池子里茶房彼此从空中飞掷滚热手巾，从外州县初来的人，一面觉得惊奇，一面不免老担心会落到自己头上。有好些戏园子当时还男女分座，说是免得“有伤风化”。改动旧规矩最多的或者还数梅程二名演员，因为戏本就多是新编的，照老一辈说来，也是“不古不今”。证明京戏改进并非不可能，因为环境条件通通在变。京戏在改进工作中曾经起过带头作用，也发生过麻烦。目前问题就还待有心人从深一层注注意，向真正的古典戏取法，地方戏取法，肯虚心客观有极大好处。例如把凡是上台出场的角色，都给以活动表演的机会，不要再照近五十年办法，不是傻站就是翻斤斗，京戏将面目一新。即以梅先生著名的《贵妃醉酒》一戏为例，几个宫女健康活泼，年青貌美，（我指的是在长沙演出，江苏省京剧团配演的几位，）听她们如傻丫头一个个站在台上许久，作为陪衬，多不经济。如试试让几个人出场不久，在沉香亭畔丝竹筝琶的来按按乐。乐不合拍，杨贵妃还不妨趁醉把琵琶夺过手中，弹一曲“得至宝”或“紫云回”，借此表演表演她作梨园弟子师傅的绝艺。在琵琶声中诸宫女同时献舞，舞玄宗梦里所见“紫云回”曲子本事！如此一来，三十年贵妃醉酒的旧场面，的确是被打破了，可是《贵妃醉酒》一剧，却将由于诸宫女活动的穿插，有了新的充实，新的生命，也免得梅先生一个人在台上唱独脚戏，累得个够狼狈。更重要自然还是因此一来台上年青人有长处可以发挥。京戏改良从这些地方改起，实有意义。还有服装部分，也值得从美术和历史两方面试作些新的考虑。社会总在进展，任何事情停留凝固不得。历史戏似乎也到了对历史空气多作些考虑负点责任时期了。无论洛神、梁红玉、杨贵妃，其实都值得进一步研究，穿什么衣更好看些，更符合历史情感及历史本来。目下杨贵妃的一身穿戴，相当累赘拖沓，有些里衬还颜色失调，从整体说且有落后于越剧趋势。不承认这个现实不成的。过去搞戏剧服装，对开元天宝时代衣冠制度起居诸物把握不住，不妨仅凭主观创造设计。观众要求也并不苛刻，只要花花绿绿好看就成；外人不明白，还说极合符历史真实，这种赞美还在继续说下去，容易形成自我陶醉。目下情形已大不相同，能让历史戏多有些历史气氛，并不怎么困难麻烦，而且也应当是戏剧改良一个正确方向。我们不能迁就观众欣赏水平，值得从这方面作提高打算，娱乐中还多些教育意义。这事情事实上是容易解决的，所缺少的是有心人多用一点心，又能够不以过去成就自限。

用艺术教育拯救民族精神

| 原题《〈艺术周刊〉的诞生》·《艺术教育》，前者首发于一九三四年十月七日天津《大公报·艺术周刊》创刊号，后者首发于一九三七年一月《国闻周报》。

《艺术周刊》的诞生

在中国学艺术真可怜得很，一个高中毕业的学生，入了艺术专科学校后，除了跟那个“教授”画两笔以外，简直就不能再学什么，更不知还可学什么。记得在上海时，曾晤及一个在艺术学校教“图案”的大教授。他说不久以前他到过北京。我问及他对于中国古锦的种类有不有兴味研究，对于中国铜器玉器花纹的比较有不有兴味研究，其次又问及景泰蓝的花纹颜色，硬木家私的体制，故都大建筑上窗棂花样，一串问题他皆带点惊愕神气用一个“否”字来回答。到后我把眉毛皱了一下，大约被他见到了，他赶忙补充似的说道：“我是教图案画的，我看过济南的汉石刻画，真不坏！”我当时差点儿嚷出口来：“我的天，你原来是教图案画的！”

教中国画与教艺术史的，关于他所教的那一行，我也碰过同样的钉子。

很少学校能够有一个稍稍完备的图书馆与艺术陈列室，很少学校能够聘几个研究本国断代艺术史与能够汇通一般艺术的教师。使学生把艺术眼光放宽，引远，且扩大他们的人格与感情，简直就不为从事艺术教育的人所注意。教画的根本兴味那么窄，知识那么少，所教出的有什么结果，也就可想而知了。

凭我们的经验说说，凡是逛过公园的人，总常常见到有学艺术的青年人对那些牌楼很出神的作画。其中有的是大学一年生，有的是大学教授。看看他们的设色，构图，无一不表示他们还在习作。画来画去不离公园牌楼或树林白塔，他们的勤快与固执，真使人想起他们学艺术的方法与选取题材的眼光，有点为他们发愁！除了公园中的牌楼，一个学艺术的就无可学处？谁需要那么多牌楼画？

使学画的居然能够同钓鱼游客一样，在公园林荫中从容作画，艺术教育指导者当然应负点儿责。在公园作画不是罪过，但先生们若知道多一点，也就会教学生们把学习范围放宽一点。然而目前的先生们多少有些是画点牌楼终于成为教授的人，并且先生的先生，说不准还是画这类玩意儿的专家！这个取证并不困难，我们只须跑到什么洋画展览会去看看，数一数有多少幅油画的题材完全相同，就明白了。一个展览会若有三小幅画取材调色足使艺术鉴赏家惊讶，那么，这画展就不算失败了。间或有一两幅眩目惊人，过细看看，布局设色仿佛很熟，原来那是摹来的。

西洋画不曾得到如何成就，还有可原谅处。所学的时间太短，教师差不多又常常是只“三脚猫”，出国时既无基础，学艺术也许是无意中捞着的。他们对于大千世界的颜色与光，点线与体积，既无相汇的理解，世界上的一切光色点线自然便不能使他发迷。他虽学画，也就只“学画”而已。到外国时独自作一张人体素描，在解剖学方面不陷于错误，花的时间就得不少。他原无那么多闲空时间。他一生也许画过几次石膏模型，但多数却学“油画”！回国来把他自己从博物院临来的或经教师改正过的几十幅画，作一次公开展览，于是自然而然各以因缘作了人之师。试想想，这样教授能教个什么授个什么？其中黠诈一点的，强作粗犷，抛去一切典则，以为可以自创一派。同样是黠诈，而又想迎合习气，在中国受文人称赏，在外国被人承认为“中国画”的，必转而来画一群小鸡，几只白鹤，雪中骑驴，月下放舟，同时因基础不佳，便取法简易，仍然把粗犷当成秘诀，用大笔蘸墨在纸上大涂大抹了事。

学西洋画的不成，还可慢慢的进步，中国画又怎么样？生于中国的此时，人在大都市的上海北京或南京，印刷术已十分进步，历史上各时代的名画，学艺术的差不多皆可以有机会见到。但看看我们从艺术学校得到好教训的国画家……

说到这里不知得感谢还是得辱骂几个时下的名人。因为他们的“成功”，以及回老家来的洋画家的“摹仿成功”，各人皆把“成功”看得那么简单与容易，多数学生皆以能够调朱弄绿画点简单大笔花朵草虫为满足，山水画也就永远只是隐士垂钓远浦风帆，诗人窗下读书与骑驴过桥那一套儿。一个国画展览会不必进门，在外边我们也就可以猜想得出它的内容：仿吴昌硕葫芦与梅花，仿齐白石虾蟹与紫藤小鸡，仿新罗折枝，仿南田花果，仿石涛，仿倪高士，仿……仕女则临费小楼，竹子则法郑板桥。这种艺术展览会照样还将有些方块儿字屏条对联，又是仿刘石庵、何绍基、于右任、郑孝胥。他们这样作来，就因为学校只告诉他们这些，他们只知道这些。

大凡一个对中国前途毫不悲观的人，总相信目前国家所遭遇的忧患，还可以依赖现在与将来的一些青年人，各在所努力的事业上把噩梦摆脱。且相信不拘在政治，在艺术，在一切方面，我们还能把历史上积累的民族智慧来运用，走出光辉眩目的新路。但那点做中国人的勇气与信心，真没有比入一次什么艺术展览会的大门更容易受挫折了。

所谓现代艺术家者，对于这个民族在过去一份长长岁月中，用一片颜色，一把线，一块石头或一堆泥土，铜与玉，竹木与牙角，很强烈的注入自己生命意识作成的种种艺术品，有多少可以注意处，皆那么缺少注意，不知注意。各自既不能运用人类智慧光辉的遗产，却又只想陡然的在这块地面创造新的历史。就艺术言，中国几个成名艺术家目前所有的工作，真可以说是正在糟蹋这个民族的工作！多一个艺术学校，也就似乎多一个减少民族复生信心与勇气的机关。

政府对于艺术教育原是无所谓的，请这些人来主持艺术学校，除了花钱真不知还有过什么安排。一切既全由校长先生主持，一个艺术学校照例就只是以中西画为主体，因人的关系或多来一个音乐系，因地的关系或多设一个实用艺术系。为一般学艺术的青年人应有知识而言，希望图书陈列室有种稍稍像样的设备，聘请几个能把艺术观点扩大放宽的教授，以及一群熟练精巧的技师，就是一个奢侈狂妄的企图。一个学艺术的想知道中国绘画从甲骨的涂朱傅墨与甲骨文字中的象形字起始到近代为止，关于它的发展与衍变，既无图片可看，又无先生能教。想知道中国铜器瓦器或其他器物从夏商周到如今，各段落所有的形体花纹材料的比较，且从东方民族器物中加以比较，它与希腊波斯印度又互相有了些什么影响，也必遭遇同样的困难。要研究石刻不成，要研究木刻更不成。中国人虽懂得把印刷术的发明安排到本国教科书中去，但它的发展，想从一个艺术学校的图书陈列室看到就不可能。中国人的治玉与雕牙，在世界上称为东方民族的神工鬼斧，艺术学校不独从不把这种熟练技师请来研究，连这些器物照相图片也就稀有少见，说瓷器，学生更难希望有个小小陈列室，把各时代的瓷器，有秩序的排出，再请一个专家来作一个品质形体花纹的比较说明。总而言之，就是一个艺术学校配称为艺术必需要的设备皆极缺少，所有的却常常是只适宜于打发到理发馆或同类地方的“人”与物。可怜的学生，他们有什么办法？其中即或有想多学一些的，跟谁去学从何学起？

一些艺术学校，到近年来的展览会中，也间或有所谓木刻画了。我还记得在《大公报》本市副刊上，就有个某君说到他们学木刻画的困难。很显然的，目前任何艺术学校中，就还无一个主持人会注意到把中国石上的浮刻，砖上的镂雕，漆器上的堆漆与浮雕，以及木上的浮雕与素描刻画，搜罗点实物，搜罗点图片，让想学习与有兴味学习的年轻人多见识一点，知道运用各种材料，还有多少新路可走。

使艺术教育在一种胡闹鬼混情形中存在与发展，实为一般过去目前艺术家的习气观念所促成。在旧习气旧观念下，想中国艺术的发扬徒为幻想。必先纠正这个错误，中国艺术的明日方可有个新时代可言。《艺术周刊》的产生，便预备从这方面着手。一面将系统的介绍些外国作品与作家思想生活，一面将系统的介绍些中国东西。篇幅安排得下，还将登载点国内外重要艺术消息。这刊物因为篇幅关系，工作或者不能如所希望那么方便（譬如业已约过的专家，如容希白先生对于铜器花纹，徐中舒对于古罐，郑振铎对于明清木刻画，梁思成林徽因对于中国古建筑，郑颖孙对于音乐与园林布置，林宰平卓君庸对于草字，邓叔存凌叔华杨振声对于古画，贺昌群对于汉唐壁画，罗睺对于希腊艺术，以及向觉明王庸刘直之秦宣夫诸先生的文章，到时图片与文章的安排，若超过了篇幅还很费事）。这刊物的目的只是：使此后学艺术的，多少明白一点他所应学的范围很宽，可学的东西也不少，创一派，走一新路，皆不能徒想抛开历史，却很可以运用历史。从事艺术的人，皆能认识清楚只有最善于运用现有各种遗产的艺术家，方能创造一个他自己所在时代高不可攀的新纪录。

艺术教育

一个对“艺术”有兴味，同时对“艺术教育”还怀了一点希望的人，必时常碰着两件觉得怪难受的事情，其一是在街头散步，一见触目那些新式店面“美术化”的招牌，其一是随意遛进什么南纸店，整整齐齐放在玻璃橱里的“美术化”文具。见到这个不能不发生感慨，以为当前所谓“美术化”的东西，实在太不美，当前制作这些“美术化”玩意儿的人物，也实在太不懂美了。即小见大，举一反三，我们就明白中国艺术教育是个什么东西，高等艺术教育有了些什么成绩。且可明白中学生和多数市民，在艺术方面所受的熏陶，通常具有一种什么观念。因为有资格给照相馆或咖啡馆商店作门面装饰设计，市招设计，照例是艺术专门学校的毕业生。新式文具设计也多是这种人物，享用这些艺术品而获“无言之教”的，却是那个“大众”。这人若知道这些艺术家，不仅仅只是从各种企业里已渐渐获有地位，而且大部分出了专科学校的大门，即迈入各地中学校的大门，作为人之师，来教育中学生“什么是艺术”，他会觉得情形真是凄惨而可怕。

这自然是事实，无可奈何的事实。可不能责怪学艺术的人。

即或真如一般人所说，有若干人入艺术学校，只为的是功课平均起来无从考入正当大学，艺专是程度较差学生的尾间，也不能责怪他们。应负责的还是历届最高教育当局，对艺术教育太不认真。虽有那么一个学校，却从不希望他成个像样的学校。这类学校的设立，与其说是为“教育”，不如说是为“点缀”。没有所谓艺术教育还好办，因为属于纯艺术比较少数人能欣赏的，各有它习惯的师承，从事者必具有兴味而又秉有坚苦卓绝之意志，辅以严格的训练，方能有所成就。植根厚，造诣深，成就当然特别大。想独辟蹊径不容易，少数能够继往开来独走新路的，作品必站得住，不是徼幸可致。谁想挟政治势力，或因缘时会，滥竽充数，终归淘汰。属于工业艺术的，也各有它习惯的师承，技巧的获得，必有所本。这种人虽缺少普遍的理解，难于融会贯通，然专精独长，作品也必站得住，不是一蹴可至。到摹仿外来新的成为不可免的问题时，他们有眼睛会如何来摹仿。一到艺术成为“教育”，三年满师，便得自立门户，这一来可真糟了。

由于教育当局对艺术教育缺少认识，历来私立艺术专门学校，既不曾好好注意监督过，国立的又只近于敷衍，南来一个，北来一个。（或因人而设，在普通大学里又来一系。）有了学校必需校长，就随便委聘一个校长。校长聘定以后，除每年共总花个三四十万块钱，就不闻不问，只等候学校把学生毕业文凭送部盖印，打发学生高升了事。这种艺术教育，想得良好效果当然不可能。这种“提倡”艺术，事实上当然适得其反。原有的无从保存，新来的不三不四。艺术学校等于虚设，中学校图画课等于虚设，因为两者都近于徒然浪费国家金钱，浪费个人生命；更要不得还是从这种“教育”上，丑化了多数人的眼睛同灵魂。

当局的“教育”如此，再加上革命成功后党国名流的附庸风雅，二三狷黠艺术家的自作风气，或凭政治势力，或用新闻政策，煽扬标榜，无所不至。人人避难就易，到处见到草率和急就，粗窳丑陋一变而成为创作的主流。学艺术玩艺术的人越来越多，为的是它比学别的更容易。因之“艺术家”增多，派别也增多，只是真的够称为宏伟制作的艺术品，却已成为一个毫无意义的名词了。人人明白鸦片烟耗损这个民族的体力，可不知所谓“艺术”却真正在堕落这个民族的精神。

这个现象当然不是目前教育当局能负责的。但是当前的教育当局，如果还愿意尽一点责，就必需赶快想法来制止或补救。纵不能作通盘打算，至少也得对现有的艺术教育，重新有种考虑，有个办法。

在街上见到的东西使人难受，想起中学校的图画觉得凄惨，其实我们若到什么艺术学校去参观一下时，才真叫作难受凄惨！私立学校设备的简陋，不用说了。就譬如堂堂北京国立美术专门学校吧，成立了十多年，到如今不特连一座学生寄宿舍没有，据说招生若过三百人，连教室还不够用。问问经费，每月法币一万元。（这数目，不够养两团兵！）看看图画室的收藏书籍和图片，找找这样，没有；找找那样，也没有。再看看上课情形，倘若无意中我们走进去的那间教室是教“图画”的，眼看着那一群“受业”对着“老师”的画稿临摹时，真令人哭笑不得。下课钟响后，我们还不妨在院中拉着一个学生，问一问在这里除临摹以外还看了多少画，听了多少教益，且翻翻他们的讲义看看，结果会叹一口长气。他们即或想多学一点，跟谁去学，从何学起？学校虽给他们请了许多知名之士来作教授，却不曾预备一个能够教育那些教授的图书室。不管是中国画系，西洋画系，图案系，雕塑系，作学生的多得到一点知识，学校既不给他何种机会，教授当然也难给他何种机会。问问能不能到几个收藏古画古器物机关，如故宫古物陈列所一类地方去观摹的特别方便？不成。问问他们能不能到几个聚集图片比较丰富的文化学术机关，如北平图书馆，北平研究院一类地方去观摹的特别便利？也不成。学画的学校就教他们学画，此外无事。试想想，学生多可怜！南方的杭州西湖艺专自然稍好一点，几年来人事上少更动是原因之一。但就个人几年前得来的印象，还是觉得学校对学生教育尚注意，学校对教授的教育，去理想实在还远。教授对自己的教育求进步，不够认真。问题自然是经费和人材，两不够用。

且就图案画来说，一个专家，学校能聘请他，他又居然有勇气作人之师，假若他从事于此道又将近十年，对这方面热烈求知的趣味，至少会有如下的小小储蓄：一千种花纸样子，一千种花布样子，一千种锦缎样子，一千种金石花纹图片，一千种雕玉图片，一千种陶瓷砖瓦形体和花纹图片，一千种镂空、浮雕、半浮雕，或立体器物花纹图片，一千种刺绣、缂丝、地毯、窗帘图片，一千种具有民间风俗性的版图画片，一千种具有历史或种族性艺术图片。如今对于这种轻而易举本国材料的收集，不特个人无望，便是求之于学校收藏室也不可得，其余就可想而知了。

笔者深望最高教育当局，对此后中国艺术教育，应当重新有种认识，如年来对于体育教育之认识，而加以重视。政府如以为这种学校不必办，就干脆撤销，一年反可以省出一点钱作别的用途。如以为必需办，就总得把它办得像个学校。目前即或不能够添设高级艺术学校，至少也得就原有几个艺术学校，增加相当经常费用，力图整顿。更必需筹划一笔款项，作为学校应有建设与补充图书费用。此外对于由各种庚款成立的文化团体，每年派遣留学生出外就学事，且应当有一二名额，留作学艺术的学生与艺专教授出国参考的机会。更应当组织一专门委员会，对于某种既不入中学校教书，又不在大学校教书，锲而不舍从事研究，对社会特有贡献的艺术家，给以经济上的帮助和精神鼓励，且对他工作给以种种方便。兼作全国艺术教育的设计，改进中小学的艺术教育。换言之，也就是从消极的敷衍的不生不死的艺术教育，变成积极的有希望求进步的艺术教育。如此一来，虽去不掉当前一切的丑化，还可制止这种丑化的扩大，留下一点光明希望于未来。若再继续放任下去，那就真是教育当局的胡涂，把“堕落这个民族精神”当成一句白话，目前在筹备的全国艺展，也不过是一个应景凑趣玩意儿了。

艺术家应当给人以教益

| 原题《云南看云》，首发于一九四〇年十二月十二日香港《大公报·文艺》。

云南因云而得名。可是外省人到了云南一年半载后，一定会和本地人差不多，对于云南的云，除却只能从它变化上得到一点晴雨知识，就再也不会单纯的来欣赏它的美丽了。看过卢锡麟先生的摄影后，必有许多人方俨然重新觉醒，明白自己是生在云南，或住在云南。云南特点之一，就是天上的云变化得出奇。尤其是傍晚时候，云的颜色，云的形状，云的风度，实在动人。

战争给许多人一种有关生活的教育，走了许多路，过了许多桥，睡了许多床，此外还必然吃了许多想象不到的小苦头。然而真正具有教育意义的，说不定倒是明白许多地方各有各的天气，天气不同还多少影响到一点人事。云有云的地方性：中国北部的云厚重，人也同样那么厚重。南部的云活泼，人也同样那么活泼。海边的云幻异，渤海和南海云各不相同，正如两处海边的人性情不同。河南的云一片黄，抓一把下来似乎就可以作窝窝头，云粗中有细，人亦粗中有细。湖湘的云一片灰，长年挂在天空一片灰，无性格可言，然而桔子、辣子就在这种地方大量产生，在这种天气下成熟，却给湖南人增加了生命的发展和进取精神。四川的云与湖南云虽相似而不尽相同，巫峡峨嵋高峰把云分割又加浓，云有了生命，人也有了生命。可是体积虽大分量轻，人亦因之好夸饰而不甚落实。论色彩丰富，青岛海面的云应当首屈一指。有时五色相渲，千变万化，天空如展开一张锦毯。有时素净纯洁,天空只见一片绿玉,别无它物。看来令人起轻快感，温柔感，音乐感，情欲感。一年中有大半年天空完全是一幅神奇的图画，有青春的嘘息，煽起人狂想和梦想。海市蜃楼即在这种天空显现，海市蜃楼虽并不常在人眼底，却永远在人心中。秦皇汉武的事业，同样结束在一个长生不死青春常在的美梦里，不是毫无道理的。云南的云给人印象大不相同，它的特点是素朴，影响到人性情也应当挚厚而单纯。

云南的云似乎是用西藏高山的冰雪，和南海长年的热风，两种原料经过一种神奇的手续完成的，色调出奇的单纯，惟其单纯反而见出伟大。尤以天时晴明的黄昏前后，光景异常动人。完全是水墨画，笔调超脱而大胆。天上一角有时黑得如一片漆，它的颜色虽然异样黑，给人感觉竟十分轻。在任何地方“乌云蔽天”照例是个沉重可怕的象征，惟有云南傍晚的黑云，越黑反而越不碍事，且表示第二天天气必然顶好。几年前中国古物运到伦敦展览时，有一个赵松雪[①]作的卷子，名《秋江叠嶂》，净白如玉的澄心堂纸上用浓墨重重涂抹，给人印象却十分美秀。云南的云也恰恰如此，看来只觉得黑而秀。

可是我们若在黄昏前后，到城郊外一个小丘上去，或坐船在滇池中，看到这种云彩时，低下头来一定会轻轻的叹一口气。具体一点将发生“大好河山”感想，抽象一点将发生“逝者如斯”感想。心中一定觉得有些痛苦，为一片悬在天空中的沉

①即赵孟頫，元代书画家。

静黑云痛苦。因为这东西给了我们一种无言之教，比目前政论家的文章，宣传家的讲演，杂感家的讽刺文，都高明得多，深刻得多，同时还美丽得多。觉得痛苦原因或许也就在此。那么好看的云，孕育了在这一片天底下讨生活的人，究竟是些什么？是一种精深博大的人生思想？还是一种单纯美丽的诗的感情？若把它与地面所见、所闻、所有两相对照，实在使人不能不痛苦！

在这美丽天空下，人事方面，我们每天所能看到的，除了空洞的论文，不通的演讲，小巧的杂感，此外似乎到处就只碰到“法币”。商人和银行办事人直接为法币而忙。教授学生也间接为法币而忙。最可悲的现象，实无过于大学校的商学院，每到注册上课时，照例人数必最多。这些人其所以习经济、习会计，都可说对于生命毫无高尚理想可言，目的只在毕业后入银行作事。“熙熙攘攘，皆为利往，挤挤挨挨，皆为利来，利之所在，群集若蛆。”社会研究所的专家，机会一来即向银行跑。习图书馆的，弄考古的，学外国文学的，因为亲戚、朋友、同乡……种种机会，又都挤进银行或相近金融机关作办事员。大部分优秀脑子，都给真正的法币和抽象的法币弄得昏昏的，失去了应有的灵敏与弹性，以及对于“生命”较高的认识。其余无知识的脑子，成天打算些什么，也就可想而知了。云南的云即或再美丽一点，对于多数人还似乎毫无意义可言的。

近两个月来，本市在连续的警报中，城中二十万市民，无一不早早的就跑到郊外去，向天空把一个颈脖昂酸，无一人不看到过几片天空飘动的浮云，仰望结果，不过增加了许多人对于财富得失的忧心罢了。“我的越币下落了”，“我的汽油上涨了”，“我的事业这一年发了五十万财”，“我从公家赚了八万三”，这还是就仅有十几个熟人中说说的。此外说不定还有个把教授之流，终日除玩牌外无其他娱乐，会想到前一晚上玩麻雀牌输赢事情，聊以解嘲似地自言自语，“我输牌不输理”。这种教授先生当然是不输理的，在警报解除以后，还不妨跑到老同学住处去，再玩个八圈，证明一下输的究竟是什么。一个人若乐意在地下爬，以为是活下来最好的姿势，他人劝说站起来走，或更盼望他挺起脊梁来做个人，当然是不会有什么结果的。

就在这么一个社会一种情形中，卢先生却来展览他在云南的照相，告给我们云南法币以外还有些什么。即以天空的云彩言，色彩单纯的云有多健美，多飘逸，多温柔，多崇高！观众人数多，批评好，正说明只要有人会看云，就从云影中取得一种诗的感兴和热情，还可望将这种尊贵的感情，转给另外一种人。换言之，就是云南的云即或不能直接教育人，还可望由一个艺术家的心与手，间接来教育人。卢先生照相的兴趣，似乎就在介绍这种美丽感印给多数人，所以作品中对于云物的题材，处理得特别好。每一幅云都有一种不同的性情，流动的美。不纤巧，不做作，不过分修饰，一任自然，心手相印，表现得素朴而亲切。作品成功是必然的。可是得到“赞美”不是艺术家最终的目的，应当还有一点更深的意义。我意思是如果一种可怕的实际主义，正在这个社会各组织各阶层间普遍流行，腐蚀我们多数人做人的良心、做人的理想，且在同时把每一个人都有形无形市侩化。社会中优秀分子一部分，所梦想，所希望，也都只是糊口混日子了事，毫无一种较高的情感，更缺少用这情感去追求一个美丽而伟大的道德原则的勇气时，我们这个民族应当怎么办？大学生读书目的，不是站在柜台边作行员，就是坐在公事房作办事员，脑子都不用，都不想，只要有一碗饭吃就算有了出路。甚至于做政论的，作讲演的，写不高明讽刺文的，习理工的，玩玩文学充文化人的，办党报的，信教的，……出路也都是只顾眼前。大众眼前固然都有了出路，这个国家的明天，是不是还有希望可言？我们如真能够像卢先生那么静观默会天空的云彩，云物的美丽，也许会慢慢的陶冶我们，启发我们，改造我们，使我们习惯于向远景凝眸，不敢堕落，不甘心堕落。我以为这才像是一个艺术家最后的目的。正因为这个民族是在求发展，求生存，战争已经三年。战争虽败北，不气馁，虽死亡万千人民，牺牲无数财富，仍不以为意，就为的是这战争背后还有个庄严伟大的理想，使我们对于忧患之来，在任何情形下都能忍受。我们其所以能忍受，不特是我们要发展，要生存，还要为后来者设想，使他们活在这片土地上，更好一点，更像人一点！我们责任那么严重而且又那么困难，所以不特多数知识分子必然要有一个较坚朴的人生观，拉之向上，推之向前，就是作生意的，也少不了需要那么一分知识，方能够把企业的发展与国家的发展，放在同一目标上，分道并进，异途同归！

举一个浅近的例来说说：我们的眼光注意到“出路”“赚钱”以外，若还能够估量到在滇越铁路的另一端，正有多少鬼蜮成性阴险狡诈的木屐儿，圆睁两只鼠眼，安排种种巧计阴谋，在武力与武器无作用地点，预备把劣货倾销到昆明来，且把推销劣货的责任，派给昆明市的大小商家时，就知道学习注意远处，实在是目前一件如何重要的事情！照相必选择地点，取准角度，方可望有较好成就。做人何尝不是一样，明分际，识大体，“有所不为”，敌人虽花样再多，劣货在有经验商家的眼中，总依然看得出，取舍之间是极容易的。若只图发财，见利忘义，“无所不为”，日本货变成国货，改头换面，不过是反手间事！劣货推销仅仅是若干有形事件中之一种。此外各层知识阶级中不争气处，所作所为，实有更甚于此者。

所以我觉得卢先生的摄影，不只是给人看看，还应当给人深思。

第二辑　谈器物的源流

中国是世界上著名有丰富文化的国家，许多种科学发明，都影响到世界文化发展十分巨大。艺术的创造，也丰富了世界文化的内容。二千年前的汉代，中国纺织工人织成的绸缎，就经常有千百匹骆驼，越过西北沙漠和国境边沿高山，运到罗马、波斯、印度各国去。

中国陶瓷史（残章）·题记

| 写于一九四九年六月。

中国在世界文化史或工艺美术史贡献上，都应当占有个特别位置。从一个物的观点出发，一般人总欢喜说火药和罗盘针的发明，对于世界文明贡献大，意义深。为的是它和近代社会发展分外密切，小学教科书照例就要提到。但是中国百分之八十以上的农民，在旧社会层层重压剥削下，长年在田地里劳苦，求生存还不容易生存，哪有认字机会。所以提到火药和罗盘针时，许多人至多只会知道火药可以作花炮，开荒打石头；罗盘针是看风水阴阳先生特有的宝贝。这两样东西历史上抽象的意义，可引不起他们丝毫兴趣的。至于寄身城市，由读小学、中学、大学进而成为一个知识分子的小资产阶级呢，对于这点发明，却容易形成一种心理错综：一面觉得可以骄傲矜夸，以为中华民族发明火药和罗盘，是近代文明的前驱，一面又不免有点惭愧，由于近百年国家堕落不振，帝国主义、资本主义的压迫侵略，方由之加强加深。因此这种知识分子老从抽象观点出发，倒必然乐意听听年老外国学人，把中国儒家和道家思想，笼笼统统加以赞美，且共同陶醉于这种由赞美出发的商讨或结

论中。结论可能是东西文化发展虽不相同，却必然有个结合点，到未来某一时，由天下大同可以证实。抱有这种似是而非朦胧糊涂思想的知识分子，近五十年实在不少，一时且难望去尽。除此以外，关于丝、茶和陶瓷几个部门的对外影响，照例这些知识分子也多不知道，就只有让少数学人当成一个中古交通史或经济史问题去研究了。其实丝或丝织物的产生，是三千年旧封建社会人民在奴役中每年缴纳常税之一种，是农奴制明白象征。茶叶的转销，自唐贞元九年后，又起始课人民以重税（第一年即有四十万贯收入，和另一年盐税收入数目相近）。这两部门生产贡献，很明显和人民的直接劳动血汗分不开。而近百年帝国主义者对中国的压迫侵略，也即由于这种物和劳动力的掠夺及资源独占而来。惟茶和丝二者的影响，当时似乎具有消费品交换意义较多（和外来的香料犀象珠玉药材交换），远不如陶瓷除应用外还保留个美术品延续价值，并影响及所在区域生产的模仿。有关这问题，就目下比较研究，可知有两个时期特别重要：第一是唐宋以来南方越系青瓷的输出，东北及于日本、高丽，西南及于安南、暹罗……远国如印度、波斯、土耳其、埃及，无所不至。第二个是明清两朝的青花及彩瓷行销，范围更远及欧洲。至于对中国陶瓷美术价值的新认识，由彩陶、黑陶及商白、晋六朝青器、唐三彩、宋均、哥、定、汝，直到明清诸名窑瓷器，普遍成为世界美术博物馆的收藏品，还是近五十年的事情。

可是我们应当知道，这个部门工艺历史的发展，实和劳动人民劳动生产相结合极其紧密。生产过程，又比其他工艺更复杂，且应用到一个分工合作制度上，而受奴役与层层剥削，且比其他生产格外严酷。明人笔记称：酒杯以成化鸡缸为最，神宗时成杯一对值钱十万（一说值百金）。然直接生产劳动者，第一线却是挖陶土工人，当时上土每百斤才给值七分，万历间因坑深膏竭，镂空穿穴，民力维艰，方议每百斤加值三分。到后挖土处益远，工价还是照旧。制外匣砂土，百斤给值二分。明瓷最贵重彩料，研乳彩料由童工或盲妇担负，守住乳料钵边工作，整天不离开，每天得值三分。这个对照极显明见出一件事实，即生产品的经济价值及文化价值，劳动生产者从未分得应有的一份。一小小器物的完成，得经过不同劳动过程至于七十种，这些人工意义，却仅仅能从极少报酬维持生存。瓷器在中国文化史工艺美术上的普遍成就，虽无物可比拟，使这个三千年来老大帝国，于封建统治失效，全民族受异族困辱奴役三朝（辽金之侵宋、元入主中国、清入主中国），犹仿佛从陶瓷上还可看出一种不甘屈辱、挣扎反抗的民族贞固品质和单纯信仰，表现于各自不同的进步上。然而这种器物的制作者，一切技术上的改进和品质提高，在历史上除二三人偶而知名，一个大大的群体，便照例永远是在沉默中的无名英雄。倘若说，中国的文化在陶瓷，一部陶瓷史也既是人类经济关系和社会发达史的一系，那么这种文化史上的光荣创造者，极显明应属于《天工开物》和《陶冶图说》所提及一个劳动群的集体创造，惟他们才应当享有这种光荣的。如能从这个观点和一个新的社会观，来作中国陶瓷的叙录，应当是新美术史教程一部分极有意义的工作。

但是这个工作涉及时间那么长，问题实在多，每一个问题都需要学人，从书本与实物两者间切实研究，分别提出报告和结论，才能荟萃处理，绝不是一个人能于短短时期中即可全部解决的。一面是事实需要，直到如今为止，具地方性文物馆，学校图书馆及高级美术学校，提及本国陶瓷，就还无一本材料稍新稍完备的简单参考书。另一面是日本帝国主义的倾覆，已将过去四年，日货独占南太平洋陶瓷市场大部分空出（仅以中国华北华南都市上用的茶具市场而言，就有极大的消费量可由中国人自己作主）。一面是旧式生产的人力物力浪费不经济，品质堕落，亦不可讳言。另一面则陶瓷改造新场的开辟，前途实无限量。中国陶瓷业之改造与重振，和国民经济关系既如此深切，且实在是千载一时良好机会。中国陶瓷史问题的普遍认识，及如何运用新技术，综合旧形式，作陶瓷改造的准备，也自然即是一个不可忽视不宜搁置的问题。得吾人具一种向前瞻的理想，不以成果如何为意，用个谦虚而谨慎的态度，荟萃前人通论，来做点初步工作，抛砖引玉，引起更多方面的注意，及深一层认识的兴趣。新中国的陶瓷史的研究，和在发展中的新陶瓷业，或者方可望相互结合，新企业和学术研究相结合，有个崭新的未来。

由于这点妄念，使我们对于新的工作，感到一种痛苦的虔诚，忘了个人工作能力和知识的薄弱，只希望由摸索、试探，逐渐能理会到问题，来写一本条目清楚也专门也通俗的陶瓷发展史。

好在近三十年我们很有几个专家通人，对于上古彩陶、黑陶及白陶，曾提出过许多有价值研究报告，对于南方青瓷器，也由于有系统研究，得到许多新发现。前者由于地质调查所学者安特生（瑞典人），人类学者裴文中及中央研究院历史语言研究所田野考古专家李济之、梁思永、吴金鼎、刘耀（尹达）、石璋如诸先生工作，已将商代及以前陶器所代表文化关系，轮廓大略勾出。后者有陈万里、张拯亢诸先生，及东邻日籍学者多人，由南京绍兴古坟和浙江各地旧窑址所发现器物，将中古时代的青瓷问题，由唐五代直上溯至于三国后汉，因之得与洛阳古墓中所发掘东汉青瓷，及各地所发现西汉亮绿釉陶衔接，对青瓷史的认识贡献尤多。又还有从鉴赏名陶佳瓷入手，对宋明以来器物，具有高度判断力，对新瓷制作，且充满实现精神的敦觯斋先生，大部分精美收藏，已捐入故宫博物院，公开陈列。各学术机构所得史前实物及中古器物，和故宫所有宋元明清四朝重器，全可当作研究学习对象。东邻学人，对本问题近三十年研究，更巨细不遗，作过许多有价值专门调查报告，印行精美图录，均罗列于眼前。所以这本小书的完成，如果还看得下去，应当感谢的是前人多方面的努力。如毛病甚多，恰证明个人知识有限，还待通人专家肯来在这个冷僻不时髦工作上多用点心，为使工作得到进步与发展，多用点心，写一本对得起这部门遗产的新著。

时代新生，“一切为人民”不仅是一个名词，还应当是一种自然合理的事实。我希望能把这点工作，当成个人三十年用笔用心和群体游离，和社会进步需要游离，积下一些不健康观念、错误，经过长时期痛苦检讨、反省的结果，将工作作为自己从新学习的第一课，也即是个人人生从一个“为人民”观点出发有计划使用的开始。

中国古代陶瓷

| 首发于一九五三年十月一日《新观察》杂志第十九期。

陶瓷发展史是民族文化发展史的一部分。

中国有代表性的史前陶器，是三条胖腿的鬲（图 1）。鬲的产生过程，目下我们还不大明白，有的专家认为是由三个尖锥形的瓶子合并而成的。当时没有锅灶，用鬲在火上烹煮东西，实在非常相宜。比较原始的鬲，近于用泥捏成，作法还十分简单。后来才加印上些绳子纹，并且起始注重造形，使它既合用，又美观。进入历史时期，鬲依然被广泛使用，却已经有另外两种主要陶器产生，考古学者叫它做彩陶和黑陶（图 2、图 3）。

彩陶出土范围极广，时间前后相差也很大。研究它的因此把它分作数期，但年代终难确定。河南、陕西、甘肃、山西黄河流域一带发现的，时期比较接近，但更新的发现还不断在修正过去估计。这是一种用红黄色细质泥土做胎，颈肩部分绘有种种黑色花纹，样子又大方又美观的陶器。工艺制造照例反映民族情感和气魄。看看这些彩陶，我们可以明白，古代祖国人民的性格历来就是健康、明朗、质朴和爱美的。

比彩陶时代稍晚些，又有一种黑陶在山东产生，是一九

图 1　原始社会　鬲

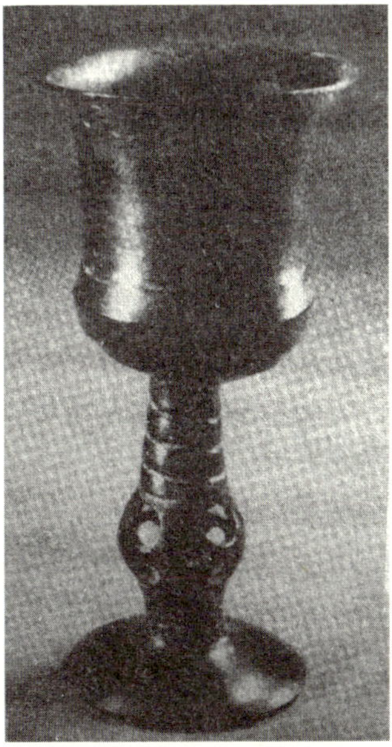

图 2　战国　黑陶杯

图 3　原始社会　鱼纹彩陶盆（陕西西安半坡出土　中国历史博物馆藏）

二一年在日照县城子崖发现的。用细泥土做胎，经过较高火度才烧成。黑陶的特征是素朴少装饰，胎质极薄，十分讲究造形。同时还发现过一个旧窑址，因此把烧造的方法也弄明白了。有一片残破黑陶器，上面刻划了几个字，很像“网获六鱼一小龟”，可以说是中国陶器上出现的最早期文字。少数历史学者，想把这些东西配合古代历史传说，认为是尧舜时代的遗物。这一点意见，目前还没有得到科学考古专家的承认。

代表文字成熟时期的最重要发现，是在河南安阳县洹水边古墓群里出土的四种不同陶器（因为和大量龟甲文字同时出土，已经确定是三千二百年前殷商时代的东西）：一、普通使用的灰陶；二、山东城子崖系的黑陶；三、完全新型的白陶；四、带灰黄釉的薄质硬陶。灰陶在当时应用极普遍，大小墓中都有，而且特别具有发展性。到了周代，记载上就提起过用它做大瓦棺。春秋战国时，燕国都城造房子，用瓦已大到两尺多长，还印有极精美的三角形云龙花纹。又有刻花的墙砖，合抱大陶鼎，径尺大瓦头，图案都十分壮丽。在长安洛阳一带汉代古墓里，还发现过许多印花空心大砖，每块约七十斤重，五尺多长，上面全是种种好看花纹，有作动植物和游猎车马图案的，有作一条非常矫健活泼龙形的。这些大砖图案极为精美，设计又合乎科学，表现出了古代中华民族的伟大气魄和切实精神，也表现了古代工人的智慧和优秀技术。由此发展，二千年来，中国驰名于世界的古代建筑艺术，特别是一千七百年前晋代以来塔的建造和唐宋明清典型的宫殿建筑，更加显出民族艺术的壮美和崇高。

在商代坟墓中的黑陶，有几件是雕塑品，装饰在墓壁间，可以推想在当时已经是比较珍贵的生产。后来浙江良渚镇也发现过一些黑陶，时代还不易估定。近年来，河南辉县又发现过一些战国时期的黑陶鼎，北京郊外也发现过一些汉代黑陶朱画杯盘，都可以说是古代黑陶的近亲。

至于白陶（图 4）的出现，实在是文化史上一件大事情，因此这种花纹精美，形式庄严的白质陶器，在世界陶瓷美术史中，占据了首席位置。它的花纹和造形，虽不如同时期青铜器复杂多样，有几种却和当时织出的丝绸花纹相通。重要的是品质已具有白瓷的规模，后来唐代河北烧造的邢瓷，宋代的定瓷，虽和它相去已二千年，还是由它发展而来。

另外重要的发现是涂有一层薄薄黄釉的陶器，明白指示我们，三千年以来，聪敏优秀的中国陶瓷工人，就已经知道敷釉是一种特别有发展性的技术加工。这种陶器的特征，胎质比其他三种都薄些，釉色黄中泛青，釉下有简单水纹线条，本质已

图4　商　白陶罍（河南安阳殷墟出土）

具备了瓷器所要求的各种条件，恰是后来一切青绿釉瓷器的老大哥。（一九七二年终于定名为原始瓷——原编者注）

随后又有四种不同的日用釉陶，在不同地区出现。

第一类是翠绿釉陶器，当时用作墓中殉葬品，风气较先，或从洛阳长安创始。主要器物多是酒器中的壶、尊和羽觞，近于死人玩具的杂器，有楼房、猪羊圈、仓库、井灶和种种不同的陶俑。此外还有焚香用的博山炉，是依照当时神话传说中的海上蓬莱三山风景作成的。主要纹样是浮雕狩猎纹。这种翠绿色亮釉的配合技术，有可能是当时方士从别处传来的。在先或只帝王宫廷中使用，到东汉才普遍使用。

第二类是栗黄色加彩亮釉陶器。在陕西宝鸡县斗鸡台地方得到，产生时代约在西汉末王莽称帝前后，器物有各式各样，特征是釉泽深黄而光亮，还着上粉绿釉彩带子式装饰，色调比例配合得非常新颖，在造形风格上也大有进步。一切从实用出发，可是十分美观。两种釉色的原理，恰指示了后来唐代三彩陶器，和明清琉璃陶一个极正确的发展方向。

第三类是茶黄色釉陶器，起始发现于淮河流域，形式多和战国时代青铜器中的罂、罍差不多。釉色、胎质，上可以承商代釉陶，好像是它极近的亲属，下可以接长江南北三国以来青釉陶器，作成青瓷的先驱。

第四种极重要的发现，是一份浅绿釉色陶器，也可以说是早期青瓷器。是河南信阳县擂鼓台东汉永元十年坟墓中挖出来的。这份陶器花纹、形式、釉色都和汉代薄铜器一样。胎质硬度已完全如瓷器，目下我们说汉代青瓷器，就常用它作代表。这些青绿釉陶启示了我们对中国陶瓷发展的新认识。二千年前陶釉的颜色，特别发展了青绿釉，实由于有计划取法铜器而来。可能有三种不同原因，才促进技术上的成功：一、从西汉以来节葬的主张到东汉社会起了相当作用；二、社会经济发展，铸钱用铜需要量渐多，一般殉葬器物受限制，因而发明用釉陶代替铜器；三、釉陶当时是一种时髦东西，随社会经济高度发展而来。

从上面发现的四种釉陶器看来，我们可以肯定，陶器上釉至迟到西汉末年，就已成为一种正常的生产。先是釉料中的赭黄和翠绿在技术上能正确控制，随后才是仿铜绿釉得到成功。但就出土遗物比较，早期绿釉陶器的生产价值，可能比同时期的铜器还高些。因为制作上的精美，就是一般出土汉代铜器不如的。陶器形态也起始有了很多新变化，一切从实用出发。例如现代西南乡村中还使用的褐釉陶器，在信阳出土一千八百年前陶器中，就已经发现过。现代泡酸菜用的覆水坛子，宝鸡县出土二千年前带彩陶器中，并且有了好多种不同式样。

这些划时代的新型陶器，除实用外还十分结实美观，这也正是中国陶瓷传统的优点。这时节还有一种和陶釉有密切联系的工艺生产，即玻璃器的制作，同样有较多方面的展开。小件彩琉璃珠装饰品，各地汉墓中都陆续有发现（西北新疆沙漠废墟中，朝鲜汉代人坟墓里，长沙东汉墓等都陆续有发现），其中作得格外精美的，是一种小喇叭花式明蓝色的耳珰，和粉紫色长方柱形器物。仿玉色作成的料璧，即《汉书》中说的“璧琉璃”，也常和其他文物在汉墓中出现。又如当时最见时髦性的玉具剑，剑柄剑鞘用四五种玉，也有用玉色琉璃作的。至于各色玻璃碗，史传中虽提起过，实物发现的时代，却似乎稍晚些。

但是由汉代绿釉陶器到宋代的官、均、安、汝窑四种著名世界的青白瓷器，中间却有约八百年一段长时间，中国陶瓷发展的情形，我们不明白。它的进步过程，在文献上虽有些记载，实物知识可极贫乏。因此，赏鉴家叙述中国瓷器发展史时，由于知识限制，多把宋瓷当成一个分界点，以前种种只是简简单单胡胡涂涂交代过去。一千七百年前的晋代人，文件中虽提起过中国南方出产的东瓯、白坩和缥青瓷，可无人能知道白坩和缥青瓷的正确釉色、品质和式样。中国人喝茶的习惯，南方人起始于晋代，东瓯、白坩即用于喝茶。南北普遍喝茶成为风气是中唐以后，当时有个喝茶的内行陆羽，著了一部《茶经》，提起过唐代各地茶具名瓷，虽说起越州青瓷如玉，邢州白瓷如雪，同受天下人重视；四川大邑白瓷，又因杜甫诗介绍而著名；到唐末五代，江浙还出产过一种秘色瓷，和北方传说的柴世宗皇帝造的雨过天青柴窑瓷，遥遥相对，都是著名作品，可是这些瓷器的真实具体情况，知道的人是不多的。经过历史上几回大变故，例如宋代为辽金的战事所破坏，元代一百年的暴力统治，因此明代以来的记载，就更加不具体。著名世界的公家收藏如故宫博物院对于旧瓷定名，也因之无一定标准。问题的逐渐得到解决，是由一系列的新发现，帮助启发了我们，才慢慢搞清楚的。

先是一九三〇年前后，河南安阳隋代古墓的开发得到了一份陶器，极引人注意的，是几个灰青釉四个小耳的罐子，和几个白瓷小杯子。墓志写明这坟里的死人名叫卜仁，是隋仁寿三年埋葬的。重要处是青釉瓷和汉绿釉发生了联系，白釉瓷杯还是新纪录。差不多同时，中国南方古越州窑的种种，经过陈万里先生的调查收集，编印了一部《越器图录》，也初步丰富了我们许多越系青瓷的知识。特别重要是一九三六年以来，浙江绍兴地方因修公路挖了约三千座古墓，墓中大量青瓷的发现和墓中出土的有字坟砖，刻画人物车马的青铜镜子，经过一九三七年《文澜学报》上的报告，让我们明白这份青瓷的时代，实包括了由三国时东吴一直到唐代，前后约六百年，标准的缥青瓷和越青瓷，都可从这份瓷器中得到实物印证。这前后六百年中国南方绿釉瓷的发展史的空隙，就和有了一道桥梁一样，前后贯串起来了。也因此明白此后宋代南方生产驰名世界的哥窑和龙泉窑，修内司官窑，都有了个来龙去脉，不是凭空创造，被人当成奇迹看待。优秀传统底子，所以它的发展，倒是历史必然了。

至于北方青瓷的发展，从汉代到隋代，中间依然还有五百年的空隙，无从填满。北方古董店虽常有一种灰青釉或翠青釉瓶罐杂器，从胎质、釉色、纹片看来，都比唐代白瓷器旧些，比汉釉陶又似乎晚些，一般人常叫它做“古青瓷”。真正时代却无人知道。另外即五代后周柴氏在显德中烧造的柴窑，因传说中的“雨过天青”釉色而著名。明清人笔记辗转抄引，更增加了它的地位，可是却有名无实。明代以来记载，矛盾百出，看不出真正问题。种种附会随之而来，假柴窑因此南北流行。廓清这种传说和伪托，也是要从地下新的发现来解决的。

中国解放为社会带来了无限光明的希望，对于中国陶瓷史的知识，也得到了一种新的光明照耀，豁然开朗。一九五〇年，华北人民政府拨给历史博物馆一大批文物，其中有一份陶瓷，是河北省景县人民发掘出土的。器物中有孔雀绿釉有栗壳黄釉，还有很多浅青釉和淡黄釉的杯碗，一件豆青杂釉的高脚盘，三个高约三尺堆雕莲花大型青釉尊，和一蓝一白两个玻璃碗。若仅此完事，我们还会以为大致是唐宋之际的东西。可是另外还有一些素铜器和素陶器，陶骑士俑和男女俑，都可证明确是北魏以来遗物。更重要的是两方墓志和几方铜印，让我们明白，原来还是一千五六百年前南北史中有名的封家墓葬中器物！这一来，一道新的桥梁，把北方青瓷发展历史，也完全沟通了。这份陶瓷从釉色，从式样，为我们提供了许多新鲜确实的物证，不啻告诉我们，它既上承汉代青黄釉陶的优秀传统，有了进一步的提高，下还启发了隋唐二代北方的三彩陶和邢州白釉瓷，宋代官、汝、定诸瓷，一直向前迈进。同时把明代人对于柴窑所加的形容，“天青色，滋润细媚，有细纹，足多黄土”和“制精色异，为诸窑之冠”也藉此明白，原来形容的大都是这种六朝瓷器。特别难得的计两种器物，一件是灰青釉堆雕莲花大尊（图 5），在造形设计和配釉技术上，都完全打破了旧纪录，达

图 5　北朝　青瓷仰覆莲花尊（河北景县封氏墓出土 中国历史博物馆藏）

到那个时代极高的成就。造形设计且掺杂了些印度或罗马雕刻风格，可见出文化上的综合性。其次是两个玻璃碗，虽出于北朝人坟墓中，碗的形状及下部网式纹饰，和西北出土的汉代漆筒子杯花纹倒极相近。自汉代以来，统治阶级大都讲究服药，晋代著名方士葛洪著的《抱朴子》，就提起过服神仙长生药，是要用极贵重的琉璃碗或云母碗的。这种琉璃碗在河北省出土，还是中国地下材料的崭新纪录。因此这份文物，不仅可作汉隋之间数百年间北方陶瓷历史的新桥梁，还更深一层启示了我们，劳动人民的伟大创造性是永远在发展中，且不断会有新的东西，从一个传统肥沃土壤中生长的。我们读历史，就知道这个时代正是住居黄河流域的北中国人民，遭受西部羌胡民族长期战争的蹂躏，本来文化受到严重摧残，人民基本工业生产，也大都被破坏垂尽的时期。陶瓷工人在这种万分困难悲惨情况下，对于陶瓷的生产，不仅并未把原有优良技术失坠，还继续不断讲求进步，得到如此惊人的成就。另一面，又因此知道，唐三彩陶和白釉陶瓷，都无一不是从原有基础上逐渐改进，北宋在河南河北出产的官、均、定、汝四大名瓷的成就以及民间窑瓷器能产生如磁州窑和当阳峪窑、临汝窑诸瓷，作为百花齐放的状态，也无一不是在一定程度中慢慢提高，并非突然产生。总之，这份六朝青瓷的发现，对于中国陶瓷美术工艺的研究，实在太有用了。

总上种种叙述，我们已比较具体把中国由商代到唐初伟大陶瓷工艺的发展过程以及近五十年发现过程，得到一个简要明确的印象。还藉此知道，中国陶瓷过去其所以能在世界陶瓷业中居领导地位，实有两种重要原因：一、生产方式中，很早就已分工组织，到目前为止，分工合作的生产方法，还是比其他手工业生产或半机制工业生产，细密而具体；二、聪敏伟大的陶瓷工人，不问是某一部门的工作，都是非常尊重传统的优良技术和切实有用经验的。因为他们深深明白，如何从民族遗产学习，不断改进生产的技术，又勇于作种种新的试验，方能在历史发展每一段落中，都取得非常光辉的新成就。这两种长处，即到如今还依然好好保持下来，并未失坠。毛泽东时代的人民新中国，在一九五三年国家大建设的第一年，江西景德镇的陶瓷工业，就得到国家的帮助和扶持，除由轻工业部领导下，组织了一个建国瓷设计委员会，作初步设计实验外，另外且由中央文化部，在景德镇地方，史无前例的设立了一个陶瓷陈列馆，由故宫博物院收藏中挑选出四五百种精美瓷器陈列，供新的生产参考。在这种帮助和扶持情形下，政治上有了觉悟的、工作热情极高的、优秀的中国陶瓷工人，新的生产，将有更多更好的出品，贡献给中国五亿人民和世界人民，事无可疑是可拭目而待的。

中国漆器工艺

| 写于一九四九年夏。

漆对于中国文化发展史，实占了个特别位置，重要处不下于丝与瓷，却比丝和瓷应用广泛而久远，且在文化发展史分期过程中，作过种种不同的贡献。因此一本合乎理想的中国文化史，每一章子目中，似乎都必然应当有点关于漆的应用叙述。一本近乎理想的漆工艺史，也必然是纵贯中国文化史全时期，并触及若干问题，若干部门。我们实需要完成那么一本有意义的著述。可是至今为止，还无人注意。原因十分简单，即对于这个重要问题，在纯历史学传统研究习惯上，唯心、唯制度原则、唯文章重视情形下，美术史又尚未脱离窄范围单纯文人书画史转述情形下，漆之为“物”，在文化史或工艺美术史方面的重要贡献，即根本尚缺少认识，求学人作有计划有步骤研究，自然就更说不上了。秦汉以前文字记录本难征信，惟从现存实物一段战国时楚彩漆板片，即可证实漆的应用及加工精美处，在二千三百年以前，已极惊人。然而二千年来，除朱遵度一部《漆经》（已佚），即仅仅明代漆工艺名家黄大成（平沙）著一部《髹饰录》，并由另一名家杨明作注，留传日本，经近人

朱启钤抄回，阚铎加注，始刊行于 ×× 堂丛书中。又《工艺美术家征略》，始将各地方志，及元明杂著中所载宋明以来漆工艺名手事迹，稍加纂辑。郑师许氏，始著一简单中国《漆器考》，作为上海市博物馆丛书之一。有关漆器名称讨论，只近人陆树勋氏参校前人著录，佐以近年日本学人意见，写作《釦器》与《犀毗》二小论文（见考古学丛刊七、八两期）。除商承祚氏于抗战期著有一《长沙所见漆器》，使国内学术界得知楚系铜器以外漆器大略情形，另有蔡先生著一《缯帛书》提及一些楚漆器报告。至于其他战国漆器在寿县长沙等处的发现，汉漆器在朝鲜、蒙古、绥远等处的发现、整理研究工作，多由东邻学人越俎代庖，致力用心。研究报告出版后，中国学人在文史问题上虽间有商讨，在工艺美术方面，竟从不闻启发过何等浓厚情感。事情显然，这和传统学术观有关。各大学历史系主持人历史观或美术史认识，如缺少一个新立场、新态度，这种停滞落后现象还将继续延长下去，不易改造。这个新立场态度，即必需能深会马列主义与毛泽东对马列主义的中国方式应用人民革命思想，方能把握得住问题。更需要的还是由少数知识分子手中产生的"文史"和由万千劳动者手中产生的"器物"，知兼爱并重，使之打成一片，看成整体。有关文物保存，如果还单纯并重如过去情形，书籍搁在图书馆，古物搁在博物馆，各立门户，各不相关。学校历史研究，还照例是右文而轻物，研究侧重理解制度上的礼乐兵刑，却不注意制度下的一切物，及社会经过长时期发展，残余下的一点物，还如何可以贯串过去，影响未来。文与物既游离不相粘附，少有机联系，因此文的知识既不完备，物的知识也极空疏，尤其是物的知识以及保存物的用意，便不免受影响，停顿于赏玩古董意识上，无从前进一步。国家特种文物收藏，尽管越来越丰富，却无从真正丰富年青学人和那个更大多数普遍群众多少文化知识，并启发那一点新的创造心。有关这件事，如与东邻学人近三十年工作成就比较起来，我们会觉得凡有心人都不免自愧，因为用任何理由解释，在文化知识普及与提高两事上，我们的研究态度研究成绩都还是落后了一步。我们许多事能作而不肯作，如陶瓷史、雕刻史、铜器史，他人多已占先一一代为作过了。他人终究隔了一层，作来成绩虽未满人意，但是目下谈历史考古，谈工艺改良，教学与应用，差不多依然还离不开他人整理的材料。即仅就这个情形说来，也就不能不要有个彻底变更，老的帮助年青的，年青的鼓励老的，团结合作，急起直追的努力，方不至于长远落后！更何况一个崭新的社会，一个劳动群众领导的，新民主主义国家，新史观固然离不了物，新史学又那能再和物分开？

有关史学系改变事，自然并不简单，有待全国专家学人，作各方面研讨，分部门，分问题，分时期，在一个分工合作方式下进行，将来自可望异途同归，完全改观。个人却认为希望值得有人就工艺范围内，荟萃前人意见，史志叙录，实物印象，从漆工艺美术问题上，先作个尝试探讨。这本是个“举鼎绝踵”的工作，难于见好是意中事，这个工作的进行，实期有三方面的指正和帮助：一从史志的叙录上，要知道更多的书。二从物的制作过程，及形态涉及相关美术品的解释上，要明白更多的事。三，把文与物结合，应用到一个新的社会科学新的美术观时引叙文件上。三方面总不能不有错误，必需指正和补充。这正如一个小学生的习作，敢于从事涂抹，是从“由空想到证实”一个名词一个文件得到启发和鼓励方着手的。更大希望还是一句老话“抛砖引玉”，由此不久就可读到国内有心学人一部充实有分量有见解的巨著。以个人愚见，新中国必需要有这样一种著作，在新的时代新的社会产生。对过去，可以作个总结，足以解释这部门工艺，万千劳动群众，无名艺术家，于文化史上所作成的光荣伟大贡献，在美术史上应占定一个正当位置。并由理解遗产在技术上、设计上多方面的应用与发展，启示将来，扶助目下业已十分衰落的漆工艺，如何再造、重振。尤其是鼓励年青艺术家，赶快从学校走出，用一个崭新学习态度，转向国内现存的漆工艺长老师傅，好好学习，把新的广博知识和旧的优秀技术重新结合，于新的工艺美术创造上，恢复发扬漆工艺本来的光荣，并扩大新的绘画范围和器材的应用。

这个工作的较多方面整理编辑，也许最好还是由清华大学营建学系，中国营造学社，北大博物馆，历史博物馆，故宫博物院，各方面合力同工，来设法完成它。向人民靠拢原则虽比较抽象，美术史教学要一本新书，却明明白白搁在眼前。

镜子的故事

| 原题《脸盆和镜子——它的发展故事和涉及的问题（上）》，写于一九五四年秋。

历史博物馆在午门楼上有个新的全国出土文物展览，三千七百件文物中有许多种脸盆和镜子。把它们的时代、式样，和出土地区都弄清楚后，我们也可以得到许多知识。如联系它们的应用时社会背景和发展关系，这些日用东西，也可为我们解决一些过去没有明白的历史问题。并启发我们，中国古文化史或美术史的研究，有一条新路待人去走，就是把地下实物和历史文献结合，从发展和联系看问题的方法。若善于运用，会有些新的收获可以得到的。

我们不是常说起过，人类爱美心是随同社会生产发展而逐渐提高的，至晚在彩陶出现的时期，我们老祖先既然能够做得出那么好看的有花纹陶器，又会用各种玉石兽牙蚌贝装饰头部和手臂，石头生产工具也除实用外要求精美和完整，对于他自己的身体和脸上，总不会让它肮脏不堪。但是怎么来解决这个问题？除相互照顾可能就是从水中照着影子来解决。没有陶器时在池水边照，有了陶器就用盆子照。这种推测如还有些可信，彩陶中钵子式器物，或许就是古人作盥洗用的东西，本有名字我们已不知道。到后来随着社会发展，到了青铜器时代，洗脸和照脸分成两种器物，用铜作的来代替了。中国人最初使用镜子，到目下为止，我们还缺少正确知识。虽俗说“轩辕造镜”，轩辕的时代科学家一时还难于肯定。过世不久的专家梁思永先生，在二十多年前发掘安阳殷商墓葬和文化遗址时，据说从青铜遗物中，已发现过镜子。这就是说，中国人能掌握青铜合金作种种工艺品时，一部分人生活用具中，也起始有了镜子。算时间，至少是三千二百年前的事情！可惜没有详细正式报告，思永先生已成古人了。

从古代文献叙述中，可以知道有史以后，古人照脸整容，的确是用一个敞口盆子，装满清水来解决的。这种铜器叫做“盘”或“鉴”，盘用于盥洗，鉴当作镜子使用。古器物照例刻有铭文，盘铭最古的，无过于传说成汤盘铭“苟日新，日日新，又日新”九个字。其次是武王盘铭“与其溺于人也，宁溺于渊”十个字。鉴铭最古的传说是周武王鉴“瞻尔前，顾尔后”六个字。都是语言警辟，可惜无实物作证。从文字措词比较，我们说这种盘子可能古到商周，铭文却是晚周或汉代读书人作的。最著名的重要实物无过周代的“虢季子白盘”和“散氏盘”，商周遗物中，虽常有虺龙纹和鱼鸟兽纹青铜盘出土，多和食器发生联系，可不大像宜于贮水化妆。这次西北区郏县出土一个东周龙纹盘，和华北区唐山出土一个燕国兽纹盘，就和食器同在一处。这类铜盘也有可能在祀事中或吃喝前后用来洗洗手，或诸侯会盟时贮血水和酒浆，参加者必染指盟誓。但和个人化妆关系究竟不多。鉴的器形从彩陶时代就已确定，商代瓦器中常有发现。这次郑州出土瓦器群，就有几件标准式样。是底微圆，肚微大，缩肩而敞口，和春秋战国以后的鉴很相近。但是这东西当时的用途，我们却取个保留态度。因为看样子，用于饮食比用于盥洗机会还多些。

成定型的青铜鉴，多在春秋战国之际才出现。目下国内最重要的实物，有如下几件：

第一件是现存上海博物院山西浑源出土的二大鉴，鉴口边沿铸有几只小虎攀援窥伺，雕刻得十分生动神气。另一件是河南汲县出土的水陆交战人物图鉴，重要处是它的图案设计，丰富了我们对于战国时人生活方面许多知识。剔空部分当时可能还填有金银彩绘。第三件是科学院新近在河南辉县发掘出土那一件，上面有精细刻镂花纹，包括两层楼房的建筑，和头戴鹖尾冠人物燕享奏乐射箭生活，鸟树狗马杂物形象。并且很像用熟铜捶薄方法作成的。第四件是大型彩绘陶鉴，也在辉县出土，花纹壮丽而谨严，可作战国彩绘陶的代表。另外还有一件传说辉县出土彩绘漆大鉴，原物已经残毁，不过从残余部分花纹，还可以看出它壮丽而秀美的构图，和同时代金银错图案极相近。其中除浑源大鉴，还像一个澡盆，辉县漆鉴，本来可能贮满清水时便于照脸，其余几件东西，居多还像酒食器。古代如果真的用鉴作化妆用具，求它切于实用，这种鉴可能是“漆”作的，讲究的就用错金银作边缘附件。证据是出土物中发现过许多这种错金银或青铜刻花圈形附件，小型的已知道是贮镜栉的奁具，口径大到一尺二寸以上的，至今还不能明白用途。照例说它是装东西的“容器”，是并不具体的。一切日用器物，决不会凭空产生的，和前后必有联系。它虽上无所承，而下却有所启，西汉初叔孙通著《汉礼器制度》称，“洗之所用，士用铁，大夫用铜，诸侯用白银，天子用黄金。”洛阳金村曾出土过战国小型桃式银洗。汉代瓢式银匜已有发现，纯金洗却未出过土。如照《贡禹奏议》所说，则银和金也可作金银镶边的漆器解。极明显，到了汉代，士大夫通用鉴式另有发展，而且专用作盥洗工具了，通名就叫做“洗”。别名叫做“朱提堂狼洗”，西南朱提郡是主要生产地，格式也有了统一化趋势，花纹不是一双鲤鱼或一只大角羊，就是朱鹭和鹿豕，并加上“大富贵乐有鱼”、“常乐未央”等等吉利文字，是用阳纹铸到洗中心的。另有一种小型洗，多用细线阴刻满花云中鸿雁麋鹿熊罴或龙凤作主题，绕以活泼而流动的连续云气，用鎏金法作成的。显然是照叔孙通所说，汉代王侯贵族才能使用。在汉代工艺品中，这是一种新型的生产。还有一种中型缺边碗式洗，铜、陶、漆都发现过，多和贮羹汤醴酒的羽觞一道搁在平案上。晋代青釉陶瓷的生产，既代替了青铜的地位，洗即发展成两个式样：大小折衷于中型鎏金洗和平底碗之间，在边沿或留下一圈网纹装饰和几个小小兽面，或只有两道弦纹，中心留下两只平列小鱼浮雕，反映到南方缥青瓷生产的，随后就有印花越州窑、龙泉窑的中型洗。至于宋代均、官、汝、哥南北诸名瓷，却多把一切装饰去掉不用。北方定窑则在双鱼外又加有种种写生花鸟装饰。这种“洗”如依然有实用意义，大致只宜洗笔不再洗手了。还有一种容量和“朱提堂狼洗”相差不多，稍微改浅了一些，边沿摊平，一切装饰不用，只在边沿和中心部分作几道水纹，晋六朝以来，南北两大系的青瓷都用到，发展下来就成了后世的“脸盆”。例如这次华东区扬州农场出土的一个，就属于缥青瓷系；中南区广东出土的一个，就属于北方青瓷系。宋明以来标准式样，是故宫宋定式墨绘脸盆，是这次陈列的宋赵大翁墓壁画化妆时用的脸盆，和在首都七个明代妃子墓中发现的那个黄金脸盆，和另一个比较小一些的嵌银龙凤花纹脸盆。这种式样一直使用下来，在不同地区，用不同材料，和种种繁简不同花纹装饰，直延续到明清二代，有景德镇青花脸盆，有彭城窑面盆，有宜兴挂釉加彩脸盆，有广式苏式白铜脸盆，随后又才有“景泰蓝”和“铜胎画珐琅”的脸盆出现。现代搪瓷盆就由之衍进而来。

至于镜子呢，古人本来也叫作“鉴”。因名称意义容易混淆，现在有些人就把同一器物，战国时的叫“鉴”，汉代的叫“镜子”。这种区别并不妥当。因为战国时人文章中已常提起镜子。把战国的镜子叫作“鉴”，是根据叙述周代工官分职的专书《考工记》而来。书中在金工部门说，“金锡半谓之鉴燧之齐”，译成现代语言，就是“作镜鉴的合金成分，是铜锡各半”。但照注解“鉴燧”指“阳燧”，是古人在日光下取火用的。此外还有“阴燧”，可对月取水。卫宏《汉宫旧仪并补遗》也说过“皇帝八月酎……用鉴燧取水于月，以火燧取火于日”。三国时高堂隆却以为“阳燧取火于日，阴燧取水于月”。崔豹《古今注》并说明取火的方法，“照物则影见，向日则火生，以艾承之则火出”。说法虽不相同，可见这种古代聚光取火镜子，起源必定相当早，到汉代封建帝王还当成一种敬神仪式使用。我国古代科学发明极多，对于世界文化有极大贡献。早过万年前的石器时代，既然就会钻木取火，进入青铜时代，又会用“阳燧”取火，应当是可信的。不过在考古材料中，我们今天还不曾发现过青铜作的“阳燧”，发现的多是照脸用的各种镜子。铸镜成分各时代也不相同，早期镜子大约百分比是铜占七五锡铅占二五。镜子铸成必加工磨光，西汉淮南王刘安著的《淮南子》，就叙述过古人磨镜方法，是把“玄锡”敷到镜面上，再用细白毛织物磨擦拂拭，才能使用。玄锡就是水银。磨镜子古代早有专工，《海内士品》一书中，记述汉末名士徐孺子，想去送他老师江夏黄公的丧葬时，没有路费，就带了一副磨镜子的家伙，沿路帮人磨镜糊口，终于完成愿心。“青铜时代”虽到战国就已结束，青铜镜子的工艺，却一直沿袭下来，一百余年前，才由新起的玻璃镜子代替。《红楼梦》小说写刘姥姥进大观园，吃醉了酒，胡胡涂涂撞进宝玉房中时，先走到一个“西洋穿衣镜”前面，看见自己的影子，笑眯眯的，还以为是“亲家”。这是许多人都熟习的故事。其实当时的城里人，也居多还使用铜镜。

过去一般读书人，认为镜子从秦代起始，是受小说《西京杂记》的影响。“高祖初入咸阳宫，有方镜，广四尺，高五尺九寸，表里通明。人来照之则倒见，以手扪心来，则见肠胃五脏，历然无碍。”旧社会老百姓上衙门打官司时，照例必用手拊心，高喊一声“请求青天大老爷秦镜高悬！”典故就出在这个小说里。意思是把那位县官当成“秦镜”，明察是非。镜子照见五脏，不会真有其事。但是战国已有方镜，这次长沙楚墓就有一面出土。大过五尺的方镜，汉代却当真有过。晋初著名文人陆机，给他的弟弟陆云书信中，就提起过“见镜子方五尺三寸，宽三尺，照人能现全影”。《西京杂记》多故神其说地方，不尽可信。陆机所见古代实物，是相当可靠的。也有洗澡用的大型铜澡盘，能容五石水，见曹操《上杂物疏》。郭缘生《述征记》还说，这个澡盘在长安逍遥宫门里，面径丈二。可知是秦汉宫廷旧物。

从出土实物和文献结合看来，镜子大致和盥洗的“鉴”同时，约在春秋战国之际才比较普遍应用。战国时著名思想家庄周和韩非，文章中都引用过镜子作比喻，可见是当时人已经熟习的东西。最著名的，是《战国策》上说到的邹忌照镜子故事。故事说，城北徐公有美名。邹忌打扮得整整齐齐去见齐王以前，问他的妻、妾和朋友，比城北徐公如何？三人都阿谀邹忌，说比城北徐公美。但是邹忌自己照照镜子看，却实在不如。不免嗒然丧气。因此去见齐王，陈说阿谀极误事。阿谀有种种不同原因，例如“爱”和“怕”和“有所请求”，都能够产生。官越大，阿谀的人越多，容易蒙蔽真理，越加要警惕。齐王采纳了他的意见，改变作风，广开言路，因此称霸诸侯。故事虽流传极久，一般人对于镜子的认识，还是除“秦镜高悬”，另外只知道“破镜重圆”。这两个名词，一个表示明察秋毫，一个表示爱情复好。至于故事的详细内容、本源，即或是“读书人”，照例也不大明白了。

镜子在实用意义外附上神话，和汉代方士巫术信仰关系密切。后来有两个原因更增加了它的神秘性：一个是七世纪隋唐之际，王度作的《古镜记》，把几面镜子的发现和失去，说得神乎其神。另一个是从晋六朝以来，妇女就有佩镜子风气，唐代女子出嫁更必需佩镜子，到十九世纪，玻璃镜子普遍使用后，铜镜成了古董，照习惯，妇女出阁还当成辟邪器挂在胸前。把镜子年代混淆，另外还有一个原因，是宋《宣和博古图》和清代《西清古鉴》，都把唐代的海兽葡萄镜，当成汉代作品。这事至今还有读书人相信。

近几十年研究镜子的人，从实物出土的地方注意，才修正了过去错误，充实了许多新知识。首先是淮河流域寿州一带发现了许多古镜，花纹风格都极特别，过去陕西河南不多见，因此叫它做“淮式镜”。至于产生的时代，还是沿袭旧称，认为秦代制作。其实寿州原属楚国，如果是“秦镜”，应当在咸阳长安一带大量出土才合理！直到近年长沙楚墓出土这种镜子又多又精美，才明白它的更正确的名称，应当叫做“楚式镜”。是战国时楚国有代表性的一种精美高级工艺品。镜子的大量生产，或普遍作墓中殉葬物，也是楚国得风气之先，而后影响各地，汉代以后才遍及全国。我们这么说，是因为秦赵燕齐诸国墓葬中，也发现过镜子，但数量却极少。如不是不会用镜子，只有一种解释说得通，就是殉葬制度中不用镜子。但是到汉代，坟墓中用镜子殉葬，却已成普通习惯了。

战国镜子和别的铜器一样，花纹图案地方色彩十分鲜明。大体上可以分成两大类：例如午门楼上新出土的一面漆地堆花蟠虬方镜，上海博物馆展出一面“虎纹镜”，和流出国外的“四灵鹫方镜”、“圆透雕蟠虺方镜”和同一纹样圆镜，其他图录中所见龙纹和蟠虺纹镜。除第二种具浑源铜器风格，后几种都和新郑器及一般战国时中原铜器花纹相通。这一类镜子，艺术作风虽不相同，制度却大致相同。胎质都比较厚实，平边，花纹浑朴而雄健，可代表北方系作风。至于出土地不明确那面“金银错骑士刺虎镜”，和相传洛阳金村出土一面“玉背镜”，和寿州、长沙出土的大量龙纹镜，山字镜，兽纹镜，制度就另是一种。胎质都极薄，边缘上卷，设计图案多活泼而秀美，不拘常格。特别是长沙出土的各式镜子，更可代表南方系艺术作风，具有显明的地方特征。花纹处理多沿袭商周青铜器而加以发展，分做两层，有精细而多变化的地纹，在地纹上再加浅平浮雕，浮雕又还可分“平刻”、“线描”和有阴阳面的“剔花”。在种种不同风格变化中，充分反映出设计上的自由、活泼、精致和完整。特别重要还是它的统一完整性。又因磨治加工过程格外认真不苟且，方达到了青铜工艺的最高成就。可说是青铜器末期，结合了最高冶金技术和最精雕刻设计艺术的集中表现。它的复杂多样的花纹，上承商周，下启秦汉，还综合战国纹饰特长，反映于各种圆式图案中，为后来研究古代花纹图案发展史的人，给予了极大便利。

例如“连续矩文”，是商代铜器和白陶器中重要纹饰中一种花纹，本来出于一般竹蒲编织物，反映到铜陶纹饰中，和古代高级纺织物关系就格外密切。到战国末期，除部分铜鼎花纹还保持这种旧格式，一般车轴头上的图案花纹还使用到它，其他器物上已不常见。但是这种矩纹却继续用种种新鲜活泼风格，特别是结合精细地纹作成的方胜格子式变化，反映于长沙古镜装饰图案中，不仅丰富了中国圆式图案的种类，特别重要还是对于中国古代的黼绣纹，也间接提供了许多重要参考资料。古代谈刺绣，常引用《尚书》“山龙华虫，藻火粉米”等叙述。既少实物可见，历来解释总不透彻。汉代以后儒生制作多附会，越来越和历史本来面目不合。从别的器物花纹联系，虽有金银错器、漆器、彩绘陶器可以比较，却并不引起学人认真注意。近三十年燕下都新出土的各种大型砖瓦花纹，和辉县出土的漆棺花纹，因为和蒙古人民共和国诺音乌拉古坟一片丝织物花纹相似，特别是燕下都的砖瓦花纹，和金文中“黼”字极相近，才起始启示我们“两弓相背”的黼绣一种新印象。但由于长沙上千面镜子的发现，完全近于“纳绣”、“锁丝”的精细镜子地纹，和由龙凤综合发展而成的种种云藻主纹，更不啻为我们丰富了古代刺绣花纹以千百种具体式样。这些镜纹极显明和古代丝绸刺绣花纹关系是分不开的。并且从内容上还可以看出，有些本来就是从其他丝绣装饰转用而成。例如，一种用四分法处理的四叶放射式装饰，有些花朵和流苏坠饰，是受镜面限制，才折叠起来处理的。如果用于古代伞盖帐顶时，就会展开回复本来的流苏珠络形式。还有菱形图案的种种变化，孤立来看总难说明它的起源。如联系其他漆器、错金器比较，就可以明白原来和古代丝织物的花纹都基本相通（楚墓出土实物已为我们完全证明）。这些花纹还共同影响到汉代工艺各部门。诺音乌拉汉墓出土的一件大绣花毯子，边沿的纺织物图案，就和这次陈列的那面朱绘镜子菱形花纹完全相同。另外一片残余刺绣上几个牵马胡人披的绣衫上方胜格子纹，又和这次长沙出土一个战国时镂刻填彩青铜奁上的花纹相合。其他一些云纹绣，更是一般金银错图案。还有一种镜子，在对称连续方格菱纹中，嵌上花朵装饰，地纹格外精美的，也有可能在当时就已织成花锦，或用纳绣法钉上金珠花朵，反映到服饰上。西域发现的汉锦，唐代敦煌发现的方胜锦，显然就由之发展而出。洛阳出土大空心砖上的方胜花纹，沂南汉墓顶上藻井平棋格子花纹，也是由它发展的。至于羽状地纹上的连续长尾兽纹，写实形象生动而活泼，又达到图案上的圜转自然效果，构图设计，也启发了汉代漆盘中的基本熊纹布置方法……总之，楚式镜纹的丰富变化，实在是充分吸收融化商周优秀传统并加以发展的结果，和同时期工艺各部门的装饰图案，又发生密切联系，至于影响到汉代以后的装饰图案，更是多方面的。这是美术史或工艺史的研究工作者，都值得特别注意的一件事情。离开了这些实际比较材料，仅从文字出发，以书注书，有些问题是永远无从得到正确答解的。

近人常说汉代文学艺术，受楚文化影响极深。文学方面十分显著，因为西汉人的辞赋，多直接从楚辞发展而出。至于艺术方面，大家认识就不免模模糊糊。去年楚文物展览，和这次出土文物展览，从几面镜子花纹联系比较中，我们却得到了许多具体知识！汉代铜器在加工技术上，主要特征是由模印铸造改进而为手工线刻，花纹也因此由对称式云龙鸟兽和几何纹图案，发展变化为自由、现实、写生，不守一定成规的表现。阴刻花纹虽起源极早，商代以来，雕玉雕骨早已使用，但直接影响到汉代工艺的，也只有从楚文物中的漆器、木刻和青铜镜子等等技法处理上，见出它的本来面目和发展趋势。

楚国统治者在诸侯间尝自称“荆蛮”，近于自谦封地内并无文化可言。当时所说，大致指的只是封建制度中的旂章车辂，仪制排场，在会盟时不如齐晋诸侯的讲究。至于物质文化，实在并不落后于人。特别是善于融合传统，有色彩，有个性，充满创造精神和自由思想的工艺美术，春秋战国以来，楚国工人所达到的高度艺术水平，和中原诸国比较，是有过之无不及的。楚国爱国诗人屈原文学上的成就，和楚国万千劳动人民工艺上的成就，共同反映出楚文化的特征，是既富于色彩，又长于把奔放和精细感情巧妙结合起来，加以完整的表现。这虽然同时也是战国文学艺术的一般长处，是战国时期美学思想在文学艺术上的具体反映。但是从楚文化中，甚至于从一面小小青铜镜子中，我们却更容易看出鲜明的时代精神和民族风格。

镜子既然是古代人的日用品，为便于应用和保护，必需装在一个适用的盒子里或套子里。长沙出土文物中，另外一时还发现过许多种刻画精美的大小漆盒子。这种漆盒大型的多分层分格，里面装有镜子，小木梳篦和脂粉黛墨。这种漆器叫做“奁具”。古代社会女子教育“德容言工”四种要求中，整洁仪容占第二位，因此女子出嫁时，随身也少不了一个“奁具”。不过当时代表的是“艺术”，可不是“财富”。到后来，陪嫁依然少不了“妆奁”，但是意义已完全不同了。到现代，除了西南边疆兄弟民族，还使用这种基本上用红黑二色为主的旧式彩绘漆器，制作方法并影响到印度、缅甸、暹罗、越南的生产，其余地方已少见到这种制作了。

这次长沙出土文物中，除那个彩绘狩猎漆奁外，还有个镂刻方胜花纹青铜奁具，图案精美而复杂。如不是用金银错技术填嵌金银，就是用彩漆填嵌处理的。新时必然丹翠陆离，异常华美。这也是这次展览中一件重要艺术品。这个铜奁和长沙楚墓发现的人物彩画漆奁，人物车马漆奁，细刻云兽纹素漆奁，可算得是楚国工艺品中几件“杰作”，也可作古代“奁具”的代表。它们是因镜子而产生的。过去人谈古器物，常把许多种筒子式青铜器都叫做“奁”，但是这些器物用处显然不会相同。只有长沙楚墓出土这种青铜或彩绘漆“奁具”，里面大多数还有镜子梳篦和其他化妆用品，才可和史游《急就章》提起的“镜奁梳比各异工”相印证，知道是战国汉代以来化妆用的奁具标准格式。这种奁具到汉末还有漆地画金银花纹的，魏晋以来技术依然能够保存，从曹操《上杂物疏》和晋人著《东宫旧事》的记载可以知道。不过晋代一般人使用的漆奁，大都是素质无花，因晋代法令禁止普通漆器文画加工。法令还提起过，造漆器的人必需把店铺工匠姓名和年月写上。齐高帝也有令禁止一般杂漆器加绘金银花。这次华东区在杭州发掘的几件南宋时临安府生产的素漆器，式样还是汉晋旧格，文字可和晋令相印证，证明了直到宋代，一般民间漆器，还遵守这个五六百年前的法令。这件事情，也是用文献结合出土实物才知道的。

奁具的“筒子式”或“三套式”改进成饼子式或蔗段“五撞”、“六撞”式，和花朵式的外形，是配合唐镜从唐代才起始的。上海博物馆保存有元代画马名家任月山的媳妇墓葬中出土的几件漆器，剔红盒可证明现存明代雕漆多本宋元旧法，另外一个素漆花式套奁，却是现存唐式漆奁极有价值的范本。奁具也有方的，和后世县官印盒差不多，材料有用木片拼合的，用夹纻法作胎的，居多用竹篾编成。最著名的遗物，是在朝鲜汉代古墓发现的一个，上面画了许多彩漆人物，还有南山四皓和吴王纣王等的画像。这种东西到汉末又名“严具”。陆机书信中还提起看过曹操用的严具，是个六七寸高的方盒子，内有梳篦镊子杂物。

扇子史话

| 首发于一九八七年第八期《人民画报》。

扇子，在我国有非常古老的历史。出于招风取凉、驱赶虫蚊、掸拂灰尘、引火加热种种需要，人们发明了扇子。

从考古资料方面推测，扇子的应用至少不晚于新石器时代陶器出现之后，如古籍中提到过“舜作五明扇”。但有关图像和实物的发现却较晚。目前所见较早的扇子形象是东周、战国铜器上刻画的两件长柄大扇，以及江陵天星观楚墓出土的木柄羽扇残件。从使用方面看，由奴隶仆从执掌，为主人障风蔽日，象征权威的成分多于实际应用。

战国晚期到两汉，一种半规型“便面”成为扇子的主流。其中以江陵马山楚墓出土、朱黑两色漆篾编成的最为精美。便面一律用细竹篾制成，上至帝王神仙，下及奴仆烤肉，灶户熬盐，无例外地都使用它。

魏晋南北朝时期，“麈尾”、“麈尾扇”、“羽扇”及“比翼扇”相继出现。“羽扇”前期本由鸟类半翅制成，后来用八羽、十羽并列，且加了长木柄。“麈”是领队的大鹿，魏晋以来尚清谈，手执麈尾有“领袖群伦”含意。“麈尾扇”传由梁简文帝萧纲创始，近于麈尾的简化，固定式样似在纨扇上加鹿尾毛两小撮。“比翼扇”又出于麈尾扇，上端改成鸟羽，为帝子天神、仙真玉女升天下凡翅膀的象征。

隋唐时“麈尾”虽定型，但使用范围缩小。“纨扇”起而代之，广为流行。“纨扇”亦即“团扇”，主要以竹木为骨架，制成种种形状，并用薄质丝绸糊成；历来传说出于西汉成帝（前32－前7年）朝。南北朝时，纨扇扇面较大，唐代早期还多作腰圆形，近乎“麈尾”之转化。唐开元、天宝年以来才多“圆如满月”式样。纨扇深得闺阁喜爱，古代诗词中多有反映，如“团扇、团扇，美人并来遮面”，“银烛秋光冷画屏，轻罗小扇扑流萤”，“团扇复团扇，奉君清暑殿，秋风入庭树，从此不相见”。藉团扇刻画出少女种种情态或愁思，可见扇子的功能已大为扩展。

宋元时期纨扇尽管还占主要地位，且更多样化，但同时也出现另一新品种“折叠扇”，即折扇；一般认为是北宋初从日本、高丽传入的。南宋时生产已有相当规模。但扇面有画的传世实物连同图像反映、画录记载，两宋总计不到十件，元代更少。这种情况也许因当时多用山柿油涂于纸面做成“油纸扇”，不宜绘画，只供一般市民使用；或与当时风习有关，虽也有素纸“折叠扇”，但只充当执事仆从手中物，还不曾为文人雅士所赏玩，因而尚未成为书画家染翰挥毫的对象。元代山西永乐宫壁画，保留了大量元人生活情景，“折叠扇”仍只出现于小市民手中。

到了明代，折扇开始普遍流行，先起宫廷，后及社会。明永乐年间，成都所仿日本“倭扇”，年产约两万把。早期扇骨较少，后来才用细骨。扇面有加金箔者，特别精美的由皇帝赏给嫔妃或亲信大臣，较次的按节令分赐其他臣僚。近年各地明代藩王墓中均有贴金折扇及洒金折扇出土。浑金扇面还有用针拨画山石人物的，极似倭扇格式。也有加画龙、凤的，可能只限于帝后使用。至于骚人墨客等风雅之士，讲究扇面书画，使之更近于工艺品。当时的川蜀及苏州都是折扇的主要产地。折扇无疑已成为明代扇子的主流，影响到清代，前后约三个世纪之久。

歌舞百戏用扇子当道具，也是由来已久。唐宋“歌扇”已成为诗文中习用名辞，杂剧艺人不分男女腰间必插一扇；元杂剧中扇子已成为必不可少的道具，习惯上女角多用小画扇，大臣儒士帮闲多用中型扇，武臣大面黑头等则用白竹骨大扇，有长及二尺的。演员借助扇子表现角色的不同身份和心理状态，妙用无穷。剧目和文学作品中也有以扇为主题的，如“桃花扇”、“孙悟空三借芭蕉扇”、“晴雯撕扇”等，可见其影响之大。

折扇外骨的加工，明代已得到极大发展。象牙雕刻，螺钿镶嵌，及用玳瑁薄片粘贴，无所不有。但物极必反，不加雕饰的素骨竹片扇也曾流行一时，甚至一柄值几两银子。清代还特别重用洞庭君山出的湘妃竹，斑点有许多不同名称，若作完整秀美“凤眼”形状，有值银数十两的。至于进贡折扇，通常四柄放一扇匣内，似以苏浙生产的占首位。

清代宫廷尚宫扇，包含各种不同式样。雍正四妃像中，即或执折扇，或执宫扇。宫扇一般式样多为上宽下略窄，扇柄多用羊脂玉、翡翠、象牙等珍贵材料加工而成，扇面还有用象牙劈成细丝编成网孔状的，这实在只是帝王的珍玩，已无任何实用意义。

至于农人，则一律是蒲葵扇，雍正《耕织图》中，他本人自扮的老农也不例外。高级官僚流行雕翎扇，贵重的有值纹银百两的，到辛亥革命后才随同封建王朝覆没而退出历史舞台。后来京剧名角余叔岩、马连良扮诸葛亮时手中挥摇的雕翎扇，大约从北京的前门外挂货铺花四五元就可买到。

扇子应用进展·前言

| 写于一九七八年五四前夕。

扇子的产生、发展，和人类生活上的需要密切相关。为招风取凉，拂灰去尘，引火加热，驱赶虫蚁，人类因之发明了扇子。它必然较早出现于天气炎热的南方，取材于随手可得的棕榈科植物叶片，和各种禽鸟的翅膀。较后需要日多，才进一步利用竹篾蒲草编织而成。材料既轻便耐久，又容易加工，造型因此还不免从棕榈科叶片和禽鸟翅膀取法，或受其一定影响，情形十分自然（而且最原始的形象，说不定在某些地区，始终还在使用）。扇子的应用必然极古，至少也不会晚于新石器时代陶器出现以后。从原始的制陶业、冶炼业，进展而为征服自然促进生产的风扇、风箱，以至于现代大工业厂矿离不开的大型鼓风通风设备，经历了它自己一系列发展历史，这是一件十分显明的事情。它真正的发明权，或应由棕榈科植物和各种鸟类分享。原始人不过是触景生情，得到一种启发，如同古人所说，因蜘蛛结网而作网罟，因蓬转而作车轮，因材使用，并逐渐加以改进而已。虽然很早中国就有“百工者，圣人之事也”的提法，原意本来也还是“各种应用事物的创造与发明，多成于心灵手

巧聪敏百工手中”。由于阶级社会，寄食阶层把帝王天子认为是唯一天赋圣贤，其聪明睿智无可比拟以后，因此读书人把人类由于共同劳动积累的一切文化成就，都一律附会成为传说中的某一帝王个人的功绩，所以扇子的产生，也就不在例外：或说成是用象耕田的大舜，或说出于举兵伐纣的周武王，总之，无论真伪，不容怀疑。后来由唐到清，前后约一千年间百十种公私类书，和通俗性杂书，虽多特别为“扇子”类立下了个子目，记载或多或少，内容却前后相承，更改不多。增加部分，也只是中古以来著名人物关于扇子的故事佚闻，用意侧重在供人吟诗作文，便于引经据典，证明语必有来源出处，给人以博学多闻印象。至于扇子本身，在某一历史阶段，是种什么情形，书中既很少提及，作者本人也就并不知道，且对之毫无兴趣。比如“便面”出于《汉书·张敞传》，“羽扇”出于东晋裴启《语林》，和诸葛亮指挥军事有关，但是，一个博学之士，他对于羽扇的形象知识，说不定还是从马连良演《空城计》京戏得来的！“纨扇”则和相传班婕妤五言古诗《怨歌行》有关，即或认识诗中每一个字，事实上纨扇产生流行的时间，亦无所知。“麈尾”名称常出现于《世说新语》，为魏晋之际清谈名士手中不可少事物，和王敦王导故事相关，使用的有“领袖群伦”含意。但它起始究竟是个什么样子，以后衍进又改成什么样子，即或学富五车，也无书可查。此外“麈尾扇”、“比翼扇”一系列东东西西，尽管他口若悬河，说得有本有源，事实上这些事事物物真正情形，经过如何发展，又有过什么变化，试请教那些抄撮类书做学问的博学通人，将永远不会得到明确具体回答。即时代较近，关于折子扇的流传问题，除了称引宣和六年《高丽图经》所举四例，给人一个约略印象，此外张世南《游宦纪闻》叙述虽只二种，内容却较具体就少注意。以后《万历野获编》记载四川先后仿制倭扇，性质数量，均较明确，但和宋人记载相互矛盾方面，也无从有人作进一步分析探讨。前期折扇，元明间人叫作“撒扇”、“耍扇”或“洒扇”，声音相近，显明同指一物，但意思则可能不尽相同。是“用即撒开，不用合拢”，还是包括有“歌扇道具”，又还是由于上面金箔加工近于“洒金扇”的简称？更从无人加以分析。主要原因，是个研究方法问题，也可说是个思想方法问题。若做学问、搞研究，始终抱住个“学院派”的传统方式，除了孤立引书证书此外全不在意（等于把矛盾交给古人古书），问题不论大小，恐怕都不容易得到比较正确理解。若试换个方法，文图互证，情形可大不相同，知识肯定会得到丰富充实，而且也扎实可靠得多。

我这个小文，和近三十年作的其他有关文物小文情形相差不多，始终算不得什么“有学术水平著述”，并且从不作这种虚幻妄想，只近于一种“看图识字”的通俗平凡工作。我名分上是个国家博物馆的文物研究工作者，事实上在午门楼上文物陈列室中转了整十年，只能算是一个业务上至今还未必及格的说明员。因为和别的同事学习方式有些不同，不仅十分热心向全国在午门楼搞发掘展览的各专家学习，也用同样热心向来参观的各阶层观众学习。一面求对文物有个比较广泛的理解，另一面也求对观众有同样理解。有时候甚至于对于不同观众抱有更大的兴趣，因为学习“为人民服务”，必需这样做，才会明白如何更好的去服务。且记着主席说的“古为今用”，也必需懂得什么是优秀传统以外，还需懂得对象的需要量和消化能力，才可望把这含意深远四个字落实到更新的生产方面去，取得较好的效果，丰富新中国文化艺术的内容。

所以在搞陈列时，必需吃透材料，对于它的名称、应用及衍进历史，在说明卡片上，用个“博闻约取”的方式，作点简明扼要的解释，给年轻些同事（即那些将一生主要青春生命全部贡献在陈列室的年轻说明员，工作辛苦，任务艰巨，俨然如同站在作战第一线战士的同事），减少他们一些麻烦，取得一点便利而用心。如果问题较复杂，材料又较多，则分门别类，照时代顺序试为排排队，适当联系些有关文献，分析综合，探讨一下这些事物在应用上的历史衍变进展，写成这么一类文图互证小型专文，便于这些同事，在另外情况下，遇到些特殊观众，或外宾华侨，以及主持这方面生产教学部门的教师、老师傅，感到兴趣，乐意寻根究底，探源溯流时，他们若手边保留这些资料，也可以得到些小小帮助，并从之得到业务上的应有提高。扇子问题只不过是我过去已作和继续在作一系列问题之一，成就上实不足道，方法上或许尚有点可取处。

至于个人对于工作的理想，由于才具平庸，文史底子也极薄弱，卑之无甚高论，大致只能尽力所及，走到生命尽途，能达到一个“国家历史博物馆真正合格说明员”程度，就算是不错了。对于年纪较轻，文史底子又较好的同行，则深深盼望其中还能有一小部分人，明白文物研究工作中范围实广，除了金石瓷玉、法书名画诸“热门”外，其实还有千百种至今还无人过问的“冷门”，大都还等待有心人，带点开荒辟地的雄心和勇气，采取个素朴客观热诚唯物态度，各就条件所许可，来分门别类，随时留心，进行些探讨工作，合力同功，能把这些研究中的空白点，逐渐加以填补。据个人意见，为了促进这个工作的应有进展，主持高等教育规划部门，和主持文物领导部门，若都还理会得古人说的“民可与乐成而难于创始”所包含的现实意义，即早能打破“各自一摊”的习惯，试来共同一道作些考虑，取得全面协作，在国内几个重点大学文学院，试开设一门“文物学”特别讲座，作为文学、历史各大系考古、博物馆各专业课程所不及的补充。教师一时不必求全，或有其人，即或只能把近半世纪以来，已近于得到初步解决的问题文章，加以集中，并就内容得失，作得出适当扼要评价介绍，兼能把些些有待解决、值得研究，又比较容易着手另外问题，举出百十种例子，编写成个草目，并为提示一些学习探讨线索，也就是一种极有意义的良好开端。开始能够有几个这种教师，就可说够令人满意了。因为工作的进展，十分显明都将影响到这几个专业今后的十年廿年研究方法的广度和质的深度。即仅以今后全国博物馆的陈列改进提高而言，也首先必需从这种改进研究态度，认识文物方法作为起点，才会有真正改进提高的可能。照目下情形说来，四人帮"以论代史"的方法论，虽已完全宣告破产，但是它的阴魂，实在还有一定市场，说不定还在某些人的灵魂深处，发生一定习惯影响，并且明确反映到一些人物行为态度上，以及处心积虑打算上。所以如能够共同实事求是，先从小而可行的方面，用个一二年时间试试路走不走得通，有了这种新的开端设想，个人深深相信，在新中国不久的将来，这些"理想"是一一能够成为现实的，并不像孟子所说，"挟泰山以超北海"，势不可能。其实只不过是"为长者折枝"，相当容易事情。

近三十年来出土文物以千万计，绝大部分还分别积压冻结在全国各省市文物库房中，即所谓"热门"研究工作，实在说来也还相当落后，跟不上去。随同"四个现代化"的工农业建设的进展，更新的出土文物，必将以亿万计罗列在我们面前，为我们创造了世界历史所没有的大好物质条件。主要问题就是我们如何去善于充分利用这些条件，想方设法，使新的一代眼光放宽，鼓舞他们把研究范围、角度逐渐加以扩大，好好的来清理消化，为更下一代打下个更扎实基础。不再继续把早已过时的传统文献学和考古学的狭窄分工的束缚，作为不可动摇的金科玉律，更不受四人帮一小群黑爪牙小走狗，十多年来有意存心弄虚作假，把全个中国历史都歪曲附会成为“儒法斗争”的谎话毒害所影响，加以完全扫除。上级领导有了这种崭新认识，文物工作者也有较多陈景润式务实肯干的同道，看得远，想得深，学得认真过硬，来合力同功，认定目标，十年二十年的继续努力下去，为再下一代作些进一步努力的准备，文物研究工作可能取得的进展，毫无可疑，对于伟大的祖国，对于世界，都将作出崭新的贡献。也必需这样，只有这样，才会配合得上人民新中国的新面貌，新要求！

中国古玉

| 写于二十世纪五十年代前期。

中国的雕玉艺术，是从石器时代磨治石器发展下来的一种特殊艺术。它的初期作品，在形态和花纹上的成就，我们目下实在还不大明白。只知道至迟在公元前十二世纪左右，殷商时代古坟中出土的种种雕玉，就显示出它在艺术上已达成熟期。后来雕玉技术中的平面透雕、线刻、浮雕和圆雕，种种不同表现方法，都已具备。并且可以看出已经熟练运用旋轮车盘，利用高硬度的宝石末，和用高硬度金属工具，来切磋琢磨。艺术上的特征，即把严峻雄壮，和秀美活泼几种美学上的矛盾，极巧妙的融化统一起来，表现于同一作品中，得到非常的成功。无论大型玉戈和玉刀，或是一件小佩玉，效果总是相同的。由于玉本质的光莹润泽，和制作设计上的巧慧，作工的精练与谨严，特别是治玉工人对于材料的深刻理解，使它在中国古代美术史中，占有一个特别重要的位置。

中国历史文献称商代最后一个帝王纣辛，因人民反抗他的残暴政治，自焚于鹿台时，身边还有宝玉一亿有余。统治者大量雕玉的占有，充分反映出中国奴隶社会的末期，奴隶主和奴隶之间的阶级对立，如何尖锐显明。当时一般人民进行生产，种植和狩猎，大都还使用石斧、石镰、蚌锯和石、骨、蚌箭头作生产工具，统治者却用精美玉器装饰他心爱的狗马和本人一身。这时期的玉器制作，自然多出于有技术的奴隶双手。

大致可以分作两部分：

一、大型玉多属玉兵器和礼仪上用玉。兵器中有玉戈、玉矛头和玉斧钺等等，有的还镶嵌在刻有非常精美花纹的青铜柄上。礼仪用玉有圆形玉璧，筒状玉琮，齿轮状玉璇玑，等等。二、小件佩玉多从日用工具发展而来，大部分还不完全脱离实用范围，如玉鱼璜可作小刀，玉觿可以解结。一部分又反映古代社会风俗习惯，特别生物如玉龙凤，常见生物如玉牛、玉虎，和燕雀蛙兔，龙凤多用双线碾刻，制作异常精美，鸟兽虫鱼等生物，多用平面透雕，刻法简朴而生动。玉材大致可分白玉和灰青玉二系，还有比较少量的绿色硬玉。材料来源有从本土较近区域内取得的，也有从万里外西北和阗昆仑山下河谷中取得的。属于本土生产的，古称蓝田出美玉，或以为即陕西长安附近的蓝田。从和阗河谷中采取的，可以说明我国古代西北的交通，实远在三千年前。采玉必有专工，并且用的还是女工人（不过有关这种记载，是在公元后七世纪的唐代才发现的）。

雕玉必用金刚砂，别名解玉砂，唐代贡赋名目中，忻州每年就贡解玉砂六十斤。周代只知道玉作有工正专官，主持生产。从河中采取的名子儿玉，大小有一定限度，从山上凿取的名山材玉，有大过千斤的。汉代虽已见出使用山材玉的情形，但直到公元后十三世纪，才使用大件山材玉。

周代前后八百年间（公元前十二世纪到公元前五世纪），雕玉工艺随同时代有不断进一步发展。主要是雕玉和中国初期封建社会，发生了紧密的结合，成为封建制度一部分。周代初年，虽把从殷商政府得来的大量宝玉，分散于诸侯臣民，表示有道德的帝王，把人民看得比宝玉还重要。但在公元前八世纪间，却出了个好探险，喜游历的帝王，驾了八骏马的车子，往中国西方去寻玉，直到昆仑山下，留下了一个穆天子会西王母的故事，影响到中国文学艺术和宗教情感二千多年，成为一个美丽神话传说的主题。

周代大型雕玉，由戈矛斧钺衍变而成的圭、璋、璜、琮、璧，和当时青铜器中的钟鼎，都是诸侯王国分封不可少的东西，政治权威的象征，同有无比尊贵地位的。这种大型雕玉，特别是陕西出土，有可能是商周之际制作的薄质黑玉刀，一部分还依旧保持实用工具的作用，锋利坚刚，可以割切肉食。随后才成为种种仪式上的定型。器物中最重要的是圭、璧，既然是政治权威的象征，还兼具最高货币的意义。诸侯王分封，诸侯之间彼此聘问通好，此外祭祷名山大川，天地社稷诸神，婚丧庆吊诸事，都少不了要用到。后来加入由石庖丁衍变而成的玉璋，外方内圆近于机织衡木的琮，破璧而成半月形的璜，以及形制不甚明确的瑁，玉中五瑞或六瑞的说法，因之成立。当时国家用玉极多，还特别设立有典守玉器的专官，保管收藏。遇国有大事，就把具典型性的重器陈列出来，供人观看。玉的应用也起始逐渐扩大了范围，到士大夫生活各方面去。商周之际，惟帝王诸侯才能赏玩的，晚周春秋以来，一个代表新兴阶级的知识分子，也有了用玉装饰身体的风气，因此有“君子无故玉不去身”的说法。并且认为玉有七种高尚的品德，恰和当时社会所要求于一个正人君子的品德相称，因之雕玉又具有一种人格的象征，社会更加普遍重视玉。这里说的还仅指男子佩玉。至于当时贵族女子，则成组列的雕玉环佩，已经有了一定制度。孔子删辑古诗时，诗中提起玉佩处就极多。花纹上的发展，则和同时青铜器纹饰的发展有密切的联系，大致可分作三个段落，即西周，春秋和战国。礼仪用玉如圭璧，多素朴无纹饰，或仅具简单云纹。佩服用玉因金工具的进步，发展了成定型的回云纹和縠状凸起纹，和比较复杂有连续性的双线盘虬纹。佩服玉中如龙环，鱼璜，和牺首兽面装饰镶嵌用玉，一部分犹保留商代雕玉作法，一部分特别发展了弯曲状云纹玉龙。玉的使用范围虽显明日益广大，一般作工却不如商代之精。大型璧在各种应用上，已有不同尺寸，代表不同等级和用途，但比较普通的璧，多具一定格式，以席纹云纹为主要装饰。有一种用途不甚明确成对透雕玉龙，制作风格雄劲而浑朴，作风直影响到西汉，还不大变。这种薄片透雕青玉龙，过去人多以为是公元前二三世纪间制作的，近来才明白实创始于周代，至晚在公元前六世纪，就已成定型。

中国雕玉和中国古代社会既有密切联系，玉工艺新的进步，和旧形式的解放，也和社会发展矛盾蜕变同时，实在公元前五世纪的战国时代。那时社会旧封建制度已逐渐崩溃解体，由周初千余国并为百余国，再兼并为五霸七雄，一面解除了旧的王权政治制度上的束缚，另一面也解放了艺术思想上的因袭。更因商业资本的发达流转，促进了交通和贸易，虽古语有“白璧无价”，“美玉不鬻于市”的成规，雕玉艺术和玉材的选择，因此却得到空前的提高。相玉有了专工，雕玉有了专家，历史上著名的和氏连城璧，就产生于这个时代。韩非著述中叙卞和故事说，平民卞和，发现了一个玉璞后，就把它献给国王，相玉专工却以为是顽石，因此卞和被罚，一只脚去掉了膝盖骨。后又拿去呈献，玉工依然说是顽石，因此把两脚弄坏。断了脚的卞和，还深信自己见解正确，抱着那个玉璞哭泣，泪尽血出，悲伤世无识玉的人。后来玉经雕琢，果然成一个精美无比的玉璧。司马迁作《史记》，说璧归赵国所有，诸侯都非常歆羡。秦王自恃兵力强大，就派人来取玉，并诈说用五个城市交换。赵王不得已，派蔺相如带璧入秦国，见秦王无意履行前约，因用计完璧归赵。故事流传千余年，还十分动人。和氏璧真实情形已不得而知。至于同时代因诸侯好玉社会重玉成为一种风气后，而提高了的雕玉艺术，则从近三十年在河南洛阳附近的金村，和河南辉县地方发现的各种精美玉器，已经完全证实这个时代的雕玉风格和品质。花纹制作的精美，玉质的光莹明澈，以及对于每一件雕玉在造型和花纹相互关系上，所表现的高度艺术谐调性，都可以说是空前的。特别是金村玉中的玉卮，玉羽觞，和几件小佩玉，故宫博物院收藏一件玉灯台，和三四种中型白玉璧，科学院考古所在辉县发掘的一个白玉璜，一个错金银嵌小玉玦的带钩，无一不显明指示出，这个时代雕玉工艺无可比拟的成就。在应用方面，这个时期又开辟了两个新用途，一是青铜兵器长短剑，柄部和剑鞘的装饰玉，二是玉带钩。这两方面更特别发展了小件玉的浮雕和半圆雕。至于技术风格上的特征，则纹饰中的小点云乳纹，和连续方折云纹，已成通用格式。又线刻盘虬纹，有精细如发，花纹活泼而谨严，必藉扩大镜方能看清楚花纹组织的。由于应用上的习惯，形成制作上的风格，最显著的是带钩上镶嵌用玉，和成组列的佩服玉，特别发展了种种海马式的弯曲形透雕玉龙。极重要发现，是金村出土的一全份用金丝纽绳贯串起来的龙形玉佩。至于玉具剑上的装饰玉，又发展了浅浮细碾方折云纹，和半圆雕的变形龙纹（大小螭虎）。圆形玉璧也起始打破了本来格式，在边沿上著二奔龙和中心透雕盘夔。一般雕玉应用图案使用兽物对象，有由复杂趋于简化情形，远不如商代向自然界取材之丰富。但由于从旋曲规律中深刻掌握住了物象的生动姿态，和商代或周初玉比较，即更容易见出新的特征。换言之，雄秀与活泼，是战国时代一般工艺——如青铜器和漆器的特征，更是雕玉工艺的特征。雕玉重品质，选择极精，也数这个时期……近三十年这种种新的发现，不仅对于历史科学工作者是一种崭新的启示，也为世界古代美术史提示出一份重要新资料。

西汉继承了这个优秀传统，作多方面的发展，用玉风气日益普遍，但在技术上不免逐渐失去本来的精细，活泼，而见得日益呆板，因之比较简质的半圆雕辟邪，应用到各种雕玉上去，也起始用到玉璧类。汉武帝时，因西域大量玉材入关，配合政治上和宗教上的需要，仿古制雕玉，于是又成为一时风气。二尺长大玉刀，径尺大素玉璧，和礼制上六瑞玉其他诸瑞，汉代都有制作。由武帝到王莽摄政一段时期，祀事上用玉格外多。大型青玉璧中刻云纹或蒲席纹，外沿刻夔凤虬龙，制作雄壮而浑朴。大型璜玦也刻镂精工，然终不如周代自然。这时期社会崇尚玉色，照古玉书所称，贵重难得的玉计四种：黑玉必黑如点漆，黄玉必黄如蒸栗，赤玉必赤如鸡冠，白玉必白如截肪，才够得上美玉称呼。但汉坟中发现的却多白玉和青苍玉。所谓白如截肪，即后世的羊脂玉，汉代小件佩玉中的盾形佩，和玉具剑上的装饰玉，都常见到。礼仪祀事用玉，则多用白、青和菜碧玉作成。又因大件重过百斤的山材玉起始入关，影响到汉代建筑装饰用玉也极多。政府工官尚方制作有一定格式的大型青玉璧，已成为当时变形货币，诸侯王朝觐就必需一个用白鹿皮作垫的玉璧。诸侯王郡守从尚方购置时，每璧得出五铢钱四十万个。因之也成了政府向下属聚敛一种制度。宫廷中门屏柱椽间，则到处悬挂这种玉璧作为装饰。玉具剑上的雕玉，更发展了种种不同半圆雕和细碾云文，风行一时。汉代重厚葬，用玉种类也更具体，有了一定制度。例如手中必握二玉豚，口中必有一扁玉蝉，此外眼耳鼻孔无不有小件雕玉填塞。胸肩之际必着一玉璧或数玉璧。贵族中有身分的，还用玉片裹身作玉甲。此外平时一般厌胜用玉，如人形玉翁仲，方柱形玉刚卯，在汉墓中都是常见之物。当时小件精美雕玉是得到社会爱好，有个物质基础的。西汉末通人桓谭就提起过，见一小小玉器，竟值钱二万。当时山东出的一匹上等细薄绸料和绣类，还只值钱一万五千！

出土汉玉较多，后人玩玉，因难于掌握时代，于是都把它叫做汉玉，式样古旧一些的又称三代玉。定名也大都无确切根据。其实由商到汉，前后约十三四个世纪，雕玉花纹和形制，各代是不尽相同的。玉材也不相同。且因入土时间有长短，各地土质又不一，时代性和区域性，因之显著明白。照历史时代可分作殷商，西周，春秋战国，和汉代。照风格分商和西周为一段，春秋为一段，战国到西汉初为一段，东汉为一段。但雕玉工艺虽有其时代性，却由于工艺传统也有其连续性，严格的区别还是不可能的。

中国好玉风气，和雕玉艺术，同汉代政治一样，结束于公元后一世纪左右。文献上虽还叙述到汉末名人曹丕、吴质等人用玉具剑作礼物赠答，但古代玉佩制当时即已失传，幸得王粲从当时博学的蔡邕学习过，才恢复典礼中的玉佩制。近年山东发掘汉末著名诗人曹植坟墓出土玉佩数种，制作简朴而无风格可言，也可以证实这个时代的确是中国古代雕玉艺术的衰落期。此后不久，到晋代，因鲜卑东胡西羌诸民族陆续入侵北中国，致作成中国雕玉艺术中绝期四百余年，直到唐代，才又稍稍恢复，发展了第二期由唐到清代近一千年来的雕玉工艺。虽同是雕玉，它的方法基本上也还是相同的。但花纹的构成，和在社会上致用的意义，有些和前一期雕玉，就已大不相同了。这个区别是需要另作叙述的。

玩玉的贡献

| 写于二十世纪五十年代前期。

我们知道，玉的受重视和封建关系密切。玉工艺技术的高度发展，则在封建第一期分化时（春秋末）。玉工艺是随封建而发展。封建社会有个特点，即制度进行。凡事都有一定限制。儒家所说的礼乐兵刑，无不十分严格。封建社会得以维持，即依赖这个严格制度。

打仗本是一种野蛮事情，照《春秋左传》记载，即对阵两军主将还得免胄行礼，按一定制度进行。打仗用的武器制度也极严。刑法更明白彰著，赏罚不可紊乱。乐则封建主和小诸侯绝对不同。不仅仅乐章不同，用的乐器也不同。最重要的礼制，婚丧，冠，笄，以及封建主祭山川，天地，和生产诸神用的礼制，更分明不苟。玉的应用和礼制既不可分，因此也就有个一定制度。形制有一定，花纹也可能有一定。圭、璋、璜、璧，由原始生产工具衍变的，照例少刻镂，重品质，重打磨，这是必然的。工艺中的奇伎淫巧，虽随封建社会生产力而发展，随封建主的滥用劳动力而发展，但到礼制上用玉，三千年封建，可能的变化大约只有四五期。一上古（商代）。二中古（西周和战国）。三汉代。四唐宋。五清代。而且有些或者就根本毫无变化。比如说，用苍璧礼天，到清代乾隆时，用的制度不是周制的素质，即是汉制的云夔，即是宋制的瑞草嘉禾。为什么？为的是礼必有根据，照旧物和旧图如法仿制。我说的这个意思，即是我们对于玉的认识，固然从纹饰制度，可以决定时代，但不能完全用这个孤证来决定礼器用的玉。其次即用器玉，一部分也是仿古而作，如清代玉用器一部分仿商周铜器。不可不知。清代玉用器特别多，又因大件山材玉来的多有关系。但是另一方面，这种高度技术的工艺生产，又必然和时代发生一些联系，不可分割。如商代玉纹饰和那时铜器纹饰有个共同形式，这从所见玉戈类简单夔目纹可知。春秋战国也如此，唐宋也如此。就由于这个复杂和错综，我们认识它，研究它，另外有一部知识，不能不理解。

这部分知识即由玩玉而来的知识。即古玉出土后加工得来的知识，这种知识有一部分出于经验，也就是说还近乎科学，值得注意较多。有一部分出于传说和推想，值得注意较少。但同样还是知识，因除此以外，我们对于理解这部分实物，实无门径可得。应当用这部分知识，进而来认识现存的器物时代和其他问题。对于玉形制色泽，也有一部分要用到这种知识来参考判断的。

关于玩古玉兴趣，前面说过，应当起于魏晋之际。那时官吏且有公开盗掘无主坟墓为发财门径的。对古玉知识增加，当然也是这个时节。其次是宋代，北宋的《宣和博古图》，南宋的《古玉图谱》，都搜罗了许多旧玉，真伪不分，刻成图录，流传了一千年。但真正玩玉的知识，照现在所知说来，实在明代。明代人的几种著作，《格古要论》，《夷门广牍》……直到清初《博物要览》，都从玉工艺谈玉，也就提到玉的鉴赏价值，新旧真伪的分别。《天工开物》且叙述了玉的生产技术、过程。由此发展，综合这些知识，和古董商、近世玩玉者知识，直到晚清，才有一种专书，即《玉纪》。我们曾说过，论玉的制度书，就中国作品说来，一般还是推重清末吴大澂的《古玉图考》，因为用实在器物解决了许多问题，也修正了八百年来宋代古玉图的错误，更为新的美术考古有关玉的知识，有些新的启发。其实吴大澂能用实物考订旧制，对于实物如何知道它是旧玉？如何知道它是真玉？一部分知识就根据玩玉的知识。如缺少玩玉知识，从出土实物中还是不能得到充分认识的。尤其是有关玉的变质，色泽变化的倏忽，和加工与未加工玉的不同情形，如没有玩玉知识，是根本得不到要领，且会引人神秘怪诞的。尤其是对于古玉色泽的变化，不易把握。

提及玩玉知识，最先应数陈原心的《玉纪》。这书作于太平天国大革命时代,为同治三年杜文澜刻的。杜在本书序上说：陈是江阴人，喜舞剑谈兵，更好玉。在京极穷困，往往穷得不能举火，讨了个哑姨太太，对于玉爱不去身。大约在咸丰时死于武昌，杜因从李裴山医生处得《玉纪》抄本付刻。时同治三年，作者死去已十年了。又过二十多年，到光绪十三年为金昊澜刻于苏州。这本小书在当时大致是玩玉人认为极重要的。光绪十五年，江阴金武祥重刻序上即提及。金说，近代爱旧玉，真假难认识，加工方法多，可并无一种专书详细说到。且特别推重本书辨伪一章，认为是行家话，非有眼力办不到。又对加工方法中的盘玉，也十分推重。因为古玉土沁后色泽黯然，必需有复原知识，才能把本来光泽见出的。

照陈原心自叙，则知识还是世代传授的，因家中人爱玉，藏玉，积累了不少知识。所著《玉纪》也还是根据先一辈人的传说和经验而成。但个人经验实较多。

本书分部门为出产、名目、玉色、辨伪、质地、制作、认水银、地土、盘功、养损璺、忌油污，共计十一章。

一出产，多用明人旧说，少特见。二名目，无知识。三玉色，将前人意见归纳，尤其明清二代人玩玉所定名色归纳，对于加工玉的色泽，提供了我们许多知识。四辨伪，也提出了些知识，使我们明白明清以来作殉葬玉的几种基本方法。对于小件汉玉真伪的认识大有帮助。五质地，说有得失，不可尽信，说玉性有可参考处。六制作，无知识。因近代地下材料多，证明作者少历史知识。七认水银，玉和水银问题，是玩玉的最重要部分，说法虽近于臆想，但根据它辨古玉，有可参证处。

…………

但玉器全部必制度精确，因和当时封建主需要一套器物相称。即一小小玉饰，琢法必不苟（如馆藏鸡骨白须押）。有些又十分精确细致。如通常所见牙璋琰圭大器。打眼圆整决非后人所及，玩玉者对于这种玉器通称三代玉。礼器、小件玉、刀剑饰外，尚有些形式极别致的。又有刻字极精的，如罗振玉所藏玉磬玉兵器。殉葬时部位分明，如须押、乳押，但是否可靠，尚待地下发掘知识补充证实。

周或战国，多变化幻异感的杂龙佩，具半浮雕的子母螭系璧、剑饰、带钩、用器、羽觞、薄片饰玉，和战国时代抽象及造形文化意识状态有个一致处。自由思想表现于文字为诸子学说，为楚辞，表现于造形美术，为漆器的朱墨彩绘，为铜器的楚系铜及秦系铜纹饰，陶器为燕下都各种印花刻纹，及形态多方的红灰陶。玉器也相通，有个时代特征，即纹案多无拘束的奔放。一面受器材制约，一面却在纹饰和形态上作成奔放自由效果。另一面则为由简到繁，由象征到写实。如《金村聚英》玉觞及瓢形玉饮器，都可见出它是和战国思想有个大体一致关连处，并非孤立存在的。如刀割切的薄片玉也盛行于这个时代。玩玉者知识一般说半浮刻子母蟠螭多指为汉式玉特征。如把它和陶器、铜带钩上圆形守宫物比较，它应当是战国时即已盛行。但当时玉物既然还具有抽象货币价值，一切祭祀一切聘问往还礼节全用得着它，因之出土玉璧类，有些是素质不琢，作法也见得草率的。

汉代玉。玩玉的知识，常把一般大小佩饰称为汉玉，或形体圆觚，具浑厚意不露圭角，如十八子手串管状玉，如翁仲人形玉，如璗，或刻法碾法细秀精准如馆藏大璧。

图片如《支那工艺图鉴》玉璧，如馆藏白玉琫及鸡骨白带饰，鸡骨白虬龙佩，乐浪王光墓胸上青玉璧……其实到目前为止，我们还少具体知识把这些东西的特征和战国或周代玉器特征分别明确。惟一部分玉器中如翁仲、刚卯，如熊式圆雕，鸠杖制……大抵和汉代制度不可分，把它列入汉代，或以后仿汉代作法，大致是不会错的。如系新出土玉，物极多，但无墓砖，又不能用其他相关器物可作旁证，即从玉的一方面说是汉代墓，也比较可靠。为的是汉代上层统治阶级，西汉或东汉，都有一个时期欢喜对死人表示好感，如王充《论衡》所说“破家尽业以充死棺”的。

魏晋之际的人，一方面从战乱中明白了多藏厚亡，天下无不发掘的古墓。一方面从汉代杨王孙提倡薄葬，到这时已为据高位的王公权臣士大夫拥护实行。且魏晋人的虚无主义中即充分含有现实主义的矛盾性。嵇阮的为人洒脱，另一面却充分反映对政治上改朝换代缺少更深一点认识的拘泥。曹操用人不注意细行，但杀孔融，诛杨修，差不多都用的是一些语言讥刺小过失。谢安隐于东山，世传顾恺之作的东山宴妓图，却有乐舞侍奉，女妓百数十人，多艳服浓妆，即不如当时的石崇、王恺在家宴客的富贵豪华，骄奢淫逸，可是比起当时在朝的穷官说来，也就不可同日而语了。嵇康素号洒脱，自己即称性难偶俗。王羲之号称洒脱，我执性就特别强，辞职后的誓墓文充满愤懑不平，违背老庄达观之旨。士大夫都竞争谈解脱，以能持论的占上风。可是一到实践，就不免狼狈趑趄。大致在建安大疫之后，继以战乱连年，死亡过多，上层社会更形成一种即时行乐空气，对于方士所传说的服药求仙，一部分人虽尚有极浓厚兴味，但更重要处还是及时行乐。把现实的“生”看得重，而抽象的“心”看得轻。《古诗十九首》代表的就是一部分统治者的思想。虚无中有现实性。这种现实性的人生观，从三国鼎立中两个分割土地的封建头子对于死时遗嘱也可见出。极端现实的曹操，遗令即主薄葬，且葬毕即除服，不必用什么儒礼。刘备也主薄葬，不费民力。这也就是贤达如杨王孙、贡禹、刘向、桓宽、王充都提到由帝王起应节葬的意见，虽具体，在权臣贵戚中还没有多大效果。直到汉末战乱，社会现实的教训，凡是坟墓，都不免有被盗掘可能时，这些统治阶级的生死观，才在现实中有所改变。惟节葬也还有个区域性，随时间、地点条件而不同。中原风俗似已大变，边远如原属乐浪郡、未被战争所到的江南绍兴，墓葬制度，有的还是相当豪华。另有一点原因，即厚葬，用玉大致也有了限度。即西北或因交通断绝，运玉入关大不容易，玉是一种随庄园经济发展而落后的工艺，原料既缺少，制度也遗失，所以除久任敦煌太守西北一霸的张骏，死后盗发其墓，有玉箫等件，中原坟墓似即不再有那么多玉器可殉了。

西晋豪门如石崇、王恺，家中用玉为饮食器，还是远不如汉代。温峤用玉镜台聘他的表亲，即流传为千年佳话。诗文中提及用玉虽多，实际上玉的时代已成过去。至于东晋渡江以后，政府和玉出产地为羌胡隔绝，用玉习惯自然也不能不变了。也即因此，到目前为止，谈到玉工艺衍变史时，晋六朝前一段时间，玉器的制作，我们不易具体举例。它的特点何在，有多少新的式样上承秦汉，又下启隋唐（如瓷器在这个时代过程中的摹仿，和新旧的关连，是明明白白的），都不清楚。只有一种推测可能性比较大，即晋代玉作或重素材而少雕饰。唐素玉带的方法，或由此而来。曾见白玉件数种，面极光润，土沁背部半透。每片在背部各钻有八小孔，一较长作圆圭头的钻十孔，一望而知必是用金银丝或熟丝线系缚于其他器物或衣甲上的殉葬玉。又一卵圆形带头，有土浸锈，背部作工精整有格致，极希见，竟令人疑心非晋人制作不可。因在造形设计上，即类乎晋人风格，简而巧，有《世说》作风也。这自然只是一种比较片面的推测，定论实在还待他日地下材料多方面的新发现。

晋六朝一段时代，在社会发展史说来，虽然不是玉的工艺时代，也可说，由古到当时，玉工艺的全盛时代，比较上已成过去，成尾声。举例言，战国及汉代名位较高一点的士大夫，视为身边必备的玉具剑，到三国时，即已成比较少数人所专有。史称钟繇有一玉具剑送友人，友人不肯要，钟因知美玉可以灭瘢，即捶碎玉具相赠。又曹丕有一玉具剑，即十分得意，向人夸夸其谈，少见多怪，自然之理。就目下知识，晋代墓葬最显著的是用陶器代替了铜器。漆器用的已极少，晋六朝漆器形制花纹因此也少知识。玉器则难举例。除了一部分出土旧玉，因纹案有受印度佛教刻石影响，说它可能是这个时代产物。另外圭璧等，如圭中刻北斗七星近于受道教影响，可能是这个时代制作。又一部小件首饰玉，从《女史箴图》，敦煌画上女人首饰看，有些相同，可能是这个时代的东西。又素朴玉容器如杯碗，可以和当时陶瓷器物比较，能假定他是否这时代作品。其他就只有从诗文上列举的玉物名目来说有些什么什么，实际材料未免太少了。也因此可说，这个时代的玉工艺所达到的标准，我们的知识是不够用的，且可以说无知的。另外有一点可以推想，即隋代制作必有些打破传统处，且影响到唐代，这是从其他工艺发展知识而来的。

唐宋玉，唐人诗文小说涉及男女的，多提到装饰玉。涉及宫闱的——尤其是开元天宝一段时代，用玉名目且转到许多较新应用器物上。玉乐器虽致用已久，如玉磬在周代即为天子之宝，玉律管且传说由舜时即已用到。魏王冢中又有玉尺，束晳即根据他考定周尺长短。晋张骏墓中即发现许多玉乐器。晋豪门石崇家中，且有个特别会看玉色听玉声（古佩玉必选玉质特别好发声清越的）的老婢翾风。但真正大规模用到乐器上，大致还在唐代开元天宝一个时代。在东北总领军事后来作成唐代大乱的安禄山，曾贡献白玉乐器到数百件。当时最著名用马舞蹈的倾杯乐舞曲，几十个乐工在马旁奏乐时，就用白玉带围腰。玉的致用由政治和宗教仪式转到日常服用，也是这个时候。封建宫廷既为装点应用，特设冶作署机构，专管玉器制作和缨络需用琉璃珠子。出解玉砂的地方，每年还特别贡献定量解玉砂。但这个时代，一般工艺都特殊发达，服用主要在丝织物的染色和织文刺绣，金银细工艺且成为妇女头上主要装饰，玉的应用即广，虽贵重却不占主要部分。又因北方邢州白瓷器和南方越州青瓷器，烧造技术都已得到高度发展，十分进步，高级消费社会把这种陶瓷称假玉，事实上却已代替了玉的位置而且有广泛用处。金银工艺也特别发达，尤其是银器应用，也是在贵族社会中代替玉器的必然原因。这时候的玉佩制，在诗文中虽常道及，在唐代女性画像上，却看不出重要性。作道家天女妆及舞女装的，不是佛教影响，缨络杂串占主要地位（瑟瑟明珠玛瑙孔雀石等等，玉只是这种圆形管形杂串中一小部门），即可能受业务限制，由于玉的品质和佩玉制式都和唐代从异域来新舞蹈需要不合。玉从镶嵌上一定得到了些新用途，但在女人身上需要缩小也是显然的。

在文献上显著的新用途是男用玉带制，用小片玉镶金或银，再著于革绦带上，照品级分多少，封建帝王为二十四片，侯王将相以下递减。有方式、圆式，及其他不定形式，多用白玉。有浮雕，花草或鸟兽透雕。这种玉带制并且一直延长到明代。有玉鞍辔，也多指用玉片镶嵌于鞍辔上而言。有玉乐器，特别是玉笛，玉方响，和唐代音乐故事不可分。古玉制似乎只保留环状制作，还通常用到男人佩饰上，和僧人禅衣纽结上，成为必需品。玉圭用于祀事，已成具文。史志记载曾有用珉石作的。一般塑像如道家天尊三官菩萨等，和孔庙中的孔孟塑像，还是端坐执圭，这种圭可能还得用玉制。又封建帝王仪仗，和武将中的武器靶手，还用得着玉制，如《古玉图谱》举例各种仪仗用玉器，瓜钺诸器，但用处已极少。封建主服饰用的着玉的，还有一定数量，玉依然已失去主要地位。

玻璃工艺的历史探讨

| 首发于一九六〇年一月《美术研究》。

中国玻璃或玻璃生产，最早出现的年代，目下我们还缺少完全正确具体的知识。但知道从周代以来，在诗文传志中就经常用到如下一些名词："璆琳"、"球琳"、"璇珠"、"珂珹"、"火齐"、"琉璃"、"琅玕"、"明月珠"和晋六朝记载中的"玻瓈"、"瑟瑟"，后人注解虽然多认为是不同种类的玉石，如联系近十年古代墓葬中出土的丰富实物分析，这些东西事实上大部分是和人造珠玉发生关系的。这种单色或复色、透明或半透明的早期人造珠玉，后来通称为"料器"。古代多混合珠玉杂宝石作妇女颈部或头上贵重装饰品，有时还和其他细金工镶嵌综合使用。如同战国时的云乳纹璧，汉代玉具剑上的浮雕子母辟邪、璏和珥、云乳纹镡首等。也有仿玉作殓身含口用白琉璃作成蝉形的。汉代且更进一步比较大量烧成大小一般蓝绿诸色珠子，用做帐子类边沿璎珞装饰。武帝的甲乙帐，部分或即由这种人造珠玉作成。到唐代才大量普遍应用到泥塑佛菩萨身体上，以及多数人民日用首饰上，和部分日用品方面。至于名称依旧没有严格区分。大致珠子或器物类半透明的，通称"琉璃"，透

明的才叫“玻璃”。事实上还常常是用同类材料做成的。又宋代以后，还有“药玉”、“罐子玉”或“硝子”、“料器”等名称，也同指各色仿玉玻璃而言。外来物，仅大食贡物即有“玻璃器”、“玻璃瓶”、“玻璃瓮”、“碧—白琉璃酒器”等名目。而彩釉陶砖瓦，这时也已经正式叫做琉璃砖瓦。《营造法式》一书中，且有专章记载它的烧造配料种种方法。

在中国西部发掘的四千年前到六千年间新石器时代晚期墓葬中，已发现过各种琢磨光滑的小粒钻孔玉石，常混合花纹细致的穿孔蚌贝，白色的兽牙，编成组列作颈串装饰物。在中国河南发掘的约三千二百年前青铜器时代墓葬中，除发现大量精美无匹的青铜器和雕琢细致的玉器，镶嵌松绿石和玉蚌的青铜斧、钺、戈、矛、兵器，同时并发现许多釉泽明莹的硬质陶器。到西周敷虾青釉的硬质陶，南北均有发现。这时期由于冶金技术的进展，已能有计划地提炼青铜、黄金和铅，并学会用松绿石镶嵌，用朱砂做彩绘。由于装饰品应用的要求，对玉石的爱好，和矽化物烧造技术的正确掌握，从技术发展来看，这时期中国工人就有可能烧造近于玻璃的珠子。至晚到约二千八九百年前的西周中期，有可能在妇女颈串装饰品中发现这种人造杂色玉石。惟西周重农耕，尚俭朴，这种生产品不切于实用，因而在农奴制社会中要求不广，生产品即使有也不会多。到二千四五百年前的春秋战国之际，由于铁的发现，和铁工具的广泛使用，生产有了多方面的进步，物质文化各部门也随同发展。襄邑出多色彩锦，齐鲁出薄质罗纨，绮缟细绣纹已全国著名。银的提炼成功和鎏金鎏银技术的掌握，使得细金工镶嵌和雕玉艺术都达到了高度水平。金银彩绘漆器的大量应用，更丰富了这一历史阶段工艺的特色。在这时期的墓葬中，才发现各种品质纯洁、花纹精美的珠子式和管状式单色和彩色玻璃生产

（图 1）。重要出土地计有西安、洛阳、辉县、寿县、长沙等处。就目前知识说来，内容大致可以分成三大类：

1. 单色的：计有豆绿、明蓝、乳白、水青各式。

2. 复色的：计有蓝白、绿白、绿黄、黑白两色并合及多色并合各式，近于取法缠丝玛瑙和犀毗漆而作。特别重要的是一种在绿蓝白本色球体上另加其他复色花纹镶嵌各式。这一品种中又可分平嵌和凸起不同的技术处理（图 2）。

3. 棕色陶制球上加涂彩釉，再绘粉蓝、银白浅彩的。这一类也有许多种不同式样。这些色彩华美鲜明的工艺品，有

图 1　战国　彩色玻璃珠（传湖南长沙出土　中国历史博物馆藏）

图 2　战国　彩琉璃珠佩饰（湖北江陵马山一号楚墓出土）

圆球形或多面球形，又有管子式和枣核式，圆球形直径大过五公分以上的，多属第三类彩釉陶球，上面常用粉彩作成种种斜方格子花纹图案，本质实不属于玻璃。一般成品多在直径二三公分左右。其中第二类加工极复杂，品质也特别精美，常和金银细工结合，于金银错酒器或其他器物上如青铜镜子，做主要部分镶嵌使用。或和雕玉共同镶嵌于金银带钩上（图 3），或单独镶嵌于鎏金带钩上（如故宫所藏品）。也有用在参带式漆器鎏金铜足上的（如历史博物馆藏的奁足）。但以和金玉结合作综合处理的金村式大罍和镜子艺术成就特别高。从比较材料研究，它在当时生产量还不怎么多。另有一种模仿“羊脂玉”做成的璧璜，和当时流行的珍贵青铜玉具剑剑柄及漆鞘中部的装饰品，时代可能还要晚一些；早可到战国，晚则到西汉前期。品质特别精美纯粹，则应数在河南和长沙古墓出土的蓝料喇叭花式管状装饰品。过去以为这是鼻塞或耳珰，现已证明还是串珠的一部分。时间多属西汉。又长沙曾出土一纯蓝玻璃矛头（图 4），还是战国矛头式样。广东汉墓又发现两个蓝料碗和整份成串纯净蓝色珠子，其中还有些黄金质镂空小球。

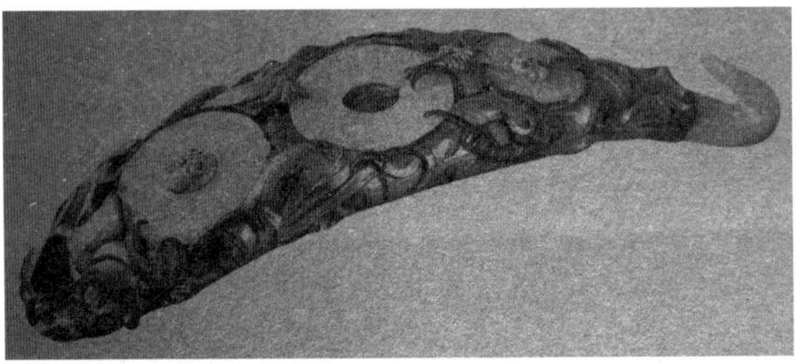

图 3　战国　银质流金镶玉嵌彩琉璃大带钩（河南辉县固围村出土　中国历史博物馆藏）

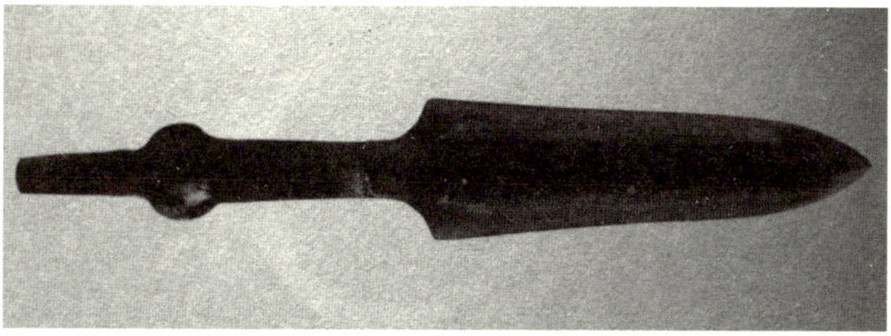

图4　西汉　玻璃矛（湖南长沙沙湖桥出土）

年来这部门知识日益丰富，二千年前汉人墓葬遗物中玻璃装饰品的出土范围越加普遍。除中原各地，即西南的成都、南方的广州、东南的浙江以及中国东北和西北边远的蒙古、新疆、甘肃各个地区，都有品质大同小异的实物出土。小如米粒的料珠，也以这个阶段中坟墓中出土的比较多。惟第二类复色的彩料珠，这时期已很少见。至于彩釉陶珠则更少。原来这时节中国釉陶用器已全国使用，如陕、洛、河北、山东之翠绿釉，广东湖南之青黄釉，长江中部各地之虾背青釉，以及长江下游江浙之早期缥青釉都达到成熟时期。并且有了复色彩釉陶，如陕西斗鸡台出黄釉上加绿彩。出土料珠一般常是绿蓝水青单色的。其中具有代表性的应数长沙和洛阳出土，长度约三公分小喇叭式的蓝色料器和一九五四年在广州出土的大串蓝料珠子。

湖南出土的品质透明纯净玻璃矛头，和广东出土的二玻璃碗，格外重要。因为可证明这时期工人已能突破过去限制，在料珠以外能烧成较大件兵器和饮食器。

由于海外文化交流的发展，汉代或更早一些时期，西北陆路已经常有大量中国生产的蚕丝和精美锦绣，外输罗马、波斯和中近东其他文明古国，并吸收外来物质文化和生产技术。这种玻璃生产品，除中国自造外，技术进展自然也有可能是由于外来文化交流的结果。并且还有可能一部分成品是从南海方面其他文明古国直接运来的。因《汉书·地理志》载黄支调斯诸国事时，就提起过“武帝时曾使人入海市明珠璧琉璃”，又《西域传》也有“罽宾国出琉璃”语，《魏略》则称“大秦国出赤、白、黄、青、绿、缥、红、紫十种琉璃”。但从出土器物形式，如作云乳纹的璧、白料蝉、浮雕子母辟邪的剑饰、战国式的矛头等看来，可以说这部分实物，是只有在国内才能生产的。晋南北朝以来翻译印度佛经，更欢喜用“琉璃”、“玻璃”等字句。因此过去中国历史学者，受“中国文化西来说”的影响，多以为中国琉璃和陶器上釉的技术，都是外来物，而且时间还晚到汉魏时代。近年来新的殷周有釉陶器的发现，和晚周及汉代大量精美玻璃实物的出土，和数以万计墓葬材料的陆续出土，已证明旧说见解实不正确。

现在我们可以比较肯定的说，中国工人制造玻璃的技术，由颗粒装饰品发展而成小件雕刻品，至晚在二千二百年前的战国末期已经完成。再进一步发展成日用饮食器物，二千年前的西汉也已经成功。战国古墓中，已发现有玉色琉璃璧和玉具剑柄，以及剑鞘上特有的玻璃装饰物品。汉代墓中并有了死者口中含着的白琉璃蝉，广东汉墓并且已经发现琉璃碗。魏晋时人作的《西京杂记》、《汉武故事》、《飞燕外传》和三国《胡综别传》，如记载还有一部分可靠性，则早到西汉，晚到三国时期，还使用过大片板状琉璃作成的屏风。虽然这时期小屏风做蔽灯用的还不过二尺见方（见《列女仁智图》），用于个人独坐的，也不过现在的三尺大小（见彩筐冢所得彩漆筐上绘孝子传故事）。然而还是可以说明板玻璃已能有计划烧出。换言之，即中国板玻璃的应用，时间有可能也早过二千年前。三国以后诗人著作中，已经常提起琉璃器物，如著名叙事诗《孔雀东南飞》就说及琉璃榻，傅咸文中曾歌咏琉璃酒卮，其他还有琉璃枕、琉璃砚匣、笔床各物。又著名笔记小说《世说新语》内容多是辑录魏晋人杂传记而成，其中记“满奋畏风，在晋帝坐，北窗作琉璃扉，实密似踈，奋有寒色”。又记王济事，称济为人豪侈，饮馔多贮琉璃碗器中。石崇、王恺斗富为人所共知，如为三尺高珊瑚和数十重锦步障，其实也谈起琉璃碗事。可知西晋以来已经有相当多的产量。惟记载未说明出处，是来自南海或得自西域，抑或即本国工人烧造，未可得知。

西晋末年，因西北羌胡诸游牧氏族侵入中国汉族文化中心的长安、洛阳，战事并继续发展，中国国土因此暂时以长江为界，分裂成两个部分，即历史中的南北朝时期。在长江以北，游牧民族军事统治者长时期的剧烈斗争，使重要的生产文化成就，多遭受严重破坏。琉璃制造技术，也因此失传。直到北魏跖跋氏统一北方后，才又恢复生产，《北史》称：“琉璃制造久失传，太武时天竺国人商贩至京（指洛阳）自云能铸五色琉璃。于是采砺山石于京师铸之。既成，光泽美于西方来者。乃诏为‘观风行殿’，容百余人。光色映澈。观者见之莫不惊骇，以为神明所作。自此中国琉璃遂贱，人不复珍之。”由此可知彩色琉璃的烧造技术在北方确曾一度失传。到此又能大量烧造平板器物，直接使用到可容百人行动的大建筑物中。这类活动建筑物虽然已无遗迹可寻，但在同时期墓葬中，却有重要实物发现。建国后河北景县封姓五座古墓发掘中，除得到大量具有时代特征的青釉陶瓷外，还得到两个玻璃碗，一个蓝色，一个浅绿色，现陈列于北京中国历史博物馆。这种碗当时似为服长生药所用，晋代人有称它做“云母碗”的。

这时期南中国生产已有进一步发展，绿釉瓷的烧造也达到了完全成熟期。薄质丝绸和新兴造纸，更开始著闻全国。文献记载中虽叙述过用琉璃做种种器物（如庾翼在广州赠人白𥓌，似即白色料器），由于制作技术究竟比较复杂，并且烧造技术仅掌握在少数工人手里，成品虽美观，还是远不如当时在江浙能大量生产的缥青色釉薄质瓷器切合实用。又因政治上经过剧烈变化，正和其他文化成就一样，玻璃无法进一步发展，关于实物品质形式的知识我们也知道不多。惟这个时期正是中国佛教迷信极盛时期，统治者企图借宗教来麻醉人民的反抗意识，大修庙宇，照史书记载，北朝统治者曾派白整督工七十万人修造洛阳伊阙佛寺。南朝的首都金陵相传也有五百座大庙，北朝的庙宇则有一千三百多个。此外还有云岗、敦煌、麦积山、天龙山、洛阳、青州、巩县等石窟建筑群。这时期的佛像以土木雕塑而成，而且都经常使用各色珠玉宝石、琉璃作璎珞装饰物。试从现存洞窟壁画雕塑装饰，如敦煌壁画近于斗帐的华盖、藻井部分边沿的流苏来看，还可想象得出当时彩琉璃珠的基本式样及其应用情形。隋代政府收藏的书画卷轴，照史志记载，也有用各色琉璃作轴头的。隋仁寿时李静训墓中几件水绿色玻璃器（图 5），是目前为止出土文物中最能说明当时生产水平的几件实物。《隋遗录》记载中提及的宫中明月珠，有可能即为如宋人笔记小说所说的一种白色新型大琉璃灯。所不同处，只是隋代还当成宫中奇宝，宋代则已为商店中招徕主顾之物。《隋书 · 何稠传》称曾发明绿瓷，历来学者多据这点文献材料，说绿瓷成于何稠。如以近年出土文物判断，则绿釉瓷北方早可到东汉永元，惟白瓷倒只在隋代初次出现，透明绿琉璃也在这一历史阶段达成熟期。

唐代由于社会生产力的发展，琉璃制作也有了新的发展。庙宇殿堂雕塑装饰更扩大了彩色琉璃的需要，根据《唐会要》

图 5　隋　绿玻璃瓶（陕西西安李静训墓出土）

和《唐六典》记载，除由政府专设“冶局”主持全国庙宇装饰佛像的琉璃生产外，日用器物中琉璃的使用，也日益增多。唐诗人如李白等，每用豪迈愉快感情歌颂现实生活时，提及西凉葡萄酒必兼及夜光杯或琉璃钟，此外琉璃窗、琉璃扉也常出现于诗文中。惟多近于从《艺文类聚》中掇拾《西京杂记》等文作辞章形容，不是事实。因直到晚唐苏鹗《杜阳杂编》记元载家红琉璃盘，还认为是重要宝物，可知珠玑易烧，大件瓶盘还不多见。又《唐六典》卷四说：“平民嫁女头上金银钗许用琉璃涂饰。”《唐六典》完成于天宝时代，可知当时一般小件琉璃应用的普遍程度。不过作器物的特种彩色琉璃，依旧似乎不怎么多。直到宋代，真腊贮猛火油和其他外来蔷薇露，还特别记载是用玻璃瓶贮藏，记大食传入中国贡品时，也曾提及许多种玻璃器。可知中国工人还不熟悉掌握这种烧造技术。这问题如孤立的从技术发展上来认识，是不易理解的，甚至于因此会使人对于战国、汉代以来琉璃的成就产生怀疑。但是如联系其他部门生产情形看，就可知道这种情况倒是十分自然的事。唐代瓷器的烧造，品质已十分精美。河北邢州的白质瓷器，和江南越州的绿釉瓷器生产品不仅具全国性，并且有大量成品向海外各国输出。又中国丝绸锦缎，原来就有一个更久远的优秀传统。发展到唐代，薄质纱罗由汉代的方孔纱到唐代的轻容、鲛绡，更有高度的进步。生产的发展和社会多数应用的要求有密切关系，玻璃和陶器比较，技术处理远比陶器困难，应用价值却又不如陶器高，这是当时透明琉璃不容易向应用器物发展的原因。玻璃和薄质纱罗和纺织物比较，也是如此。薄纱中“轻容”，诗文中形容或称“雾縠”，显示质地细薄，已非一般人工可比。由于这类轻纱薄绢的生产，既结实又细致，甚至于影响到中国造纸工业的进展。例如五代以来虽有澄心堂纸的生产，在绘画应用上，却始终不能全代替细绢的地位。一般作灯笼，糊窗隔子，用纱罗早成社会习惯，而且在使用时具有种种便利条件，价值更远比玻璃低贱，这是使平板玻璃在唐代不容易得到发展的又一原因。因此直到晚唐《邺侯家乘》称代宗时岭南进九寸琉璃盘，又权臣元载家有径尺红琉璃盘，都认为是难得宝物。唐代重灯节，每到正月元宵全国举行灯节。当时政府所在地的长安灯节，更是辉煌壮观。据《朝野佥载》叙述，睿宗和武则天时灯有高及十丈延续百丈的。这种成组列的灯彩，个体多作圆形或多面球形的骨架，用薄纱糊就，画上种种花纹，灯旁四角还点缀种种彩色流苏珠翠。琉璃的使用，是作为灯旁装饰，灯的主要部分还是用纱。借此可知某一部门的生产，常常和其他部门生产相互制约，有些还出于经济原因。唐代镜子工艺可说是青铜工艺的尾声，然而也是压轴戏，许多作品真可说近于神工鬼斧，达到金属工艺浮雕技术最高水平。并且已经大量使用金银薄片镶嵌在镜子背面，制作了许多华丽秀美的高级艺术品外，还曾用彩色琉璃镶到镜子背上，得到非凡成功。可是却没有工人会想到把这种琉璃磨光，设法涂上磨镜药，即可创造出玻璃镜子。这种玻璃镜子直到一千年后才能产生出来，结束了青铜镜子延长约二千三百年的历史使命。仔细分析，还是受条件制约限制，即当时铸镜工艺优秀传统，已成习惯，而且十分经济，才不会考虑到还有其他更便宜的材料可以代替。

景　泰　蓝

——中国特种工艺美术品对世界的贡献

| 写于一九五五年，
残稿。

中国是世界上著名有丰富文化的国家，许多种科学发明，都影响到世界文化发展十分巨大。艺术的创造，也丰富了世界文化的内容。二千年前的汉代，中国纺织工人织成的绸缎，就经常有千百匹骆驼，越过西北沙漠和国境边沿高山，运到罗马、波斯、印度各国去。一千二百年前的唐代，中国烧瓷工人作成的瓷器又和绸缎漆器一起，从海上运往各国，分布的地区就更广、更远。世界上知道中国有汉有唐，主要就是祖国历代劳动人民创造的物质文化的贡献。

在工艺美术品的项目中，我们还可举出一大系列的名目，例如地毯、丝绒、夏布、刺绣、象牙雕刻、雕玉、花边、竹簟、纸伞、青田石雕、木刻、花炮、花纸，种类实在数不清。世界上各国人民都知道中国工艺品极合实用而又十分美观。这些工艺品并且充满了各个地方的不同风格，为爱好中国工艺品的国际友人熟习。景泰蓝是北京特种工艺品中一种，更加容易显出民族工艺美术的特征。生产只限于北京一个地区，带到世界上任何一处去，人家一见，就知道这是中华人民共和国的首都北京工人制造的。解放以后，景泰蓝出国的原因，经常还代表了中国政府或人民团体，对于那个国家的政府或人民表示一种政治上的深切友谊和敬意，送到那些国家时，也格外得人爱好重视。年来，生产也因此不断的得到提高，越来越加精美多样化。凡是到过故宫和北海团城参观过近三百年及近六年这种工艺品的，都留下极深刻印象。让我们知道这部门生产，在民族工艺美术品中，占有一个特别地位，决不是偶然的。

景泰蓝的历史

景泰蓝工艺品的生产，从一般说，得名于明代景泰年间，是创始于明代晚期一种金铜镶嵌工艺。本名“佛朗嵌”，说明技术有外来影响。到清代，又称“铜胎掐丝珐瑯”，是用来和“画珐瑯”区别。从本质说，它却是中国古代青铜镶嵌工艺一个分支，一种新的发展。中国青铜镶嵌工艺，原有个极其悠久的优秀传统，在世界上无可比拟。约在三千一百年前，中国工人就能够把金子捶成薄片作装饰品，又能把青铜作成锋利的兵器，用松绿石镶嵌到上面，创造许多非常精美的花纹。约在二千五百年前，技术有了新的进展，除把金片捶成种种花纹，并且起始用金银丝镶嵌铜器，作成更加复杂细致的美术品，并且还发明了镀金的技术（是把金子放在水银中融化，接镀到铜器上加热处理，水银蒸发以后完成工序的。这种进步技术的发明，比欧洲早一千多年）。从这时起，又有了用彩色琉璃料珠镶嵌金银器的习惯，技术和图案花纹，同样达到了空前高度水平。到二千年前的汉代，钿金工艺应用范围越广。由春秋战国到汉代，这四五百年中产品，最有代表性的是故宫博物院陈列的那一部分，和科学院在河南的发掘品。内中包括有各种兵器和用器，如罍、豆、面盆、灯台、镜奁、腰带钩和马车上的各种附件。并且发展了用彩色漆料和半透明料质镶嵌，及在漆器上加金银镶嵌的技术。许多东西从坟里挖出来，保存到现在还完全如新，可以见出工精料美而作得格外扎实，是民族工艺优良的传统。一千八百年前，又流行在铁器上镶嵌金银花纹。至于在金银器物上加涂琉璃的技术，也在一千二百年前的唐代，就已经成熟，使用得相当普遍。还发展了汉代那种铜胎加漆，平嵌银片花鸟的技术，名叫“金银平脱”，大如床榻、衣柜、屏风，小如镜子、粉盒，都有制作。至于在绸缎衣服上加金的风气，一千二百多年前唐代已有十四种。一千年前的宋代却有了十八种。织金、绣金、描金等等技术，都使用得十分纯熟。到五六百年前的明代，由于社会生产发展，镶嵌工艺更作多方面展开。除金银首饰上的嵌宝穿珠，发蓝点翠，还有在漆器上的螺甸加金银嵌，象牙玉石杂宝嵌，铜器上的金银嵌，铁木器上的金银嵌。五彩琉璃的烧造用到建筑物上，也达到了历史上空前的精美复杂程度。由此让我们明白，景泰蓝工艺出现于明代，不是凭空孤立生长的，更不是如过去人所说，纯粹是外来影响。原来和祖国工艺传统一脉相承，也和同时其他工艺技术发生联系。是祖国优秀工人在本来金铜镶嵌工艺基础上进一步的新创造。制作成品早期只作宫廷中陈设赏玩，器形不是仿照商周铜器，就是取法宋明瓷器。它的花纹图案不是采取古代铜器花纹，就是用同时流行的串枝宝相及龙凤穿花。初期配色比较沉重，到清代初年，才又和铜胎画珐瑯瓷（就是现代搪瓷的前身）同时得到新的发展，花纹也由一般串枝衍进而为各种勾勾莲，配色更加显得复杂鲜明。大件器物，如舍利子塔，有高达一丈的，设计打样多出于当时“造办处”如意馆中第一等技师，因此，器物不论大小，都作得十分精美。由康熙、雍正到……

狮子在中国艺术上的应用及其发展

| 写于一九六五年。

由来已久，至晚在商代前期在工艺品中就得到明确的反映，铜漆玉石都作为主要装饰图案而产生存在。《汉书·西域传》是后来事物。《尔雅》一书中曾有记载，晋代郭璞注称即狮子。事实上作为外国贡物来到中国，必有一定对象，才会有所得。东周晚期春秋战国诸侯争霸无一定最高王权作为入贡对象，狮子传说或进入中国西部，实物不大可能远来。

老虎称百兽之尊，狮子也称百兽之尊，都勇猛矫健，瞻视不凡。但老虎是本国土产，西南东北各省区山地都可发现，以东北产躯体特别庞大，知名世界。狮子却是外来物，在海外出现的地区，也只限于非洲及中西亚若干接近沙漠荒远地方。古代当作文化交流的珍禽奇兽之一来到中国，可能早于战国，但文献上比较落实具体，大致还是在西汉。《后汉书·顺帝纪》称：

疏勒国献师子，封牛（或应作“犎”）。

［注］《东观记》曰：“疏勒王盘遣使文时诣阙。”师子似虎，正黄，有頿耏，尾端茸毛大如斗。封牛，其领上肉隆起若封然，因以名之。即今之峰牛。

注中所形容的狮子形色特征，是和真正的狮子相差不远的。但注实出后人之手。至于由汉代人说来，西汉时能见到狮子真形的人，大致还并不多。由于武帝以来，海外文化交流，世界上各地出产的珍禽奇兽如犀牛、麒麟、驼鸟、狮子等等，即或已当成入贡礼品，送到长安洛阳，大致还只是豢养在政府宫廷园囿离宫别馆中，供封建统治者个人开心，及其亲近家属从臣欣赏，不仅大多数人民无从得见，即身在长安洛阳供职的一般官吏，或许也难于见到。因此在西汉以来，即普遍流行的狩猎纹工艺图案，无论铜、陶、漆、玉、丝或金银加工，产于本国的熊、虎、鹿、豹、貘、兔、羚羊、野猪、孔雀、鸿雁，及传说中的龙凤等等形象，无不可以发现，而且都无不作得极其生动活泼，形象逼真。内中却未发现狮子纹。墓葬石刻平面浮雕或线刻上反应属于《王会图》或《瑞应图》、《博物志》中奇异动植物，也没有狮子在内。惟大型立体石刻在墓葬阙门间，却出现了成双的狮子，或名异实同的“天禄辟邪”。时间多在东汉中晚期，和史志记载狮子入贡有一定联系。至于反映到小件雕玉的大小璧、盾形佩、筒子式的酒卮，和玉具剑上的装饰，珌、璏、珥，无不可以发现用高浮雕或圆透雕的子母辟邪，时间较早则可到西汉，来源也可以说是沿袭春秋战国以来的奇禽怪兽，和狮子的关系是间接的而非直接的，但是到汉代，彼此便已经混淆，随同历史发展，更难于区别显明了。

东汉大型石刻狮子形象，如何由宫廷珍物转而为普及到中等官僚墓葬前陪衬物，发展情形不得而知。当时付雕并留下当地刻工价值的，为山东嘉祥武氏祠石刻，中有狮子一对值钱四万，石工张 × 记载。四万钱在当时值黄金二两，并可买上中彩锦二匹，普通绢帛约五十匹，值价不能不说已经相当高！又南阳宗资墓，成都高颐阙，也均各有狮子一对。四川石狮形象，已近似现存分布于南京市郊外南朝齐梁时萧氏诸墓前辟邪形象，前胁间各附以助其雄猛由云气纹变成象征飞翔的小小双翼。因此谈艺术史的，对于它们的产生，有两种不同的推测：

一、联系这个石兽造形，和胁间两个翅膀而言，认为来源似和史传中的贡狮子少直接关系，实出于中亚巴比伦艺术有翼猛兽飞廉的间接影响。二、另外一点推测，即四川东汉末既有这种石狮子出现，江南至迟在三国东吴孙权时也会产生，当时即不用于孙策、孙权墓前，也会用于当时南方特别迷信的蒋子文的蒋侯庙伍子胥等先贤祠堂前，也会和东晋诸皇陵相关。决不至于到百多年后的萧梁政权时代才忽然出现。若孤立看来，前者似乎说的还有点道理，若联系材料比较分析，却不一定是事实。因为西汉以来，凡受《史记 · 封禅书》等记载、神仙方士传说影响下产生的造形艺术，为了能符合“白日飞升”流行传说，不问是主题角色的东王公西王母，还是王子乔安期生，以及其他附属于海上三山上的珍禽奇兽，无一不是浮在云气上行动，于背后或于两胁旁生着一行或一对小小翅膀，表示具有这样飞腾的能力。四神瓦当中青龙白虎，虽大不过五六寸，也各具有同样翅膀。不过反映到较小面积雕刻绘画上，云气翅膀作得比较简单草率，不能比用于大型立体石刻上那么完整具体而已。所以与其说它的来源，系出于巴比伦同类性质艺术的影响，还不如说是受秦汉以来神仙方士传说影响。其次一件事，则有可能东吴孙墓即已有石辟邪出现，东晋渡江，经济财力十分枯窘，节葬说又正流行，未见继续。到南朝萧梁统治江南时，有数十年生聚，封建贵族统治者为夸大个人财力和事功，才依据旧物，大有兴作，彼此仿效。所以这些石辟邪虽产生于社会艺术风气萎靡的南朝，事实上这种辟邪艺术风格，还具有典型汉代天禄辟邪雄骏奔放的原因。

至于附于礼器上的玉璧，佩饰上的盾形玉佩，饮食器中的玉卮、玉碗，和玉具剑上的镖首、珥、璏等装饰或柄足子母辟邪，同样经常也在胁腿间附以云气翅翼装饰，唐宋以后却发展成为“如意灵芝”或一般卷草，一直使用于玉、石、牙、角、金、铜、竹、木等雕刻上，和部分丝绸彩绘图案上，到清代犹继续有不断发展，成为中国民族图案应用最广泛普遍熟习的形象。但是后来人却已少有明白它的来源和狮子本来密切关系了。

狮子来到中国，若照史志记载既在汉代，到的地方必然是长安或洛阳，陕洛一带总应当也还留下一些比较近真的图形，比外州郡一般辟邪更像真正的狮子。这种合理的假设，近年已有些实物出土加以证实。例如陕西博物馆保存的一件大型石狮，和陈列于中国历史博物馆的一个狮子，都可以作为例证。这两个石刻体格结构都和真正狮子极其相近，而胁间小小翅膀，就显得只是一种行动迅速奔走如飞的象征。这种表现方法，事实上在春秋战国以来青铜器的铸造和彩绘漆工艺装饰图案中，即已经习惯运用，并非起于汉代。

狮子本身既然是从海外来的，同时必然还有进贡的异国人民，汉代石刻虽有根据《王会图》、《职贡图》或《山海经》而作的图像，似多以意为之，有图案效果而少考古价值。例如武氏祠石刻作“穿胸国人著汉式衣冠而用二人扛贯其胸而行”可知。这类石刻中是未见有狮子和贡狮人形象的。沂南汉墓石刻有作胡人奇形怪状，押着奇禽异兽作行进的，却又近于汉代所谓黎幵幻人举行的百戏，是用人装扮弄假狮子和九苞凤凰的。因此汉代贡狮子的外国人应当是种什么样子？不得而知。从近年新出土文物试作些探索，重要的新材料，是江浙地区出土一个晋代烧造的越州青瓷水注（或镜台、烛台座子），作一胡人戴长筒阔边帽子，骑于一个蹲伏狮子背上。这个艺术品现藏于北京故宫博物院，曾彩印于故宫藏瓷图录中，事实上若联系前后材料分析，似应当叫作“醉拂菻弄狮子”，这个主题画且和西汉文人东方朔，及晋代名臣庾亮及当时著名的“文康舞”均有联系。反映于此后工艺各部门，前后约千八百年时间。唐代宫廷中大朝会应用的“五方狮子舞”，自居易新乐府中的《西凉伎》，宋明以来的弄狮子，无不从之而来。即仅以“醉拂菻弄狮子”直接表现于艺术品而言，也不下百十种不同式，反映于民间艺术各部门。后来称弄狮子的为“狮子郎”，似乎即还留下一点痕迹。但从历来以文人画、宫廷艺术为传统的艺术史看来，却极少有对于这个古代文化交流影响于广大人民极其普遍的问题有所叙述的。

画史称梁元帝萧绎，曾绘有《职贡图》，本于周代《王会图》传说而续作。叙齐梁时西域诸国来朝时种种。实物既不存，内容也难于详悉。近人论述传世唐阎立本绘《职贡图》时，便以为从画旁附录文字记载分析，或即根据当时萧绎所绘《职贡图》而成。这个假定实不能成立。因为判断一个画的时代，最可靠的无过于图画本身。判断一幅人物画的产生相对时代，比较可靠的又必然是从起居服用各方面来探讨问题。若从这个图卷中人物衣服冠巾看来，则无疑只是宋或以后人依据唐人画迹和出土陶俑傅会而成，托名唐初阎立本或立德。不仅和萧绎无关，且和阎氏兄弟也无关。敦煌石窟有不少唐贞观时壁画，行香人中还留下有不少中原和西北诸族人民形象，衣著多画得十分具体，虽有些奇怪，总依旧近于写实。阎立本兄弟的《职贡图》中人物，应当和敦煌壁画反映极其相近。且大有可能，这些图画中一部分，本来即系取自《职贡图》。而传世《职贡图》中西北诸族人民巾裹，却近似宋金时不明当时情形的人傅会而成。立本兄弟父亲阎毗，是隋代有名艺术家，并且参与隋代舆服的制定。立本兄弟也称博识多闻，并参与唐初舆服的制定，那里会如此胡乱使用冠巾？所以说这个《职贡图》既不可能和梁元帝有什么关系，也不会出于唐初名画家阎氏兄弟之手。

晋代以来虽即有“醉拂菻弄狮子”，使狮子的原本神性失去作用，而赋以民间百戏杂伎娱乐开心的意义。但过不多久，到宗教迷信浓厚的南北朝，却又和其他固有传说并富于神灵象征的“龙”，和国产的固有的猛兽“虎”，一同成为佛力驯服的对象。经过斗争终成为佛前的俘获物。先是在稍前一时，魏晋之际南方作青铜作“天王日月”镜子上，即常有分段有翅神像中，夹以若干狮虎不分的怪兽头颅出现，是否和佛经中的降魔经变有一定联系，有待进一步探讨。“降龙伏虎”由于较后成为十八罗汉主题之一，为世人所熟习，但北朝以来紧密和佛分不开还是狮子。在北齐造像佛菩萨两旁，经常均可以发现一对狮子。有的位置又是在莲座前边，共同捧着一个博山香炉，成为后来“狮子滚球”的最早姿势。狮子滚球直接的影响，大致还是唐代小狮子狗同滚唐代圆形香炉（也叫香球）而起！说详后述。在一定时期内，宗教宣教是要借重狮子来夸大佛法威力而增加世人敬信的。或借助于狮子雄猛达到“护法”目的，或作为佛说近于“狮子吼”警醒愚蒙的象征。总之，应用上的心理意识是错综的，而求达到宣传目的却是单一的，利用狮子对于人的威胁为佛降伏而反映于艺术中。《西游记》上说的孙猴子始终跳不出如来佛手掌，也是一种巧妙的宣传。

到唐代，佛旁狮子已由护法天王金刚代替，狮子为宗教服务却以另外一个姿态而出现。佛旁文殊普贤三尊形象完成后，文殊普贤必骑青狮白象（由于狮子王经故事的原因），狮子于是换了一种式样和地位，反映于以后宗教艺术中约一千三百年。狮子失去固有的雄猛、敏锐、果敢、决断种种形象和精神上特征，形象逐渐和叭儿狗合流，用醉拂林弄假狮子作为范本，成为一个逗人开心的共同体，也是这个时期！为求达到所谓“妙相庄严”，事实上却自然和实物越来越远了。

但在其他附属应用工艺装饰图案中，唐代却大量应用真正狮子和部分想象中的狮子，作为反映到工艺图案各部门，取得艺术上空前广泛效果。由宫廷应用贵金属器物到民间儿童玩具，都可以发现狮子的雄健活泼形象。

前者例如近年出土的直径过一尺的大型鎏金盘子，用狮子

图1　唐代　鎏金铜狮

图 2　唐代　乾陵石狮

作为主题浮雕，当时显明是成于宫廷作坊金工之手，而为封建主帝王特有的。后者属于唐代烧造成流行天下的邢州白瓷。内丘白瓷既流行全国，这种玩具也必然是一般人熟悉的。

北宋徐兢作的《宣和奉使高丽图经》中提到高丽青瓷狮子，得知瓷制狮子还影响到高丽艺术。

四川织锦工人，则用彩织创造了以狮子舞图案为主题的狮子锦，用狮子舞作主题，串枝花缠绕于其间，奏乐人缩得极小，围绕四旁，狮形大将二尺。连缀成三五丈大面积锦帐，悬挂于殿堂深院中，艺术效果显明是十分强烈的。这片锦缎是大约在肃宗时流传于日本，现在还保存得上好的。

唐代陶瓷工人新发明的三彩陶，用来作马和骆驼，世界早已知名，也有作立塑狮子，艺术上得到极高成就的。

又日本法隆寺还藏有一片天王狩狮子锦，作二骑士相对立，回身引弓射狮子，狮子举身猛扑骑士。照画面说，它或出于波斯式样。但南史已称有猎狮子锦，而这片锦纹正中作唐初习见菩提树式，团窠旁附连珠，也和其他几种近年西北出土唐锦相同。极可能实出于张彦远《历代名画记》中提起的唐初在四川作行台总管兼管督造的窦师纶出样，成都织锦工人作成的。这些锦样当时叫“陵阳公样”，称为章彩奇丽，流行百年不废。晚唐大历时诏令中禁织的狮子麒麟天马辟邪诸锦，必然就包括有这类图案的彩锦在内。

此外石碑边沿装饰图案中，正流行鸟兽穿花图案，有采用十二辰图样的，有一般性鸟兽穿花的，有太子玩莲的，也有作奔狮和文殊骑狮子的。拂菻骑狮子奏乐的，虽属附属装饰，同样作得十分生动活泼，壮丽华美。

汉六朝以来，狮子主要应用，既在陵墓前面用大型石刻作成仪卫一部分，产生堂皇庄严效果。唐代为了达到这个政治企图，也还继续采用，在顺陵乾陵前，都还有这种成对大石狮，作得极其威严庄重。这个制度且贯串了整个封建社会制社会中。

狮子由写实转为象征，失去本来雄猛不可羁勒，转而为驯服坐骑，近似和叭儿狗的混合体，除了宗教画的影响，而宗教画的形成，大致又来源于民间习惯影响。正如同狮子舞锦缎虽出于唐代宫廷大乐舞的“五方狮子舞”，这个大型舞蹈，照史志记载，是专为帝王而设的，诗人王维天宝时作“协律郎”，即因作黄狮子舞而得罪，几乎死去。(分析原因，可能是于天宝十三载安史之乱，安禄山入长安时，陷身于敌伪，曾被迫为安禄山安排过这个大乐舞，否则不会有机会私自作黄狮子舞的。）但它的起源，却明显和晋代以来的“醉拂菻弄狮子”分不开。更和北朝《洛阳伽蓝记》所述当时宗教迷信利用五色狮子进行宣传有一定联系，所以到唐代不仅成宫廷大节会乐舞之一，同时还流行于一般社会，近似外国马戏性质。成为军营中和人民群众的季节性娱乐。诗人元稹白居易均有《西凉伎》描写形容。

元稹《西凉伎》描写凉州军营歌舞有——

> ……前头百戏竞撩乱，丸剑跳掷霜雪浮。狮子摇光毛彩竖，胡腾醉舞筋骨柔。……

白居易《西凉伎》，并注明是“刺封疆之臣也”而作。重要的是对于这种假狮子形象的叙述形容——

> 西凉伎，假面胡人假狮子。刻木为头丝作尾，金镀眼睛银帖齿。奋迅毛衣摆双耳，如从流沙来万里。紫髯深目两胡儿，鼓舞跳梁前致辞：应似凉州未陷日，安西都护进来时。……

李白《上云乐》歌词，且提到：

> 老胡感至德，东来进仙倡，五色师子，九苞凤凰……
>
> 金天之西，白日所没，康老胡雏，生彼月窟，巉岩容仪，戌削风骨。碧玉炅炅双目瞳，黄金拳拳两鬓红，华盖垂下睫，嵩岳临上唇，不睹诡谲貌，岂知造化神。
>
> 大道是文康之严父，元气乃文康之老亲。

诗中不仅有胡人进仙倡五色狮子、九苞凤凰等后汉人辞赋中叙述引申，还涉及和“醉拂林”同时流行于晋南北朝，著名的大臣庾亮有关著名的舞蹈“文康舞”有关。末尾还牵涉到东方朔窥窗偷桃故事连在一起，这么说来不免言之话长，非本文所能尽。当俟另写专文讨论。但是可以知道不仅真狮子来自海外，舞假狮子也来自西域或海外。更重要即照白居易形容，唐代舞假狮子的形象，已不像真，却接近唐代壁画中文殊菩萨身下那个坐骑。

又胡人弄狮子反映到唐代艺术品中，也有种种不同发展。有作成墨昆仑的，在绸缎中还比较近真，即波斯胡应有形象。在西北新发现瓷器中还不例外。在敦煌壁画中却开始作成“墨昆仑”模样，黑而矮小，即唐人小说中的“昆仑奴”、“黑波斯”，一般以为是真的黑非洲人，有搞语言学的专家却认为指的是过去新几内亚，现在马来西岛的本土少数民族，唐代或属锡兰，所以称狮子国，并有善于驯服狮子著称。又有作其他高鼻胡人形象的，例如敦煌画，石刻边沿，和近年西安新发现，现陈列于北京历史博物馆一小石刻，即各不相同。至于宋初画家作的线画木刻（现存日本，照片曾刊载《文物》一九六四年第 × 期上）文殊骑狮子像，前边驯狮人，却又还是高鼻尖锥帽西域胡人，形象且和南朝砖刻上所见到的唯一传世文康舞胡人形象相近。也可知文殊坐骑狮子就是从拂林弄的假狮子而来。因此不论是文殊坐骑前，或舞狮子形象，必有一（或二）狮子郎，事实上即“拂林”简称，也即“墨昆仑”别称。

唐代金属工艺中的尖端，是扬州金工于八月五日或五月五日铸造的各种镜子，镜子上用对兽作主题的，计有对羊、对鹿、对犀及对狮子。这种近于特种生产工艺品，重复相同的出土因之较少。至于另外一种后人名为“海马”、“海兽”、“狻猊”、“辟邪”镜子的，多奔驰于满地葡萄间，或间穿插孔雀鸾凤等珍禽，蜂蝶等虫蛾类。则占有唐镜大部分。清代官修的《西清古鉴》中镜鉴，因本于史称张骞由西域带回葡萄事，误把这类镜子一例称作汉镜，致近人写美术史犹有沿袭错误，以为系汉代艺术，不知实唐代产品的。

宋代由于生产发展，都市生活也有了进一步发展，一面是拂菻弄狮子在建筑彩绘部门，有个一定位置，另一面玩真假狮子也更广泛成为瓦舍百戏和民间娱乐之一部门，因此在艺术上反映这个题材，也更加广泛，而且各具不同风格。但共同特征，即拂菻狗的形象已占重要位置，特别是南方狮子的造型，居多从叭儿狗启示，作得十分可笑，狮子应有的雄猛无比的形象已被完全歪曲，成一个逗人怜爱的形象。在舞狮子的图像中，那个狮子郎在官书上或乐舞记载上，虽还说额上系红抹额，如《营造法式》一书彩绘部门所反映种种，在《婴戏图》一类南宋画迹中，就成为儿郎子们的少年郎了，从此以后近十个世纪，舞狮子的都化妆成白面郎，再也不会如波斯形象。

一、辽时代契丹建筑工人在庆州建造的白塔腰部主要浮雕装饰，即有作醉拂菻弄狮子形象，由于充满地方风格，日本学人却误以为系“高丽人牵狗”，一再著录种种图谱中，如孤立看来，即易傅会为某某人牵狗。如联系分析，就可知错误得十分可笑！除了醉拂菻弄狮子，那容许这种和宗教迷信不相干的事件成为宝塔上主题装饰浮雕？

二、北宋初高 ×× 作的线画板刻，也作有文殊骑狮子，旁有戴尖锥浑脱帽拂菻和一天女在旁。高是 ×× 著名画家，无遗墨传世，由此板刻不仅得知艺术风格实出于吴道生，而且由此得知，这个醉拂菻形象，基本上还和近年邓县出土南朝墓砖上唯一传世的文康舞高鼻尖帽胡人相同。可证明李白《上云乐》中叙述两者相互关系。

三、宋元流行小手镜，镜纹装饰图案，也有用醉拂菻弄狮子作为题材的。制作虽草率，而形象却和前者相近。

四、南宋苏汉臣绘《婴戏图》，……

事实上这个主题画当时还应用到冠服制度中，例如宋舆服志腰带制度花纹廿多种，内中有“狮蛮”一种，就指的是拂菻弄狮子。是在带的排方上用“织文隐起”浅浮雕作成的。照规矩为 × 品官身上物。有残余带饰可证。宋政府每年有送臣僚袄子锦计七等，其中“翠毛狮子”一种，当时实物虽已不得而知，但从明代现存几种狮子锦看来，是多少还保留一点唐代写生神情的。

专述北宋社会生活的《东京梦华录》，叙述南宋 × × 生活的《梦粱录》都提起瓦舍百戏的马戏棚子名狮象棚，观者常及数千人，象或用真物表演，至于狮子可能也和唐代一样是用人扮演的。

单独用唐式定型狮子而略有变化作为栏槛柱头装饰的，最著名的应数金大定时修造于燕京卢沟河上的卢沟桥狮子柱头。世俗相传这几百个狮子形象姿态没有一个相同的。从艺术精神上说，其实也可说完全相同。而且时代性鲜明，和以前的唐代，以后的明代，倒是差别显明。

日常特种工艺品装饰上应用的，却多采取汉玉的辟邪，不常见真狮子。这大约和宣和好古《博古图》、《古玉图》的编纂有一定关系。例如定州白瓷的平面浮雕装饰图案，用的就是子母辟邪如意云，或由云衍变的灵芝草。宋宫廷设有玉作，专门雕治犀角、玉翠、水晶、玛瑙等贵重材料作杯斝饮器或瓶壶类插花器，用辟邪作为柄耳部分装饰，常见于记载。因此明代政府抄权臣严嵩的家留下那个财物底册《天水冰山录》中记载的许多水晶器物，其中可能就有不少是宋代作品。现存于故宫这类工艺品，虽鉴定时多以为系明清两代，有的出于猜测，有的根据入库记录或乾隆题诗。乾隆喜附庸风雅，或任官吏贪污，再抄家将所得珍贵文物字画没收成为宫廷所有。或用做生祝寿名分，聚敛民间收藏，过目虽多，鉴定还是胡胡涂涂。有时还把商代玉器刻诗于上。所以宋明器物，不能因为有他的刻诗即认为清代制作。

元明两代对外交通扩大了范围，因此从晋代葛洪以来即传说犀角可以解毒，因此除在药物上应用外，用犀角作酒杯的风气也还继续。并且很出几个工艺名家，用犀角作杯不外两种形式，其一作横倒平放式，雕张骞泛槎故事，张骞乘于一段独木舟式的枯槎上，注酒入内，可以从船头一端吸饮，或称“酒船”。

图 3　明代　鎏金铜狮（陕西长安出土）

尤通就是其中一个名工，故宫博物馆还保有他的作品一件。另一是竖置式，阔处向上，尖端向下，有的必须搁置于另一个架子上，方能稳定。这种竖式犀角杯，装饰加工也有许多种，最常见的就是杯身上部和边沿刻高圆浮雕透雕子母辟邪，或照龙生九子俗传雕大小十龙，柄部也作龙形。这种犀角杯传世的还有千百件，大型的且有长及一尺的。

元明雕玉大小杯洗用辟邪作主要装饰或柄部的也极多。二寸以下作饭糁色的小玉佩，作为扇坠或腰间系佩，用辟邪作同样 ×× 也极多。瓷铜器瓶壶耳柄足口沿采用的也不少。一般称为螭虎，事实上还是辟邪，是由狮子衍进的工艺图案。它的形象，虽然已经和世俗过年玩的狮子已大异其趣，而事实上来源还是一个，狮子。

狮子艺术还是在继续发展和应用。直到十九世纪末，满清封建王朝结束期，北京街市中这一时期的新式建筑，不问是私人住宅，还是商店铺子，当街一面屋顶，照例还蹲了两只傻呼呼的守门狗式的兽物，起始流行湘中商品绣，也经常见到用棕黄色为主调的公母狮子主题出现。多是由于北京动物园前身“三贝子花园”的开放，一般市民看到了狮子的结果。这些狮子应当说是比较写真的，但事实上应用的却只是一种自然主义手法，反映出延长了二千多年的封建社会外受帝国主义的侵略，内受几次重大农民革命的影响，政治上已摇摇欲坠，临于崩溃前夕。而艺术上也形成一种混乱，失去了固有民族艺术风格，而□□出必然的结果。× 立于人家店铺上的洋灰石狮子，虽还到处可见，北京出产世界著名专供阔太太赏玩的叭儿狗，却已绝踪，只有动物园中或者还可偶尔发现了。

第三辑　谈图案及其他

古代事情文献不足征处太多，如能把这个综合文物和文献的研究工作方法，提到应有认识程度，来鼓励一些学习文史、有一定文献知识的年青少壮，打破惯例，面对近十年出土文物和传世文物，分别问题，大胆认真摸个十年八年，中国文化史研究方面有许多空白点或不大衔接处，一定会可望到许多新发现和充实。

从龙谈起

本篇发表于一九五六年四月十四日《大公报》。

来我国访问的国际朋友，在游览了我国的名胜古迹之后，常常会好奇地发问：“中国人为什么那么喜欢龙？龙代表神秘，还是象征权威？”这个问题真不好回答，事实上龙只代表了一个死去了的封建，并没有丝毫神秘。但是为什么在新的绸缎上、彩绘上、雕刻上还不断地出现龙呢？这就涉及到一个如何学习民族遗产的问题。

目前我国纺织品中的印染图案，对于民族遗产的运用，在实践中有一定的成绩，但部分设计工作还是走了弯路，制出的印花布费料费工，还不好看。由于设计思想不够明确，向传统学习也就成了问题。譬如因为齐白石老人螃蟹画得好看，印花布也用螃蟹作花纹。因为故宫陈列了许多商周时代的青铜器，于是十四五岁的女学生的新裙子边沿也发现了三千年前的夔龙纹。还有被面图案设计，把许多条张牙舞爪的龙安排上去，触目惊心，还不如圈圈点点的图案看来比较舒服。这就是直到今天圈圈点点的印花布，还占有广大市场的原因。

其实，也难怪花布设计人员，他们走进故宫去，到处所见都是龙，再走到有大屋顶的新建筑物中去，也会在梁栋上发现龙。他们转到一个戏院里去看京戏或是地方戏，不管是文臣武将，身上穿的，头上戴的，肩上背的，和小兵小将手里拿的，又都是大龙小龙，因此我们怎么能责备丝绸花布设计者不受影响，不把龙当作民族形式中最好最美的东西呢？如果问一问设计工作者们，为什么要画龙，龙有什么美，他们一定回答不出来，然而依旧还是要画下去，只为的是“习惯”，不用它倒像是有意拒绝民族遗产似的。

我国艺术部门的遗产的确是丰富多彩的，但如果无所选择地接受，或只追求表面形式，把握不住本质，就会走弯路，浪费人力物力。因此，在学习接受民族遗产之前，必须首先了解什么是人民真正喜欢的东西，所以对花布设计人员来说，深入生活是最重要不过的。

龙凤艺术

——龙凤图案的应用和发展

原题《龙凤图案的应用和发展》，首发于一九五八年《装饰》第一期。

民族艺术图案中，人民最熟习的，无过于龙凤图案。但专家学人中说到它时，最难搞清楚的，也无过于龙凤图案。因为龙的形象既由传说想象而成，反映到工艺美术造形设计中，又在不断发展变化，如仅仅抄几条孤立文献来印证，是不能解决问题的。记得年前在报刊上曾看过一篇小文章，谈起龙的形象，援引宋人罗愿《尔雅翼》关于龙的形容，以为怪诞不经，非生物所应有。其实这个材料的称引，即用来解释宋代人在绘画、雕刻、陶瓷、彩绘装饰、锦绣图案中反映的龙形，也就不够具体而全面。不仅无从给读者一种明确印象，即文章作者本人，也不能得到一个比较符合当时人想象作成的各种不同龙的形象。原来龙虽然是种想象中的动物，但在历史发展中，却不断为艺术家丰富以新的形象。即以《尔雅翼》作者时代而言，龙的样子也就是多种多样的。有传世陈容的画龙，多作风云变幻中腾攫而起的姿式。有磁州窑瓶子上墨绘和剔雕的龙，件头虽不大，同样作得还雄猛有力。但是它是宋式，和唐代明代风格都大不相同。最有代表性的，是山东曲阜孔子庙大成殿那几支盘云龙石柱，天安门前石华表的云龙，即从它脱胎而出，神情可不一样。至于敦煌宋代石窟洞顶藻井画龙，也还有种种不同造型，却比《营造法式》图样生动活泼。在锦绣艺术中最著名的，是宋徽宗赵佶所绘《雪江归棹图》前边那片包首刻丝龙，配色鲜明，造型美丽，可说是宋代龙形中一件珍品。但是如不用它和明清龙蟒袍服比较，还是得不着它的艺术特征的。宋代龙形必然受唐代的影响，可是最显著的却只有定窑瓷盘上的龙形，还近于唐代铜镜上的反映，别的材料已各作不同发展。上面说的不过是随手可举的例子。如就这个时代龙的艺术作全面分析，那就自然更加言之话长了。

历来龙凤并提，其实凤的问题也极复杂，由于数千年来用它作艺术装饰主题更加广泛而普遍，它的形象也在各个时代不同发展变化中。

凤的形象如孤立的只从《师旷禽经》一类汉人记载去求证，也难免以为怪诞虚无，顾此失彼。要明白它必需就历史上遗留下各种活泼生动的形象材料，加以比较，才会知道凤凰即或同样是一种想象中的灵禽，在艺术创造中却表现多方，有万千种美丽活泼式样存在。如从联系发展去注意，我们对于凤的知识，就可更加丰富具体，不至于人云亦云了。

在人民印象中，历来虽龙凤并称，从古以来，且和封建政治紧密结合，龙凤形象成为封建装饰艺术的主题，同时也近于权威象征。但事实上两者却在历史发展中似同而实异，终于分道扬镳，各有千秋。决定龙凤的地位，并影响到后来的发展，主要是两个故事：有关龙的是《史记》所记黄帝传说，鼎湖丹成乘龙升天，群臣攀龙髯也有随同升天的。关于凤的是萧史吹箫引凤，和弄玉一同跨凤上天故事。同是升天神话传说，前者和封建政治结合，后者却是个动人爱情故事，后来六朝人把“攀龙附凤”二词连用，作为一种依附事件的形容，因此故事本来不同意义也失去了，不免近于数典忘祖。其实二事应当分开的。

龙历来即代表一种权威或势力，中古以来的传说附会，更加强了它这一点。汉唐以来，由于方士和尚附会造作，龙的原始神性虽日减，新加的神性却日增。封王封侯，割据水府，称孤道寡，龙在封建社会制度上，因之占有一个特别地位。凤到这时却越来越少神性，可是另一面和诗文爱情形容相联系，因之在多数人民情感中，反而日益亲切。前者随时势推迁，封建结束，龙在历史上的尊严地位，也一下丧失无余。虽然在装饰艺术史中，龙还有个位置。现代造型艺术中，龙的图案也还在广泛使用。戏文中角色有身份的必穿龙袍，皇帝必坐龙床，国内外到北京参观，对建筑雕刻引起最大兴趣的，必然是明代遗留下来那座五彩琉璃作的九龙壁。木雕刻易留下深刻印象的，是故宫各殿中许多木刻云龙藻井。石刻中则殿前浮雕云龙升降的大陛阶，特别引人注目。春节中舞龙灯，也还是一个普遍流行热闹有趣节目。不过对于龙的迷信所形成的抽象尊严，早已经失去意义了。至于凤呢，却在人民情感中还是十分深厚而普遍。新的时代将依然在许多方面成为装饰艺术的主题，作各种不同反映。人民已不怕龙，却依旧欢喜凤。

龙凤在古代艺术上的形象，和文字中的形容，相互结合来注意，比单纯称引文献来分析有无，还可明白更早一些时候古人对于二物想象的情感基础。甲骨文字上的龙凤，还无固定形式，但是基本上却已经可以看出龙是个因时屈伸的灵虫，凤是个华美长尾的灵禽。双龙起拱即成天上雨后出现的虹，可知龙在三千年前即有能致雨的传说或假想，并象征神秘。但龙又像是可以征服豢养的，所以古有“豢龙氏”，黄帝后来还骑龙上天。在铜玉骨石古器物上图案反映作各种不同形象发展，过去统以为属于龙凤的，近来已有人怀疑。但龙凤装饰图案，在古器物中占主要地位，则事无可疑（图1—5）。关于龙的问题拟另作文章探讨。现在且看看凤凰这种想象灵禽身世和发展。

在一片商代透雕白玉上，作成如一灵鹫大鹏样子，爪下还攫住一个人头，这是凤，且不是偶然的创作，因为相同式样的雕刻还不少。气魄雄健，似和文字本来还相合，却缺少战国以来对于凤凰的秀美观念。但在同时一件青铜器花纹上的典型反映，却是顶有高冠，曳着长尾，尾上还有眼形花纹，样子已和后来孔雀相差不多。因此得知后来传说中的凤凰和平柔美形象，在此也有了一点基础。

古记称："有凤来仪"、"凤凰于飞"，让我们知道，这种理想的灵禽，被人民和当时贵族统治者当成吉祥幸福的象征，和爱情的比喻，也是来源已久，早可到三千年前，至迟也有二千七八百年。它的本来似属于鹫鹰和孔雀的混成物，但早在三千年前即被人加以理想化，附以种种神秘性。西周是个比较

图1　原始社会　玉龙（内蒙古翁牛特旗三星他拉村出土）

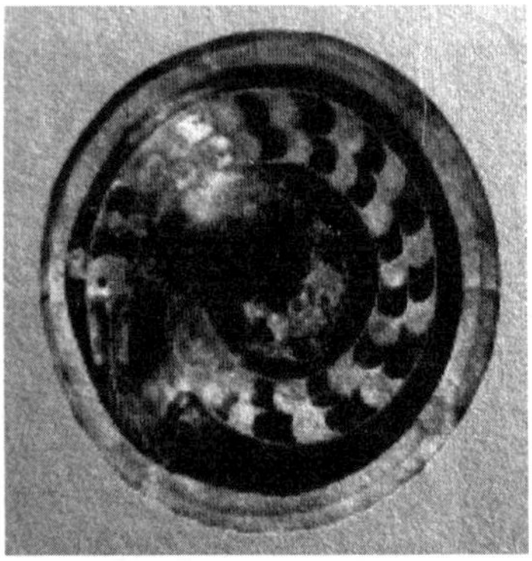

图2　原始社会　龙纹彩陶盆（山西襄汾陶寺出土）

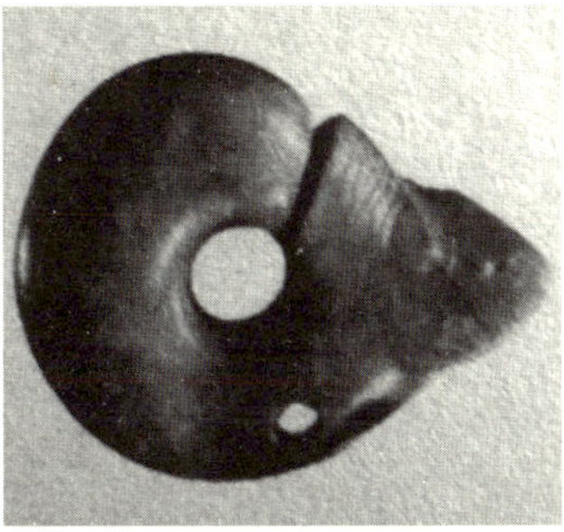

图 3　原始社会　猪头龙

图 4　商　青铜觯上龙凤纹

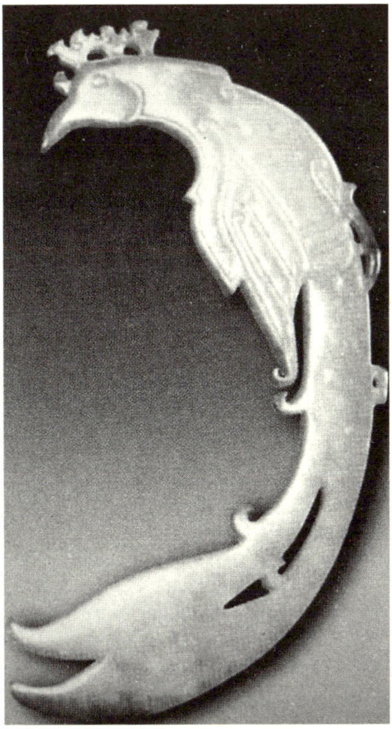

图 5　商　玉凤（河南安阳殷墟妇好墓出土　中国历史博物馆藏）

务实的时代，凤的性质因之不如龙怪诞。稍后一点的孔子，有“凤鸟不至，河不出图”之叹，可见有关凤凰神奇传说，还是早已存在的。凤是一种不世出的大鸟，一身包含了种种德性，一出现和天命时代都关系密切。凤凰既然那么稀有少见，历来人民却又如何在艺术上加以种种表现，越到后来越作得生动逼真，而且成为爱情的象征，是有个历史发展过程，并非凭空而来的。我们值得把它分成几个不同阶段（或类型）来分析一下。

一、是从甲骨文上刻有各种凤字，到易经上“有凤来仪”时代，也即是在文字上还无定形，而在佩玉上如大鹫，在铜器花纹上如孔雀时代。值得注意是这时妇人发簪上，也已经使用了凤凰。可知一面是祯祥，一面又起始和男女爱情有了一定联系。

二、是诗经上有“凤凰于飞”、孔子有“凤鸟不至”、楚词有“鸾鸟凤凰，日已远兮”、故事中有“吹箫引凤”传说成熟时期。也即是真凤凰证明已少有人见到，而在造型艺术中，却产生了金村式秀美无匹的雕玉佩饰，和长沙漆器凤纹图案，以及金银错器、青铜镜子上各种秀美活泼云凤图案时期。

三、由传世伪托《师旷禽经》对于凤凰的描写，重新把凤凰当成国家祥瑞之一来看待，附会政治，并影响到宫廷艺术，见于帝王年代则有“天凤”、“五凤”、“凤凰”，见于造型艺术，先成为五瑞之一，又转化为朱雀，代表了南方，和青龙、白虎、玄武象征四方四神。在建筑上则有朱雀阙，瓦当上出现朱雀瓦。即一般大型建筑也都高据屋顶，作展翅欲飞的金雀姿式（后来的铜雀台也是由此而成），而在艺术各部门中，又都有一定地位时期。

四、在人民诗歌中，已经和鸳鸯、鸂鶒、练雀等相似地位，同为爱情象征。反映到青铜镜子艺术上更十分具体。但在封建宫廷艺术中，另一面又和龙重新结合，成为上层统治权威象征，特别是女性后妃象征。此外在博具中的双陆、樗蒲，都得到充分使用。因之“龙凤呈祥”主题图案，也成熟于这个时期。然而在一般艺术图案中，它却并不比鸳鸯、鸂鶒等水鸟更接近人民，讨人欢喜。

五、因牡丹成为花中之王，在艺术上和牡丹作新的结合，由唐代的云凤转成“凤穿牡丹”、“丹凤朝阳”，反映到工艺图案各部门（图6），因此逐渐独占春风，象征光明、幸福、爱情和好等等，形象上也越来越作得格外秀美华丽，同时又成为人民

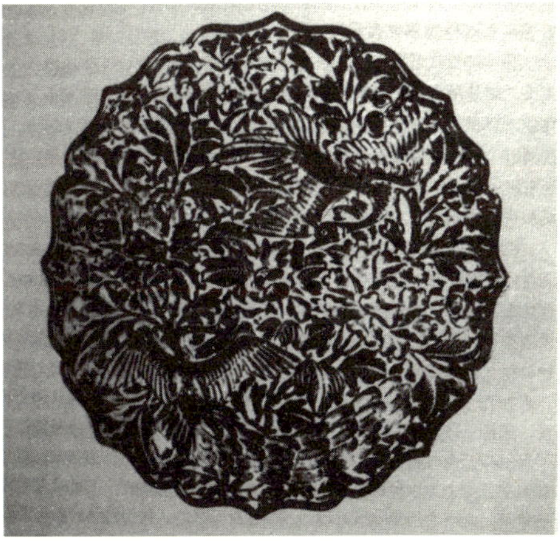

图6　明　宣德雕漆双凤牡丹八瓣盘

吉祥图案中主题画时期。

我们说一切事物都在发展中不断变化，凤凰图案其实也并不例外。多数人民所熟习的凤凰，图案的形象，和它应用的范围，以至于给人情感上的影响及概念，原来也这么在不断发展变化中。

例如凤为鸟中之王说法虽古到二千年前，牡丹为花中之王的提法，却起于唐宋之际，只是千多年前事情。至于把两者结合起来，成为“凤穿牡丹”的主题画，反映到工艺美术各部门，成为人民所熟习的事情，照目下材料分析，实成熟于千年间的宋代。虽然“龙凤呈祥”的图案，也大约是从这时期起始在宫廷艺术中大大流行，还继续发展。“凤穿牡丹”图案，却逐渐成为人民十分亲切喜爱的画面。这也还有另外一个现实原因，即“牡丹谱”、“洛阳牡丹记”等著述的流行，和实物栽培的普遍，增加了人民对于牡丹名色的知识。想象中的凤凰，因之在人民艺术家手中，作成种种美丽动人姿式，共同反映于艺术创造中。

元明清三个朝代中，龙始终代表一种神性，又成为九五之尊的象征，因此不能随便亵渎。服装艺术上随便用龙是违法受禁止的。虽然“龙舟竞渡”的风俗习惯在长江以南凡有河流处即通行，为广大人民娱乐节目之一。而逢年过节舞龙灯的风俗，且具有全国性。但是在另外一方面，即从晋六朝以来，佛教宣传江湖河海各有龙神，天上还有天龙八部，凡是龙王均能行雨，因此到唐宋以来，特封江湖河海诸龙为王为侯，这种龙神名衔直到十九世纪还不断加封。南方各地任何小小县城，必有个龙王庙，每逢天旱，封建统治者无可奈何，就装作虔敬，去庙中祈雨行香，把应负责任推到龙王身上，并增加人民对于龙的敬畏之忱，也即增加封建神权政治。因此龙不能随便使用。直到五十年前，迷信还深入人心。至于凤凰和牡丹结合后，却和人民情感日加深厚，尽管在封建制度上，凤凰还和王侯女性关系密切，皇后公主必戴凤冠，用凤数多少定品级等次。在宫廷艺术中，又还依旧是龙凤并用。可是有一点大不相同处，乱用龙的图案易犯罪，乡村平民女子的鞋帮或围裙上都可以凭你想象绣凤双飞或凤穿牡丹，谁也不能管。至于赠给情人的手帕和抱兜，为表示爱情幸福，绣凤穿花更加常见。至于民间俚曲唱本，并且开口离不了凤凰。“鱼水和谐”、“鸳鸯戏荷”、“彩凤双飞”同属民间刺绣主题，深入人心。凤的图案已不是宫廷所独用，早成为人民共同艺术主题了。换句现代话说，即凤接近人民，人民因之丰富了凤的形象和内容。凤给广大人民以生活幸福的感兴和希望。从表面看，因此一来，凤的抽象地位，不免日益下降，再不能和龙并提。事实上凤和人民感情上打成一片，特别是在民间妇女刺绣中简直是赋以无限丰富的艺术生命，使之不朽，使之永生。

但是我们也得承认另外一种事实，即在近千百年来封建上

图 7　苗族刺绣凤纹

层艺术成就中，丝绸锦绣袍服、瓷、漆和嵌镶工艺、金银加工等，凡百诸精细造型艺术图案，龙的图案也有其一定成就，而且占有主要地位，凤只是次要地位。不过从艺术形象言即或同用于百花穿插，龙穿花总近于勉强凑合，凤穿花却作得分外自然。论成就，还是凤穿花值得学习。最有代表性的是明代宣德以来和清代初期，在五色笺纸上用泥金银法描绘的云凤或穿花凤，创造了无数高度精美活泼的艺术品，给人以一种深刻难忘印象。和西南地区民间刺绣的万千种凤穿牡丹（图 7）同放一处，可用得上两句话概括形容："异曲同工，各有千秋。"

俗说凤凰不死，死后又还会再生。这传说极有意思。凡是深深活在人民情感中的东西，它的历史虽久，当然还会从更新的时代，和千万人民艺术创造热情重新结合，得到不朽和永生。

鱼的艺术

——鱼的图案在人民生活中的应用及发展

| 原题《鱼的艺术和它在人民生活中的应用与发展》，首发于一九五八年《装饰》第二期。

中国海岸线长，江河湖泊多，鱼类品种格外丰富。因此人民采用鱼形作艺术装饰图案，历史也相当悠久。近年中国科学院考古所，在陕西西安半坡村，约公元前四五十世纪的村落遗址中，就发现一个陶盆，黑彩绘活泼生动鱼形（图 1）。河南安阳，公元前十三世纪的商代墓葬中出土青铜盘形器物，也常用鱼形图案作主要装饰。这个时期和稍后的西周墓葬中，还大量发现过二三寸长薄片小玉鱼（图 2），雕刻得简要而生动，尾部锋利如刀，当时或作割切工具使用，佩带在贵族衣带间。公元前六世纪的春秋时代，流行编成组列的佩玉，还有一部分雕成鱼形，部分发展而成为弯曲龙形。照理说，鱼龙变化传说也应当产生于这个时期。公元前二世纪，秦汉之际青铜镜子，镜背中心部分，常有十余字铭文，作吉祥幸福话语，末后必有两个小鱼并列，因为鱼余同音，象征“富贵有余”的幸福愿望。公元前二世纪的汉代，这种风俗更加普遍，人们使用的青铜面

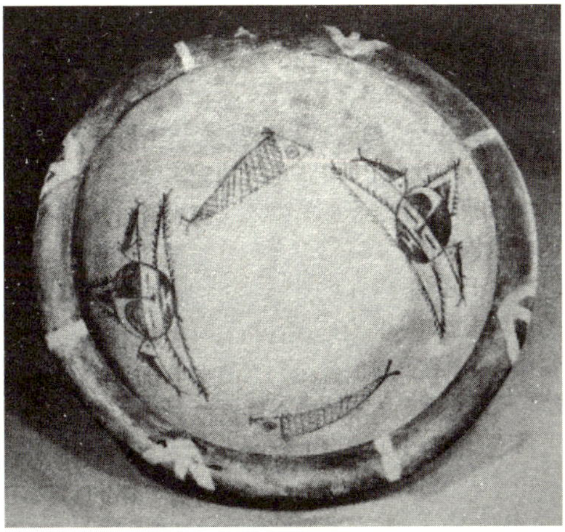

图1　原始社会　人面鱼纹彩陶盆（陕西西安半坡出土
中国历史博物馆藏）

图2　商　鱼佩

盆，多铸造于西南朱提堂狼郡，内部主要装饰，就多作两只美丽活泼的大鱼。此外女子缝纫用的青铜熨斗，照明的灯台，喝酒用的椭圆形羽觞，上面也常使用这种图案。当时陕西河南一带贵族墓葬，正流行使用一种长约一公尺的大型空心砖堆砌墓室，砖上有种种花纹，双鱼纹也常发现。丝绸上起始用鱼形图案。私人用小印章也有作小鱼形的。可见美术上的应用，已日益普遍。主题象征意义是“有余”。中国是个广大农业地区的国家，希望生产有余正是人之常情。战国时文学家庄周，曾写过一篇抒情小品文，赞美过鱼在水中的快乐。公元后二三世纪间，又有一首南方民歌，更细致素朴描写到水池中荷花下的鱼的游戏：

江南可采莲，莲叶何田田，鱼戏莲叶东，
鱼戏莲叶西，鱼戏莲叶南，鱼戏莲叶北。

从此以后，“如鱼得水”转成了夫妇爱情和好的形容。但普遍反映于一般造型艺术上，却晚到十世纪左右才出现。

公元七世纪后的唐代，鱼形的应用，转到两个方面，十分特殊。一个是当时镀金铜锁钥，必雕铸成鱼形，叫作“鱼钥”。是当时一种普遍制度，大至王宫城门，小及首饰箱箧，无不使用。用意是鱼目日夜不闭，可以防止盗窃。其次是政府和地方官吏之间，常用一种三寸长铜质鱼形物，作为彼此联系凭证，上铸文字分成两半，一存政府，一由官吏本人收藏，调动人事时就合符为证。官吏出入宫廷门证，也作鱼形，通称“鱼符”。中等以上官吏，多腰佩“鱼袋”，这种鱼袋向例由政府赏赐，得到的算是一种荣宠，通称“紫金鱼袋”，真正东西我们还少见到。宋代尚保存这个制度。可是从宋画宋俑服饰上，还少发现使用鱼袋形象。又唐代已盛行国家考试制度，有一定文学水平的平民可望通过考试转成政府官吏。汉代以来风俗相传，黄河中部有大悬瀑，名叫“龙门”，鱼类能跳跃上去的，就可变龙。所以当时人能见得名流李膺的，以为是登龙门。唐代考试多由达官贵族操纵，人民获中机会并不多，因此人民也借用它来作比喻，考试及格的和鱼上升龙门一样。“鲤鱼跳龙门”于是成为一般幸运象征，和追求幸运的形容。因此成为一般艺术主题，民间刺绣起始用它作主题。公元十世纪的宋代，考试制度有进一步发展，图案应用因此更加广泛。

这个时期，在中国浙江龙泉烧造的世界著名的翠绿色瓷器，小件盘碟类，还多沿袭汉代习惯，中心加二小鱼作装饰。江西景德镇的影青瓷，和北方的定州白瓷，和一般民间瓷，鱼的图案应用更加多了些，意义因此也略有不同。在盘碗中的，多当成纯艺术表现。若用到瓷枕上，或上面加些莲荷，实沿袭“采莲辞”本意，喻夫妇枕上爱情“如鱼得水”（图 3）。又有在青铜镜子上浮雕双鱼腾跃的，用意相同。现实主义的绘画，正扩大题材范围，还出了几个画鱼名家，如刘寀等，作品表现鱼在

图 3　宋　鲶鱼纹瓷枕

水中悠游自得的乐趣，千年来还活泼如生，丰富了中国绘画的内容。后来八大、恽南田，直到近代白石老人，还一脉相承，以此名家。在高级丝织物部门，纺织工人又创造了鱼形图案的“鱼藻锦”，金代还作为官诰包首。宋代重视元宵灯节，过年灯节时，全国儿童照风俗都玩龙灯和彩色鱼形灯。文献中也有了人工培养观赏红鱼的记载。杭州已因养金鱼而著名。

元代有部《饮膳正要》书籍，部分记载各种可吃的鱼，还有很好的插图，没有提到金鱼，可知当时统治者虽好吃，而且有许多怪吃法，但是还不到吃金鱼程度。

公元十五世纪的明代，绸缎中的鱼锦图案有了发展。国家织造局专织一种飞鱼形衣料，作不成形龙样，有一定品级才许穿，名“飞鱼服”。到十六七世纪的明代晚期，杭州玉泉观鱼，已成西湖十景之一。北京金鱼池则已成宫廷养金鱼处。江西景德镇烧瓷工人，嘉靖万历时发明的五彩瓷，起始用红鱼作主题图案（图 4）。当时宫廷需要大件瓷器中，大鱼缸种类增多，因此政府在江西特设“龙缸窑”，专烧龙纹大鱼缸。反映宫廷培养金鱼已成习惯，鱼的品种也日益增多。但是这时期的鱼缸留下虽多，造型艺术中，十分奇特美观的金鱼形象留下的可并不多。北京郊区发掘出的几具绘有五彩红鱼大罐，鱼的样子还和朱鲤差不多。另外也发现一种各种褐釉陶制上作开光花鸟浮刻大鱼缸，根据比较材料，得知烧造地或出于江南，后来人虽用来作鱼缸，出土物里面却多坐了个大和尚，是由大鱼缸转为和尚坐化所利用。这类特制大缸不同处是上面还常有个大盖。缸上也有作鳜鱼浮雕图案的。

十七世纪中清代初期，江西景德镇烧造的彩釉和白胎彩绘瓷，都达到了中国陶瓷史艺术高峰，鱼形图案应用到瓷器上，也得到了极高成就，精美无匹。用鳜鱼的较多，是取“富贵

图4　明　嘉靖五彩鱼藻瓷罐（北京朝阳区出土　中国历史博物馆藏）

有余”意思。或用三或用五，多谐三余五余。灯笼旁流苏，也有作双鱼形的。并且产生了许多造型完美加工精致的鱼缸。在故宫陶瓷馆陈列的仿木釉纹的鱼童缸，是一件有代表性的艺术品。此外已有用玻璃缸养金鱼的，代表新事物，成为当时贵族人家室内装饰品。至于鱼形应用到刺绣椅披和袍服上，多是双鱼作八字形斜置，如磬形，取“吉庆有余”意思。用鲢鱼形的则叫“连年有余”。也有雕成小玉佩件的。

至于玩赏性的金鱼，品种的改进与增多，应和明代南方中产阶级的兴起及一般工艺品的发展有一定关系。明文震亨的《长物志》卷四说：“朱鱼独盛吴中，以色如辰州朱砂故名。此种最宜盆蓄，有红而带黄色者，仅可点缀陂池。”记述品种变态，当时即有种种不同名称：“初尚纯红、纯白，继尚金盔、金鞍，锦被，及印头红，裹头红，连腮红，首尾红，鹤顶红，继又尚墨眼、雪眼、朱眼、紫眼、玛瑙眼、琥珀眼、金管、银管，时尚极以为贵。又有堆金砌玉，落花流水，莲台八瓣，隔断红尘，玉带围梅花，月波浪纹，七星纹种种变态，难以尽述。然亦随意定名，无定式也。”“蓝鱼翠，白如雪，迫而视之肠胃俱见，即朱鱼别种，亦贵甚。”述鱼尾则有：“自二尾以至九尾，皆有之。第美钟于尾，身材未必佳。盖鱼身必宏纤合度，骨肉停匀，花色鲜明，方入格。”

到十九世纪以来，培养金鱼的风气，已遍及各地。道光瓷器和刺绣中女人衣上的挽袖、衣边，多作龙睛扇尾金鱼。这时节出了个画金鱼的画家，名叫“虚谷”，是个和尚，画了一生金鱼。清代货币除铜钱外用金银，实物沉重，不便携带，民间银号、钱庄流行信用银票和钱票，因此盛行一种贮藏银票杂物的“褡裢”，佩在腰带上。为竞奇争异，上面多作各种不同刺绣花纹，金鱼图案因此也成为主题之一（图 5），用各种不同

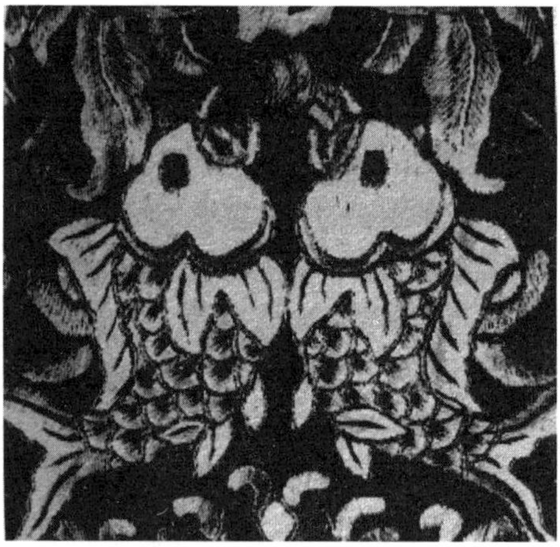

图 5　民间刺绣

绣法加以表现，产生许多有趣小品，同时皇室贵族妇女衣裙边沿刺绣，和平民妇女小孩围裙鞋面，都常用金鱼作装饰图案。民间剪纸原属于刺绣底样，就产生过许多不同的美丽形象。当时在苏州织造“绮霞馆”打样的提花漳绒，用金鱼图案织成的，花纹布置，格外显得华美而有生趣。

这些装饰图案的流行，反映另外一种事实，即金鱼的培养，从十九世纪以来，已逐渐成全中国习惯。由于南北气候不同，养鱼方法也不尽相同；南方气候比较热，必水多些金鱼才能过夏，因此盛行大鱼缸。这种鱼缸一般多搁在人家庭院中，缸上照规矩还得搁一座小小石假山，上面种一些特别品种花药，千年矮或虎耳草，和翠色蒙茸的霉苔，十分美观。一面可作缸中金鱼的荫蔽，一面可供赏玩。一座有值百十两银子的。缸中水里还搁个灯笼式空花“鱼过笼”，明龙泉窑烧造较多，景德镇则烧作米色哥窑式。北方地寒，瓷缸多较小，和玻璃缸常搁于客厅中窗前条案间，作为室内装饰品一部分（图6）。十八世纪著

图6　清　杨柳青年画《金玉满堂图》（天津市博物馆藏）

名小说《红楼梦》，就描写过这种鱼缸。室外多用扁平木桶和陶缸，冬天必收藏于温室里，免得冻坏。

养金鱼既成社会习惯，因之也影响到现代一般工艺品的题材。北京著名的景泰蓝，就有用金鱼作装饰图案的。此外玉、石、骨、牙、竹、木雕刻中，民间艺术家更创作了多种多样的美丽形象。而最值得赞美的，还是金鱼本身品种的千变万化，给人一种愉快难忘印象。公园中蓄养金鱼地区，照例是每天游人集中地方。庙会中出卖金鱼摊子，经常招引广大的妇女和小孩不忍离开。

还有北京市小街窄巷间，每天我们都有机会可以发现卖金鱼的担子，卖鱼的通常是个年过七十和气亲人的老头子，小孩一见这种担子，必围着不肯走开，卖鱼的老头子和装在小玻璃缸中游动的小金鱼，使得小朋友眼睛发光。三者又常常共同综合形成一幅动人的画稿，至于使它转成艺术，却还有待艺术家的彩笔！

《明锦》题记

| 首发于一九五五年六月人民美术出版社李杏南编《明锦》图录。

中国养蚕织丝起源于有史以前。到殷商时代，已经能够织造花纹精美的丝绸。西周以来，历史进入一个新的阶段，男耕女织是社会生产的主要形式，并且是国家赋税的主要来源，一般纺织物因此得到普遍的提高，丝织品更得到高度的发展。根据《礼记》上《月令》、《王制》及《考工记》几篇文献记载，湅丝、染色当时都特别设有专官主管，楚国还设有主持生产作靛青用的“蓝尹”工官，纺织物轻重长阔，各有一定的标准度量，凡是不合规格的生产品，不能用它纳税，也不许上市售卖。到春秋战国，陈留襄邑出的美锦，齐鲁出的薄质罗纨绮缟和精美刺绣，都著名于全国，不仅在经济上占有重要地位，并且在工艺上也达到了高度水平。近年长沙楚墓出土几种有花纹的丝绸，可证明当时丝织物的品质已有很大提高。

汉代统一大帝国完成后，社会有了更进一步的发展。山东特种丝织物，国家特别设官监督生产。长安还另有东西织室，由“织室令”主管。西汉开始有大量锦绣罗縠向外输出。近如朝鲜、蒙古，远及罗马、波斯，都重视中国锦绣。此种品质精美的生产品，对于世界文化作了巨大的贡献。同时，西北工人织的毛织物氍毹、毾㲪、花罽，西南织的筒中黄润细布，白叠、阑干木棉布，也达到高度工艺水平，经济价值不下于中原锦绣。近五十年来，由于地下材料不断发现，充分证明了历史文献记载的正确性。我们并借此明白，菱形花纹的绫罗，和各种云纹刺绣，图案多出于战国，和当时漆器、错金银器的花纹，都有联系。虎豹熊罴、麋鹿鸿雁和仙真羽人在云气中游行，都是汉代一般装饰艺术的基本花纹，并且是一种新的发展，或创始于武帝时代，因此也反映于当时高级丝织物的锦缎图案中，成为锦纹的主题。许多锦还织有人名和吉祥文字。

当时用的染料，只是红花、紫草、栎斗、青芦、蓝靛、黄栀子、五倍子几种容易种植和采集的植物的根叶子实，和价值极廉的黑矾、绿矾。经过了二千年时间，从地下发掘出来的锦绣，图案色泽还鲜艳如新。古代中国工人在印染技术的进步上，和提花技术一样，也创造了奇迹。东汉以来，西蜀织锦起始著名，除彩锦外，已有了加金锦绣的产生。三国时马钧改良锦机，简化了提花手续，晋代以后的生产，因之得到更进一步的提高。《东宫旧事》叙述到的文绮彩锦，花纹已见出许多新变化。至于蜀中的织锦工业，直到宋代，却还在全国居领导地位，生产品并且向海外大量输出。

六朝以来，北方定州和南方广陵，逐渐成为高级丝织物生产的中心，花纹也有了新的发展。除《邺中记》提起的"大小明光"、"大小登高"、"虎文"、"豹首"诸锦，犹沿袭汉代式样以外，几种为多数人民所喜爱的花鸟，如花中的莲荷、牡丹、芙蓉、海棠、鸟中的鸳鸯、白头翁、鸂鶒、练雀，也逐渐在锦绣中出现，对于隋唐以后的丝织物图案有重要的影响。隋炀帝是个非常奢侈的封建帝王，传说运河初开时，乘船巡游江南，就用彩锦作帆，连樯十里。唐诗人咏《隋堤》诗有“春风举国裁宫锦，半作障泥半作帆”、“锦帆百幅风力满，连天展尽金芙蓉”语句,一面说明这种荒唐的举措,不知浪费了多少人力物力,一面却可以看到丝织物大量生产，和花纹发展的新趋势。

唐代著名锦样，多出于唐初在益州作行台官的窦师纶。张彦远在他著的《历代名画记》上就说起过，所作瑞锦、天马麒麟、花树对鹿（图 1)、对雉、斗羊、翔凤、游鳞等十多种式样，到中唐以后百余年间还流行。因窦师纶封爵“陵阳公”，当时人就称这种锦作“陵阳公样”。近年在西北出土的丝织物，和唐代流传到日本保存到今天的丝织物，还可以见出陵阳公锦样的特殊风格，集壮丽秀美为一体，在装饰美术上展开了一个新面貌。

唐代官服多用本色花绫、鸟雀衔花作主题,依照不同品级，各有不同颜色和格式。此外用于妇女歌衫舞裙上的，多写生

图 1　唐　花树对鹿纹锦（新疆吐鲁番高昌故城出土）

花鸟蜂蝶；用于佛帔幛幔袈裟金襕上的，多大小缠枝花。除织成外，其中又可分彩绘、刺绣和泥金银加工。一般褥垫屏幛用的，有方胜平棋格子、大小宝照、盘绦、樗蒲等等。这些生产品逐渐都成了丝织物图案的一般格式，得到普遍发展。这时期又发展了六朝以来出自西南民间的印染加工艺术，大致可分“绞缬”、“夹缬”、“蜡缬”三类。“绞缬”多形成撮晕效果，“夹缬”即蓝地白花布前身，“蜡缬”有用色三种以上的；单色染和复色染都得到了极大成功。印染花纹有团花、连枝和小簇花数种。

同时，外来的花纹，也融合于中国本来装饰图案中，丝织物图案因之也更多样化。敦煌石窟大量绫锦的发现，和新疆各地有花纹的丝绸的出土，丰富了我们这方面许多知识。宋代丝织物发展了写生花，又发展了遍地锦纹，成为一种色彩更加复杂的工艺品。刻丝出于汉代的织成，到了宋代，把名画家黄筌、崔白等作的写生花鸟，一笔不苟反映到新生产上去，达到了空前的成就。宋代政府制度，每年必按品级分送“臣僚袄子锦”，共计七等，给所有高级官吏，各有一定花纹。如翠毛、宜男、云雁细锦，狮子、练雀、宝照大花锦，宝照中等花锦。另有倒仙、毬路（图 2)、柿红龟背、琐子诸锦。当时实物虽已少见，但是从名目上和后来实物比证，我们还可以借此认识这些锦类的价值和等级。国家主持茶马贸易的茶马司，还在四川特设锦坊，织造西北和西南民族所喜爱的各种不同花锦，作为交换茶马的物资。宜男百子、大缠枝青红被面锦、宝照锦、毬路锦，多发展于这个阶段中。

以上只是我国在明代以前丝织物生产和花纹发展的简略概况，可作为我们认识明代和明代以前丝织物一种线索，让我们明白，中国丝织物的成就，和一个优秀工艺传统分不开。是从

图2　宋　毬路双鸟纹锦（北京故宫博物院藏）

旧有的基础上发展而出，并随时代发展，不断改进，丰富以种种新内容才得到的。

本集材料的来源，全部出于明代刊印的《大藏经》封面。经文刊刻于明初永乐正统时期，到万历时期全部完成。这些裱装经面的材料，多从内库和“承运”、“广惠”、“广盈”、“赃罚”四库中取用，有当时新织上贡的，也可能有宋元的旧料。大部分的材料，可以代表明代早期的产品。图案设计的风格，有的富丽雄浑，有的秀美活泼，处理得都恰到好处。特别是配合色彩，可以说丰富而大胆。其中的洒线绣，继承了宋代的制作方法，宋时或名叫“刻色作”，是说配色如同填彩。“秋千仕女”是明代工艺图案中通用的题材，“描金”、“嵌甸”、“雕填”等各种制法的漆器，彩绘与青花瓷器，都经常使用到。这幅绣工彩翠鲜明，不啻一幅

图 3　明　八达晕加金锦二种（原载《明锦》）唐称凿六破，宋称八达晕，元称八搭韵或六搭韵，似均同一格式，而又不尽相同。

情调优美的风俗画。极重要是几片复色晕锦（图 3），可能是明代以前的产品，这种格式起源于宋代，宋代叫“八达晕”，元代叫“八搭韵”，当时已珍贵著名。配色丹碧玄黄，错杂融浑，达到锦类布色的极高效果。灯笼锦创始于北宋，别名“庆丰年”、“天下乐”。从文彦博守成都织造金线莲花中置灯笼图案加金锦创始，这里选了几片不同式样。就中一片，灯旁悬结谷穗作流苏，

图 4　明　灯笼锦

灯下有蜜蜂飞动，隐喻“五谷丰登”之意（图 4）。这种受人民欢迎的题材，宋代以后被普遍使用，一直沿袭下来，更发展到桌围椅靠上。直到现代，西南民间刺绣围裙、头巾和枕套，还经常用它作主题。要求发展生产和悬灯结彩庆祝农产丰收的题材，是具有积极意义的，也表现了人民的生活愿望。这些彩锦，虽不是宋蜀锦格式，但这个风格显然还是从蜀锦发展而来。方胜平棋格子、方胜合罗、龟子龙纹、团凤几种式样，还和宋代李诫（明仲）著的《营造法式》书中建筑彩画相通。此外如翔鸾、舞凤、游鱼、如意云诸图案，全部活泼生动，优雅大方，在艺术上的成就，是新鲜而有现实性的。大小缠枝唐代已盛行，大缠枝最初多用于佛帔金襕装饰，小缠枝多用于妇女衣裙。宋代扩大了使用范围，特别是幛子屏围用大朵花，已成惯例。金时女真人官服规制，更明白记载，用缠枝花朵大小定品级尊卑。三品以上官的幔帐，许用大缠枝，其余用小缠枝。因此花朵变化极多，配合色调更多独到处。其中几种织金，有可能还是元代纳石失金锦样式。蒙古贵族一般使用纳石失于衣领边缘，朝廷举行“只孙宴”时官服上更不可缺少。散朵花大体可分作两式：小簇规矩花出于唐代，朴质中显得妩媚，布局妥贴，是唐人擅长。写生花宋代方流行，有彩的应叫“生色花”，在宋金文献中通称“散搭花”，明代属于“装花”一部分。本集中所收几种不同式样，还可以看出不同设计方法。另外几种折枝，或受宋代染缬法影响而来。特别是几种褐色地浅花绸缎，更可理会到宋元时的生产。禁止服用“褐地白花”丝织物，见于政府法令，因北宋初年染缬限于军用，还禁止印染用的花板流行。北宋缬花纹见于《宋史·舆服志》卤簿部分极详尽。所禁止的褐地白花有可能正是契丹人所通行。南宋则染缬已具一般性，得到发展机会。元代在官品上褐色本不重要，但人民特别欢喜褐色，陶宗仪著《辍耕录》就说起不同褐色约二十种。本集中的银褐地“落花流水”花绫，可说是一幅构思巧妙而有气魄的作品。

以上几种锦缎，在我国丝织物图案发展史上，都各有重要性。我们如进一步把它和唐宋的彩画、雕塑，历史史籍中的舆服志，以及其他文献实物联系来注意，必然还可以触发许多新问题，而这类问题，过去无从措手，现在有了丰富的实物，再和历史知识相印证，是比较容易得到解决的。据目前所知，国内现存明代经面锦，至少还可以整理出近千种不同的图案。这份宝贵遗产，包含了十分丰富的内容，可以作为研究明代丝织物花纹的基础，也是进而研究宋元丝织物花纹的门径。必须全面深入的来理解、来分析比较，才可望得出更正确的结论。这里提起的，不过是就本图录中所选作品略作说明而已。

古代工艺品最难于保存的，无过于丝织物。过去对于古代美术品的研究，多限于铜器瓷器字画，没有把绸缎当作中国美术史一个重要部门来注意，因此历代许多遗存的实物，大都在经常的忽视中被毁坏了。汉代锦缎是因埋藏在干燥沙漠中才保全下来的，唐代锦缎也是在沙漠中和敦煌洞窟中偶然保存下来的。宋元锦缎小部分幸而能保存下来，都是在被剪裁成零碎材料后，用到字画包首和册页封面上的结果。明锦的内容，也只是从现存的残余的《大藏经》封面上，才看出一点原来的面貌。新的生产脱离了优良的民族艺术传统，自然难望有所发展。特别是近五十年来，由于各国对我国经济上文化上的侵略，各种劣质纺织品的倾销以及人造丝的倾销，使中国一般纺织物生产遭受到严重的摧残，图案花纹也逐渐形成一种半殖民地化的庸俗趣味，完全失去了本来健康华美的民族风格。近几年才根本改正了这种情况。目前为了发展新的生产，恢复我国染织工艺固有的优良传统，排除过去残留的半殖民地化的不良影响，希望艺术家设计千百种色调鲜明、花纹大方的新作品，满足人民不断增长的文化要求，在此首先遇到的就是如何改进染织图案这个问题。因此，这种锦缎参考资料的出版，对于实用美术界说来，是很重要的。这些出自古代机织工人手中的图案，必然能够帮助美术工作者，启发他们的创作热情，由此产生出许多为人民所欢迎爱好的新产品。

本书材料的收集和编选，是在故宫博物院服务的李杏南先生二十年来热心爱好的结果。李先生用个人业余时间注意到这个问题，表现了对于民族文化遗产的爱护热忱，是值得尊重和感谢的。

陶瓷装饰艺术的进展

| 写于一九六二年夏。

上　篇

到目前为止，我们考古学者还没有发现能肯定是最原始陶器的造形仅仅纯粹是为应用出发毫无装饰意识的陶器。最早的灰陶即发现有编织物装饰纹样存在，随后且成为一个大宗，特别是南方生产，发现各式各样的不同组织的网纹，成为陶器局部或整体装饰的主要□□。在北方，则红质陶起始见出绘画的加工，逐渐形成各时代彩陶的千百种纹饰。把这两方面的纹样发展加以较详的分析，应当是专家的工作，本文不能一一列举。惟总的说来。陶器虽属于应用而生产，但极早即已在造形和装饰和美术不可分，则可以肯定。换言之，即史前古代人早已在日用器物上赋以美的要求，而且是普遍的。我们研究原始美术的□□，对于陶器上的反映不能不给以较多的注意和□□的分析。说它是主要的也不为过分。

较次一个阶段，是龙山黑质陶到商前期郑州二里冈，极显明，黑质陶已成为原始社会过渡到奴隶社会物质文化中的主流。

这一时期对于陶器美的要求显然是重在造形秀拔和薄质工精为主要目的。它是否受原始漆器成就的影响，虽还难于肯定，但是和部分灰质陶的烹煮器，却显明影响到早期铜器的成形。

到青铜器成熟时代的商代中叶后，就目下我们得到的材料加以分析，网状纹黑质陶还占有较大部分分量，代表中上层贵族还在使用它。高级陶品种有了发展，白垩印花陶已十分精美，就装饰纹样和器形比较分析，它和当时流行的白石器皿是有一定联系的。黑质陶还有部分生产，近于仿铜器，数量却并不多。青釉硬陶是新品种，装饰花大致可分成三类，郑州人民公园所得囊式网纹器，器形和花纹都近于早些时期生产。其次是水浪纹肩部装饰，从后来联系发展看，我们说技术如不是来自南方，也影响到后来南方釉陶的装饰。而直到五代和宋代，南方青釉五孔尊和北宋定瓷装饰技法还受到它的影响。

我们说白陶和釉陶虽同产生于商代，或不是同一时期，或不是同一技术来源，也有原因。因为如同一技术来源，则釉质敷到白陶上，即有可能产生最早的白瓷了。

和商代文化的多样性比，西周应说是个比较简朴的时代。所以白陶在西周技术即失传，釉陶也并没有得到进一步发展。近年安徽屯溪出土大量青釉陶，在器形方面近于仿铜而成，但此后有一段时期，釉陶即少见。试分析它技术失传的理由，或由于另外发展的影响。因为我们知道这时期有地方性的铜器已逐渐抬头，说明铸铜技术已非政府所能独占。而既结实又轻便且易作的漆器技术亦较普遍。釉在比较下美观不如铜，实用不如漆，而烧造技术却并不简单，因在此制节下，一时失传是意中事。正因此在较后一时可新辟来源，以奢侈品方式和透明琉璃珠同时出现于春秋战国时期墓葬中。它的分布面相当广，生产地至今却还无明确地区。在这种以陶胎加釉加彩绘的珠子类，我们发现了许多不同装饰花纹。一般通称为琉璃珠，事实上它和半透明琉璃完全是两个品种，不宜混淆的。它的应用限制于高级珠串装饰品内，可知技术是不普遍的，因此同类大型釉陶器物并不发现。尽管纯白琉璃璧，有大至四五寸径的，却未闻有同类大小彩釉陶器出现。

这时期不上釉的陶器加工倒有了较大发展。建筑用的砖瓦是这个时期出现的半瓦当纹样的多样化，以燕下都的兽面瓦当保持古典传统装饰风格，临淄的瓦当则以写意画手法见长，产生各种不同对称图案。至于西安各种类瓦当的发现，则和《史记》所称秦灭六国仿写其宫室于咸阳北阪或者有关。是仿效六国成就而非自创。但近年出土骊山大径过一尺的瓦头，还是值得注意的一种创造。战国陶瓷加工的多样化，大致可以成三大类。一成组列的彩绘陶的发现，辉县出土物有代表性，从纹样说近于仿效铜器而又另有新的特色。洛阳烧沟也出了部分矮足鼎花纹则较别致，有的作放射形纹样和金银错纹样相通。有的则充满民间装饰色彩。第二是印花部分黑质陶，近年南方出土较多，一般多是肩部作夔龙纹，而下部作方格或方格回云纹，时代或早一些，可到春秋时期。第三是黑质陶上的砑花技术出现，陶质多黑光黝然，或在器物烧成以后再砑压各种花纹。这种技术在龙山陶中似即使用过，战国时却成为一系，多在河南一带发现。第四种即黑质陶刻花，河南及河北均有发现。当时铜器中已有一种薄铜器上加刻划极细纹饰代铸印花纹的，或者和它有一定联系。又另有涂漆加朱绘的，材料不多见。内中三部分加工都属于黑质陶，即不是有意仿效漆器，也必和当时大量漆器生产影响有关。正如同到汉代后，翠绿釉陶及虾青釉硬质陶的大量生产，无疑和仿效铜器追求铜器效果有一定联系。

到西汉，陶器加工在装饰方面大致也可以分成四个类型。

灰黑陶上加彩的，以作大卷云纹、狩猎图纹和不规则点线纹有代表性。釉陶则虾青釉硬陶时间较早，壶罍式多在肩部作三角形夔凤纹划花，纹样基本还出自战国楚漆器及金银错。其次，即两色釉陶器的出现（褐黄釉上再加绿彩），以斗鸡台出土材料最显著突出。应用最普遍则为壶尊盖上及奁鼎盖上博山炉的形象和肩部狩猎纹的装饰，反映到大量北方系翠绿釉陶生产上，我们认为这种装饰纹样的成熟，必然在汉武帝时期。一方面受《封禅书》记载中神仙家言海上三山传说的影响，除当时首都咸阳昆明池中用人工堆成海上三山，上置白色禽兽，装点宫廷仙境气氛，因之博山炉则以各种各样的形象出现，而铜陶器物的盖部使用这个流行形象也十分自然。至于器物肩部用狩猎纹，则和《长扬》、《羽猎》诸赋反映当时的现实生活关系格外密切。总的说来，则汉代日用陶器加工装饰纹样的基本，恰是现实主义和浪漫主义的结合。充分反映了当时社会现实生活和神仙迷信。此外由于阴阳家说法，青龙白虎朱雀玄武已应用于四方，或一建筑的四方瓦当分别应用，或于朱雀阙白虎观等大建筑上使用朱雀白虎瓦当，此外则长杨馆用野彘瓦当，鹿苑用鹿纹瓦当，详悉情形容当专文论述，不能在此细谈。正如当时用各种吉祥文字瓦当象征统治者愿望一样，共同反映这一时期宫廷艺术的特征，处处都是现实主义和浪漫主义的结合。此外当时兄弟民族艺术的影响，也有部分反映到陶器装饰上，但为数却不甚多。例如匈奴族主要装饰纹样为兽和大鹰攫鹿吃羊或猛兽搏斗图案，除了在陶制井圈浮雕间有反映，涉及中西文化交流，淮阳九女冢汉墓出土一个陶楼有几个裸体女子形象承担着楼角柱子，此外似即不多见。即在东北的朝鲜，西北的包头敦煌，西南的越南，所得汉墓陶器，也多属于中原系统而少当地艺术风格，即此也可知道当时汉文化的普遍影响，而地方艺术还少见出突出特征。尽管如像西北匈奴族和西南滇人金属工艺已有高度发达，陶器方面却无显著地方特征。

晋南北朝是青瓷成熟期，由于这一时期主要生产的铜器除南方大量生产的朱提堂狼洗，还有浮起线刻法铸成双鱼、朱鹭、胡羊等等充满民间艺术风格花纹，流行国内，其余铜用器多已素朴无纹饰。惟日用器物牛羊鹿诸兽形灯的制作，在造形上还不断有新发展，博山炉也不断日趋简化，以三尖方格透空纹饰代替了过去的浮雕。谈纹饰对于瓷器的影响，我们不能不注意到这一时期镜子边缘各种连续云纹的存在。南方晋青瓷这时盘口罍式器物，和鸡头壶成为主要的生产，肩部纹饰便从三个部分得到启发。一是细斜网状格子，纹和铜器网纹发生联系。二是肩部纹饰上下多作贯珠式，则仿自商代铜器装饰法。三是水波云纹，事实上即直接受镜子边沿装饰云纹影响。至于一般肩部或分布二三兽面耳环状装饰，亦为汉代铜壶钫洗一般耳环装饰格式，别无新意。新的发展唯一部分是魂瓶类腰部用贴花法疏疏朗朗点缀些仙人骑士花朵。北方青瓷装饰部特别有代表性的是景县封氏墓出土仰覆莲大莲花尊，腰部用堆雕莲花作主要装饰，颈部用贴花龙纹，部分加以垂叶多少给人一种罗马柱头感。另有一瓜式壶肩部则作大卷草如北响堂石刻边饰。至于一般杯盘，则已流行用莲花纹装饰。我们知道，这个时代对于应用瓷器的造形要求，为秀挺清拔，和当时对于人的美学爱好相一致，所以长颈秀挺玉壶瓶式瓶随之产生。至于天鸡壶因之也日益瘦长。繁复纹饰则非所需要。所以除大莲花尊外，大量北方系青瓷都无花纹。到唐代，越系青瓷绝大部分还是不重花纹而重品质，追求如玉效果。至于小件日用器物如盒子类，花纹如龙水纹，竹林高士图装饰和鱼水纹，鸟含绶带纹，雪花放射式纹，以及方胜格子纹，则和当时金银器、铜镜子、丝绸纹饰有较多联系，并非孤立存在。而且划花、印花、雕花三种技术的应用，即开启了后来宋代定、耀、余杭南北诸瓷装饰技法的先例。惟唐代北方生产的三彩陶，则另成一系，花纹主要来源，却和当时印染绸子织锦花纹关系格外密切。唐染缬中如玛瑙缬、梅花缬、方胜合罗缬、大撮晕锦缬，及几种瑞锦花纹，实物已不多见，而三彩陶中却保留有许多不同图案。

宋代是个瓷器全面开花的时代，全国生产都得到普遍提高，因之花纹也格外丰富，官窑名瓷生产中如柴均官哥汝，青釉系追求效果多重在釉色莹泽，不重装饰。惟定窑在纹样发展中格外突出。划花、剔花、印花、绣花诸技法综合使用，达到本色瓷艺术加工高度成就。此外各地生产艺术加工也各具特色，风格独具。且和当时其他工艺有一定联系，例如耀窑的划花、剔花艺，则和雕漆剔红有较密切关系，磁州窑系黑彩雕绘，气魄雄健活泼，民间艺术趣味特别浓厚。晋阳黑釉瓷酒坛类，使用剔花露胎法，当阳峪窑使用剔花露胎部分加罩浅灰彩釉法，南方吉州永和镇窑褐釉器碗盏使用印染缬印团凤技法及剔花挂粉堆白技法，福建建阳窑洒釉形成兔毫斑鹧鸪斑和油滴斑法，以及均窑部分形成红色或整体形成红紫色加工技术，无不竞新立异，各有成就。紫定器且有用描金彩的。至于北方宋民间彩色加工瓷，且为后来明清彩瓷创造先例。至于景德镇影青瓷，主要成就虽在本质方面，然而几种不同加工技法，或上有所承下有所启，也影响到后来生产极大，如像剔花法的运用，作折枝花或凤穿牡丹图案的，使得成品在灯光下照视即透明如镂空，即开启后来永乐脱胎影青和玲珑瓷的技术。龙泉青瓷重点虽不在花纹，但部分浙江青瓷五孔尊类瓶器，还是多用斜剔折枝花法作装饰，在宋代虽不是重点，到元明却有发展，花纹处理也有较好成就，部分风格显然且和景德镇元明青花瓷异曲同工。

下　篇

三彩陶成熟于唐代，在陕洛间（所谓中原文化区）得到广泛的发展，主要成就在殉葬明器方面。由于唐代殉葬器物有一定制度，载于国家法令，大小数目都必须各按死人生前官阶品级，不得逾越。一般生产，或如唐人小说《李娃传》所称，设于东西二市，随同送丧仪仗租赁，执绋人雇佣，明器则随需要选购，且由于商业竞争而得到不断艺术提高。又唐代政府曾于甄官署下特设“冶局”，专主烧造庙宇中佛菩萨所需缨络琉璃装饰，似专指半透明彩色料珠而言。甄官署或尚有专烧特用三彩琉璃器供赏赐于死者，作为一种加强巩固封建统治对下属笼络工具事。这从某些墓葬中常常发现特种精美三彩陶可得到一些线索。也有可能贵族家中为装点死者，夸示奢侈，专托烧制特种三彩器物事，这从法令禁文可以见出。因为必先有人不尊制度，竞奇争新，劳民伤财行为已成为一时风气，才会用法令加以禁止，限定大小数目，不得越轨逾制！

多色釉琉璃陶，较早于西汉王莽时墓葬中虽已出现，此后即中断数百年。至于三彩陶大量用于明器中，还是说从唐代起始，比较适当。至于琉璃砖瓦陶应用到特殊建筑装饰方面，照过去诗文记载，当始于北朝。画面上则敦煌北朝壁画建筑屋瓦即有了反映。但事实所谓“碧瓦”、“缥瓦”，在陕洛间唐代出土实物还未闻有什么发现。一般唐式莲花瓦头，多为普通不上釉灰陶所作。近年惟东北发掘渤海王国遗址，曾得到些建筑上碧琉璃鸱吻，有些近于孤证，因此时代亦难免完全肯定。其次即历史博物馆在河北巨鹿发掘，曾得到一件大及四五尺的黄绿琉璃陶佛背光残器，时代早到何时尚难说。惟巨鹿被水淹于北宋，由此可以推知，这件器物即晚也必产生于北宋初期。又河北易县罗汉堂，曾有大及人身三彩罗汉十六尊，可知当时也有用三彩陶作佛像事情。这些罗汉具体时代论断不一，就造形逼真和脸形清秀庄严看来，可能还是唐代产物（原物已为美帝盗去）。北宋时建筑专书《营造法式》，已有专章叙述及琉璃砖瓦烧造制作用料等等记载，即此可知，至迟到北宋，开封若干著名庙宇建筑，如景灵宫、玉清昭应宫，及较晚之绛霄宫，必已有使用琉璃砖瓦作装饰的。这部门烧造技术到元明间，却在山西得到特别发展，产生许多精美艺术品，工师姓名从陈万里先生和高寿田先生调查报告中，还可得到一些线索。在山西目前就还保留下许多巨型琉璃工艺品，很多并且还记载有当时烧造工师姓名，这些人和他的艺术品，无疑都是当时为广大人民所熟习热爱的。即北京明清诸大建筑琉璃牌坊、照壁、殿宇，和南京北京故宫中琉璃装饰，也多一脉相承，完成于山西工师手中。

至于三彩琉璃陶用器到宋代后，惟东北居住的契丹人墓葬中尚有发现，普通器物以方碟和花式长盘较有代表性。作规矩花多本唐以来旧制，图案近于从锦缬花纹而出。作折枝牡丹则纯属宋式。谈瓷的一般多称“辽三彩”。胎质既较粗松，釉泽也不大精美，惟艺术风格，正因此种种转而越加显著，使人一望而知。到宋代河北地区也还有三彩陶，釉色特征为黄釉较少，主要为绿白釉相混作为主调，装饰效果也因之比较清秀，不如唐代沉重。但已近于三彩尾声，反映人民对于日用器物新的要求，三彩装饰法已非重点。

至于瓷器，明代以来，江西生产虽已有笼罩全国势（特别是长江流域），惟若干地区生产，还是随同社会发展，有广大市场。特别是浙江龙泉系青瓷的处州青瓷，即还继续行销海外。

谈瓷书籍对于这时期处州青器，虽认为长处只在质实不易破碎，褒中有贬，工艺上已不如宋龙泉精细。但在装饰加工方面，事实上却还有发展。以折枝花为例，宋代多在小碟盏内加印一小小图记，作双鱼或小朵牡丹（双鱼作阳纹，牡丹作阴纹），作为点缀，明代却加以扩大应用到器物各部门。方胜格子宋代只在瓶子类偶一见之，元明以来则已成一般装饰。加工技术大致以划剔为主，也还用堆贴花技法。又宋代小件洗碟类，常在中心露胎作双鱼纹，到明代，却用同一技法作较精细浮雕，反映“鹿鹤同春”等画意，笔法秀美。浙江博物馆近年曾得有许多残器，都作得相当精致。由于胎质较薄，完整藏器似还少见。至于北方系民间日用瓷，白釉加黑绘作折枝牡丹花或鱼龙的酒坛类历博即收藏不少。一般产品还具宋代规模，惟画意已草率纤细，不及宋代磁州窑壮美。褐黑釉器肩部剔花的也还有生产。惟有代表性的民间瓷，还应数彭城窑坛罐瓶盘，多于牙色釉或油灰釉在器物局部上加绘黑彩折枝花，有些花上还挂点粉，在处理方法上可说一面是保存宋瓷枕折枝传统，一面却开启了清初江西粉彩折枝技法。画虽出于民间工师手中，画意却不俗气，还充分保有徐青藤（文长）、陈白阳（道复）折枝写生潇洒笔墨，比清初部分江西粉彩似还较高一筹。只可惜由于器物多属日用油瓶酒罐，且因过去谈瓷艺的未加以应有重视，较精美的又多盗出国外，这部分艺术成就，因之谈瓷艺多无所闻。惟用来和时代大体相同的江西瓷日用器如“玉堂佳器”类工艺图案比较，吾人必可得一印象，明白彭城窑画意在近古陶瓷工艺上宜有一定地位也。

山西法花瓷盛于明代，是在山西元明琉璃陶基础上的一种成就。工艺上主要特征，为青地或紫绿地上堆加彩绘，起线如传统壁画之滴粉销金，在线内再填彩。工艺处理大致也是同样使用猪尿泡内贮原料挤于器物上，构成花纹，再加彩料做成，因此名为“法花”。地色既较沉重，彩料色泽又复十分鲜艳，因之形成一种强烈效果，在瓷工艺上自成一格。从瓷器传统要求和发展而言，彭成窑有普及性，法花瓷作佛前香炉蜡台为用得其所，作花中墩子，已显得有些刺目。如作案头瓶罐或其他用器，却起不易调和感。惟法花瓷瓶罐类，有些在肩部用雕贴花作写生花作装饰如“富贵如意”设计的，式样比较活泼，如和当时山西民间流行大红描金漆器结合，还是可得一种壮美粗豪效果。法花瓷在艺术上的估价过高原因，实由于十九世纪在国外影响。从传统陶瓷艺术习惯说来，成就是有一定局限性的。主题画大致可作三类：一串枝牡丹，二折枝花，三人物故事画或八仙寿星等吉祥题材。

这一时期主要成就，当然是景德镇产品。元代以来，釉下青花和釉里红装饰，已代替了传统的影青法，得到较大发展，在烧造上红色火候虽还不容易完全掌握，常作成灰墨色，红釉且多散晕，不易固定。青花虽似较好一些，还是不能随心所欲。装饰大致可以分作三种类型：一云水龙，二写生折枝，三串枝花。口径将近二尺大海碗类，作串枝牡丹的较多。盘器则主题部分用折枝花，边沿用云水云兼小簇花为常见。立器坛罐类，则肩足部必用水云纹装饰，或加一云肩式四垂绣帕，主题则用方胜如意开光绘折枝花与水云龙凤。作串枝的花叶多满填空间，因之体积不大，亦容易形成壮实饱满效果（例如故宫陈列的釉里红灯壶）。和元明间雕漆印花布艺术要求相适合。写生折枝露出空间较多，要求还是图案效果。至于局部水云装饰，虽属图案处理，因曲折流动，却得到些调剂，不至于使主题过于板滞。并启永乐宣德装饰风格。在设计意思上说，粗线条处理和当时大铜镜上反映的云龙凤鱼水，螺钿嵌大木箱折枝牡丹等艺术风格，同属一种类型。如和近年安徽及南方其他各地发现之大量金银器物上装饰花纹比较，即可知这一时期，金银工艺仍是重点，实上承宋代以来工艺图案的秀美活泼，而下启宣德成化花纹较多。至于这一时期著名之单色釉影青官瓷“枢府窑”，多一般小件日用器，部分花纹作放射式图案的，似仍沿袭宋影青技法。部分作折枝花的，因花朵较拙，胎质较厚，釉如冻子，花亦不甚显著。也尚有拟定式瓷作各种写生花的，产量并不多。极显明，青花器已成这一时期主要生产，釉里红亦同时在探索中得到不同成就，一般器物件头多较大，海碗口径将及二尺，大冰盘且过三尺，坛罐类也有高过二尺的，为宋影青所少见。这类大型瓷器的生产，和龙泉青瓷发展趋势正相同，有两个可能原因：一为适宜于蒙元贵族统治者的大吃大喝生活需要；一为和外销需要有一定联系。因为在中近东海外博物馆中，这类瓷器保存得格外多。过去多以为系明初洪武永乐产物，近年从比较上才把时代提早到元代。元代时蒋祈曾于景德镇监窑场，并著有《陶记》略叙镇上生产，近年故宫曾发现有釉里红花式洗作水云纹，器底有蒋祈题名，釉底红烧造法和彼可能有一定联系。

青花得到进一步发展，且成为中国近五百年江西瓷主要生产，基础虽奠定于元代，却直到永乐宣德技术和艺术才日趋成熟。从前人笔记和历史文献结合，则部分原料实来自南洋，和当时郑和七下西洋海外活动有密切关系。因为历来传说青花瓷色料“苏泥勃青”（或苏麻离青）均以为系自外来。历来谈宣青的工艺特征，也多注意到这个原料问题，却不甚注意到技术加工处理过程。如就实物加以分析，则宣德青花所形成的艺术效果，原料固然是一方面，另一方面可能还是加工技术也不同于嘉靖、万历。宣青在瓷器上形成的艺术效果，除青蓝鲜艳，还有种浓淡不一类似刺绣中三蓝法的效果，有可能是经过三次以上不同浓淡色料涂绘才完成的。较大器皿或者还系先就原胎先作浅剔勾成花纹，随后才在上面先后涂绘，用料也有干湿，才能形成预期效果。装饰技法总的说来则大致可分作二类：一青地白花，二白地青花。青地白花又可分成两式：一如故宫陈列之大蓝白花盘，近于霁青露白，下启清代“盖雪”技法，和漆器中剔灰法实一脉相通。另一式如故宫云水白龙大胆瓶，只是满绘云水尽白龙显得格外凸出而已，事实上云水间还是部分露白的。白地青花则装饰虽不外五六种主题画，惟反映技法却各不相同。同属串枝，也有许多式样。同属盘类，中心圆即作出许多不同变化。同属云龙凤，也有许多发展，为过去所少见。小团龙凤装饰，与同时期金银锦绣花纹实同源异流，惟用于瓷器装饰上，还更显得活泼秀美。团龙凤花式洗子、云龙大型扁瓶、敞口式松竹梅大碗，花纹多能结合新的造形得到极好艺术成功，不仅为过去少见，也同时为后来所不及。因此谈宣德青花成就，孤立来说还不易透彻，结合器形种种特征，则明眼人即一望而知！至于影青式装饰法，明永乐薄胎杯碗，及厚胎甜白器，虽还采用，薄质脱胎压手杯作双狮滚球，又宣德釉下红作三果三鱼，在艺术上也还得到一定好评，事实上主流已属青花，别的只不过是聊备一格而已。即从分量上也可看出！而且影响到清代雍正青花，还十分显著。宣德青花一定程度的散晕，本来是技术上的不稳定，但正因此有时所得效果，比后来嘉万青花反而活泼流动。这种不稳定散青情形，到成化淡彩青花已少见，到嘉万即完全绝踪。雍正才又有模仿。历来谈青料问题的，多传说回青代苏麻离青始于正德间。如从实物比较，则回青应用实在嘉万间。正德成化，青料虽较浅于永宣，却少基本差异。惟到嘉靖、万历，则青料深茜有余，活泼不足，始见显明区别！宣德时尚有一种在白瓷上作铁锈褐彩折枝花的，正德尚续有生产，此后即无所闻。这种加工最先即见于晋代浙江系青瓷中，和当时流行的印花绸子有点关联。宋龙泉青瓷也有在玉壶春式瓶上作一定褐斑的。到明代才有意作折枝花。

冬青、霁红、霁蓝，在明初虽已得到不同成功，到宣德还有进一步发展，但综合使用产生素三彩，却还得再过二百年的康熙时才出现。或在青花瓷上加彩，产生新的彩瓷，宣德虽已开其端，却成熟于成化正德间。在艺术风格上、题材上，才一变永宣以来的拙重而趋于秀美清雅，青色则由浓厚而趋于浅淡，彩料则鲜明纯净，题材布置也大有变化，多从画意取法，如作山水花鸟，多只就器物一角加工，尽较多部分见出空白，形成新的画面效果。特别是绿、黄、矾红、浅紫诸色在青花瓷上的综合加工，产生的五彩或豆彩瓷，鲜明妩媚，在艺术上取得的复杂效果，在景德镇瓷成就上也是崭新的。一般多较小器物，画面或作如意云或作折枝葡萄，或作折枝花鸟，或作婴戏图，或作子母鸡花鸟草虫。以子母鸡小酒盅最著名。胎质莹薄，彩色鲜润。惟瓷器重点转为小玩赏品，启后来古月轩鼻烟壶一格，不免由精细流成纤巧，从发展说，影响自然也有得有失。晚清《陶雅》谈成彩多以为实仿自康雍，见解实有一定道理。故宫图录中过去几件大件彩瓷，时代可能多较晚一些。

近人郭觯斋刻印了一部《项子京瓷器图谱》，用精美彩印流传，内中刊载有许多宣成以来彩釉彩绘小件瓷，式样多比较新颖别致，部分可代表当时案头文玩瓷的成就，部分或出虚构，只是从银铜器摹取而来。

正德较好成就，一为孔雀蓝釉的正确掌握，一为拟琉璃陶绿黄彩的试作，都得到艺术上新记录，故宫陈列的一个暗花大碗和一个云龙钵盂可以作例。

下及嘉靖、万历，主要成就为青花和五彩分享，各有不同成就。到这个时期，装饰不免日益繁复，特别是由民用进而发展为宫廷爱好的五彩瓷，以云龙凤作主要装饰，总是红绿缤纷成一团，华美壮丽有余，而缺少艺术上内含之美，令人有一览无余感。同时也反映宫廷艺术上的夸张，正影响到一般工艺的要求，因为除彩瓷外，彩绘漆、丝绸、景泰蓝无不有同样趋势，特别是官服过肩蟒一类锦缎方面更加显明，色彩对照格外强烈。

明代这一时期正是道教神仙在宫廷和民间均极得势时，因此工艺各方面也有反映，如像用云鹤游天，八仙庆寿等主题画在青花瓷中即占一定地位。这时期又正是通俗小说戏剧版画盛行时期，因之青花瓷器上用小说戏剧故事题材作主题画的也相当流行，影响到清初，便成为一个专门项目，产生了许多不同艺术品，除青花五彩外，还有黑地绿地等开光大凤尾瓶，观音尊，大冰盘，上面满绘《三国演义》、《列国志》或《隋唐演义》故事，通称“刀马人物”，于瓷工艺中自成一格，在海外备受尊重，成为许多博物馆中引人注目陈列品。

用鱼纹图案装饰陶瓷，由来已久，因为在仰韶期红胎彩陶上就有极好表现。宋龙泉青瓷则由汉双鱼洗习惯，将双鱼缩小用于盘洗中，象征“富贵有余”。北方定式瓷印花或磁州墨绘枕子也用鱼，则多取鱼水和谐寓意，正如铜镜上双鱼在水情形相同。又由于金代的官诰使用鱼藻锦，在明代锦缎中多方面使用，已成社会习惯，同时又由于宫廷畜养金鱼朱鱼嗜好流行，因此嘉靖五彩鱼大罐，作得画面壮丽活泼，成为这一时期彩瓷艺术新成就。另有种霁蓝地露胎刻画三鱼七寸小盘，鱼多刻于盘外沿，由宣德即创始。明代重灯节，圆式宫灯多四围垂珠缀网，图案效果极佳，五彩瓷也用之作图案，小盘类且多加百子观灯。彩瓷较早或因作长方印盒而流行，这种印盒多作双云龙或龙穿花，在明人清玩中为不入格，但在官宦人家却必然受重视。还有五彩云龙笔架，也作得极粗俗，从造形说，这一历史时期和一般工艺品近似，有的日趋拙陋，和宣成比，不免相形见绌。隆庆天启，更少生机。惟民间青花瓷却转成重点，有种种不同成就。特别是案头陈设及日用大器瓶罐类，青料虽多近灰淡，失去本来鲜明，画意转日趋高明，摆脱宫廷庸俗拘板，花鸟画草草构图，生趣充沛，而且活泼大方。许多花鸟画就时代说都较早于八大山人，而画意倒与之相近。因此我们说，久往江西之朱耷，花鸟画的艺术风格，或从时间略早之江西青花瓷及其他工艺画得到一些启发，大致是不会太错。

景德镇瓷进入一个更新的时代，实在清初约一世纪中。它的成就，概括下来大约可作三个方面：一仿宋法古，二有色釉，三青花和五彩。仿宋法古上到仿战国金银错壶，下到唐三彩及官哥均汝，无一不取得卓绝成功。有色釉则胭脂水、豇豆红、龙泉青、孔雀蓝、瓜皮绿……以及油红、变均不下百十种，真作到得心应手，随心所欲，而且釉色鲜明莹泽，胎质精美，都可说前无古人。青花五彩，更加使这一历史时期的景德镇生产，达到瓷工艺历史高峰。青花加紫、珐琅彩、满地百花、素三彩，或以华缛取胜，或以淡雅见长，更是花样翻新。特别值得说说还是画意精美和瓷质莹洁及造形秀挺三者的密切结合，反映到康熙、雍正及乾隆初期前后约八十年中生产，真正是百花竞新，光辉灿烂，达到了景德镇生产历史上高峰！

在艺术方面由于品种多，方面广，兹只能就其特殊成就分别作简单叙述：

青花康熙成就在山水画，大笔筒有代表性，笔虽有简繁，一般多从元明人取法，设意取境，因之比四王成就还较高一着，由于青料特别纯净，在瓷上形成一种新的效果，更远非普通水墨画所能及。也有用恽南田法作丛菊于笔筒上，得到极好效果的。薄胎则仿明人卵幂杯制法，尝见为十二月花式，作各种小花草，清润秀美，自成一格。近三世纪中都续有仿制。海水鱼龙变化大盆，水云汹涌，咫尺间令人起江海思。

彩绘以储秀宫款黄地小簇花加三果大冰盘作得华贵秀雅，无与比伦，有代表性。又五彩花鸟大鱼缸，彩中兼施金彩，画格也极高。又硬三彩作花果盘子，也自成一格。至于黑地五彩刀马人物，则诙谲恣肆，特别富于民间趣味。彩绘中之珐琅彩，多作规矩写生洋番莲或小串枝，也间有作蝴蝶及皮球花杂花的，和当时外来画家郎世宁艺术风格当有一定联系。这一品种则生产直贯串以后雍乾两朝，自成一格，通称“珐琅彩”。本出于铜或金胎画珐琅，又转而影响珐琅技法，推进珐琅发展。

素三彩，以淡冬青及青花加紫或部分剔雕挂粉作成，色彩淡雅清秀，当时既极重画意，因之这一品种不论山水花鸟，均得到极高成就。它或和明代十竹斋印花笺有些联系，因为色泽配合十分近似。配色近似从钱舜举、陆包山得到些启发，却用淡三彩反映到瓷器上得到非常成功。生产惟限于康熙一代，此后即失传。

矾红绘虽始自宣德，到康熙得到新的使用，即作彩墨料绘人物画，如作八仙过海碗，艺术水平亦极高。亦有红彩描金作勾子莲的。惟矾红工艺最高峰实在较后雍正一朝。如故宫陈列馒头盒及海水翻腾小杯，艺术水平都格外高。此后道光时满地红露白则称“盖雪”，红色已日趋灰暗。同光日用饭器作三果，则为此一技法尾声。

清初康雍乾三朝。雍正时间不过十三年，但在瓷器方面成就，却笼罩前后百年。仿古则官、汝、哥、均都达到逼真情形，变均且超越前古，得到崭新成功。一色釉多样发明，几几乎任何一种釉色均可掌握，自由烧造。青花则一反康青之浓茜，折衷成宣，花纹亦格外秀雅文静，加以和新的造形结合，得到成果也完全是新的。彩绘中的粉彩折枝，多用恽南田法，胭脂红花头特别鲜艳，特别在设计上见巧思。豆彩则一反明代五彩混乱，康熙五彩生硬而转为明润调和，细致周到，节奏感极强。即作一皮球花，也能从圆中见巧，千变万化，和满地花异曲同工。总之，许多近于奇迹的瓷器艺术品，均完成于这一段时期景德镇艺人手中。

乾隆一朝总结康雍成就，更作多方面发展，可说是景德镇瓷全盛期。惟最大成就，似乎应说还在技术方面。例如不同品种的混于一器物的制作，一个大转心瓶外部主题画作锦地粉彩，肩部作青花，另一部分又作哥瓷釉，而中心小瓶则用金廷标画意作五彩百子戏春图，许多釉料色料受火温度均不同，却能集中于同一器物上同时表现，真可说是一种绝技。但由此巧作要求，不可免形成一种不大健康趣味发展，象生仿菜蔬瓜果鱼蟹，虽作得栩栩如生，却劳而无功，和瓷器艺术本质要求相去日远。末流所及，便因此谈这一时代瓷器，除部分沿袭康雍成就水平，尚能作出许多不同产品，此外便是这种“巧作”给人印象格外深刻。相形之下，嘉道以后，由于物力不足，反映到瓷器生产上，自然不免是难以为继。其实如另立一种标准，就瓷言瓷，嘉道以后的锦地开光饭食器，和癞瓜过枝茶碗类，虽无足称道，但道光时小簇草虫碗碟，和象生仿竹笔筒，用费小楼笔法作的仕女画，总还有些新意。行有恒堂款墨地加金，在技法上也依旧是一种发展。又由康熙时拙存斋，乾隆时宝啬斋，乾嘉间彩华、彩润、彩秀，道光时行有恒堂等特别款识器物，在装饰方面也还有不少能突破传统拘束，自出新意的。总的说来，康雍乾三朝官窑百年间生产，在艺术上成就，实可说前无古人，后少来者，一切成就，都是景德镇瓷业工人共同努力的结果。嘉道以后，便随同政治情况，帝国主义的侵略，不免日趋衰落了。

铜镜的图案

| 原题《唐宋铜镜·题记》，写于一九五六年五月一日。

我国开始用青铜铸造镜子，约在春秋战国时期。多数镜子的背面，都有精美的装饰图案。从造形特征和艺术表现方法看来，可以分成两类，代表两种不同的风格：一种镜身比较厚实，边沿平齐，用蟠虺纹作图案主题，用浅浮雕、高浮雕和透空雕等技法处理的，图案花纹同河南新郑、辉县，山西李峪村，和新近安徽寿县等地出土青铜器装饰花纹相近。特别重要的是部分透空虺纹镜子，作法自成一个系统，产生时代可能早一些。另外一种镜身材料极薄，边沿上卷，图案花纹分两层处理，一般是在精细地纹上再加各种主题浅浮雕。地纹作漩涡云纹、雷纹、或丝绸中的罗锦纹。主题装饰花纹有代表性的，计有山字形矩纹、连续矩纹、菱纹、连续菱纹、方胜格子嵌水仙花纹、黻绣云藻龙凤纹和长尾兽（蜼）纹等。这部分图案比前一部分基本不同处，就是它和古代纺织物丝绸锦绣的花纹发生密切联系。制作技法的精巧，也达到了当时金铜工艺的高峰。产生时代可能稍晚一些。先在淮河流域发现，通常称为“淮式镜”。解放七年来，因长沙战国楚墓出土同类镜子格外多，才知道它是

楚国的产物，叫作“楚式镜”比较正确。从现实材料分析，青铜镜子的发明，虽未必创自楚国，但是楚国铸镜工人，对于提高生产技术和丰富镜子装饰艺术，无疑有过极大的贡献。镜子埋藏在地下经过二千二三百年，出土后还多保存得十分完整，镜面黑光如漆，可以照人。照西汉《淮南子》一书所说，是用“玄锡”作反光涂料，再用细毛呢摩擦的结果。后来磨镜药粉是用水银作成的。经近人研究，“玄锡”就指水银。由此可以知道，我国战国时期冶金工人就已经掌握了烧炼水银的技术。这种冶金技术的发明，和同时用水银作媒介剂的鎏金技术的发明，使我国的金属工艺更加显得华美和壮丽。当时特种加工镜子，还有涂朱绘彩的，有用金银错的，有加玉背并镶嵌彩色琉璃的，共同反映了这个伟大历史时期金属工艺所达到的高度水平。

到汉代，青铜镜子的应用范围日益广泛，图案花纹也更加丰富。特别有代表性的，如连续云藻纹镜，云藻多用双钩法处理，镜身薄而卷边，和楚式镜风格相似，大径在五寸以内，通常都认为是秦汉之际的制作。有的又在镜背作圆框或方框，加铸十字或十二字铭文，“大富贵、宜酒食、乐无事、日有憙”，是常见格式。也有用“安乐未央”四字铭文附于一角的。其次是小型平边镜子，镜身稍微厚实，铜质泛黑，惟用“见日之光长毋相忘”八字作铭文，每字之间再用二三种不同简单云样花式作图案，字体方整犹如秦刻石。图案结构虽然比较简单，铭文却提出一个问题：西汉初年的社会，已起始用镜子作男女间爱情的表记，生前相互赠送，作为纪念，死后埋入坟里，还有生死不忘的意思。“破镜重圆”的传说，就在这个历史阶段中产生，比后来传述的乐昌公主故事早七八百年。又有大型日光镜，外沿加七言韵语，文如长门赋体裁，借形容镜子使用不时，作为爱情隔阂忧虑的比喻。另有一种星云镜，用天文星象位置组成图案，或在中心镜钮部分作九曜七星，把四围众星用云纹联系起来，形成一种云鸟图案，都是西汉前期的镜子。第三种是中型或大型的四神规矩镜，用青龙、白虎、朱雀、玄武分布四方作主要装饰，上下各有规矩形，外沿另加各种带式装饰，如重复齿状纹、水波云纹、连续云藻纹、连续云中鸟鹊夔凤纹等，主题组织和边沿装饰结合，共同形成一种活泼而壮丽的画面。正和汉代一般工艺图案一样，在发展中起始见出神仙方士思想的侵入。这种镜子或创始于武帝刘彻时的尚方官工，到王莽时代才普遍流行，是西汉中期到末叶官工镜子的标准式样。有的在内外沿间还加铸年号、作者姓名和七言韵语，表示对于个人或家长平安幸福的愿望。最常用的是“新有善铜出丹阳，和以银锡清且明，巧工作之成文章，左龙右虎辟不祥”等语句。另有镜铭且说购买的可以升官发财，做生意也凡事遂心。又有“铜以徐州为好，工以洛阳著名”记载。它的产生年代和反映的社会意识情况，因之也更加明确。第四种是大型“长宜子孙”四字铭文镜，字作长脚花式篆体，分布四周，美丽如图画。图案简朴而庄重。过去人认为是西汉早期制作，近年来才定作西汉末东汉初成品。此外还有由四神规矩发展而成的神人龙虎镜、分段神像镜、“位至三公”八凤镜、“天王日月”神像镜、凸起鼍龙镜、西王母车马神像镜，可代表汉末过渡到魏晋时代的产品。八凤镜用平剔法刻成对称图案，简洁如剪纸，边沿或加阴刻小朵如意云，富于民间艺术风味。神仙龙虎镜，平面浮雕的龙虎，和西汉白虎朱雀瓦当浮雕的风格相同，形象特别矫健壮美。一般多使用线浮雕，是西汉以来的技法。有的又用圆浮雕法，把龙虎形象简化，除头部外其他全身都不显明，产生时代多在桓帝祠老子以后。这类神像镜有署建安年号的，和晋、南北朝早期的佛教画“降魔变”

或者有些联系。又一种高圆浮雕鼍龙镜，在构图和表现技法上是新发展。特别引人注意的是西王母东王父车马神像镜，铜质精美，主题图案组织变化丰富，西王母头戴双胜，仪态端庄，旁有玉女侍立，间或还有仙人六博，及毛民羽人竖蜻蜓表演杂技。浮雕技法也各具巧思，有的运用斜雕法，刻四马并行。拉车奔驰，珠帘绣幔，飘忽上举，形成纵深体积效果，作得十分生动，在中国雕刻艺术史上是新成就。启后来唐代昭陵六骏石刻及宋、明剔红漆雕法。这种镜子浙江绍兴一带发现最多，为研究汉代西王母传说流行时代和越巫关系问题，提供了重要线索。

又根据近年出土纪录，西汉以来还有鎏金、包金和漆背加彩画人物各种不同加工大型镜子产生。当时除尚方官工特别制作外，铸镜工艺在国内几个大城市，也已经成为一种专门手工业。长安、洛阳、西蜀、广陵都有专门名家，铸造各式镜子，罗列市上出售。许多镜子上的铭文，把当时买镜子的事情，也反映得清清楚楚。这些镜子当时不仅被当成高级美术品流行全国，同时还远及西域各属及国外。近年在西北出土的镜子，可以根据它判断墓葬的相对年代。在日本出土的四神规矩镜，长宜子孙镜，及日本仿制的汉式镜，我们又得以进一步证明，中日两国间文化的交流，至晚在西汉中期就已开始了。比《魏略》说的东汉晚期早过二百年。

东汉末年到三国时期，还创造一种铁制嵌金银花纹镜子，早见于曹操《上杂物疏》记载中。近年来这种镜子也常有出土，图案花纹比较简朴，和八凤镜风格相近，开启后来应用铁器错银的技法。惟铁质入土容易氧化，完整的镜子保存不多。

晋、南北朝三百余年中，除神像龙虎镜、西王母镜，东晋时犹继续生产，此外还有魏晋之际产生的“天王日月”铭文神像镜，边沿多用云凤纹处理，内沿铭文改成四言，如骰子状嵌于周围，语气如道士口诀律令。再晚一些又有礼佛图式的神像人物镜，分卦十二生肖四神镜，高浮雕四神镜，重轮双龙镜和簇六宝相花镜等等。后四种出现于六朝末陈、隋之际，唐代还继续流行。镜子图案到南北朝晚期，就逐渐使用写生花鸟作主题，在表现技法上也有了改进和提高。艺术特征是花鸟浮雕有层次起伏，轮廓分明，充满了一种女性的温柔细致情感。主要生产地已明确属于扬州一带，可说明当时南方生产的发展和镜子工艺的成就，正在逐步提高过程中。

通过这些材料，让我们对于古代青铜镜子时代分期的知识，和图案艺术的基本特征，以及在发展中和社会问题人民风俗习惯的联系，都有了个概括明确的印象。又因为从战国以来，古代收藏镜子的用具，使用各种彩绘漆镜奁，近年出土日益增多，汉、晋石刻、绘画里，又还留下了些有关的资料，使我们对于古人如何保护镜子和应用镜子化妆的情形，也了解得更加具体。彩绘漆镜奁在长沙出土的，可代表战国时楚漆器的特种风格。在各地出土的，许多还有文字，载明是“蜀郡西工”制作，可证实汉代文献提起过的西蜀漆器工艺之精美。

唐、宋两代的镜子，是在这个优秀传统的工艺基础上，更进一步的发展。

唐代物质文化反映于各部门，都显得色调鲜明、造形完美，花纹健康而又活泼，充满着永久青春的气息。镜子图案艺术的成就，同样给人这种深刻印象。镜身大部分比较厚实（特别是葡萄鸟兽花草镜），合金比例银锡成分增多，因此颜色净白如银。造形也有了新变化，突破传统圆形的格式，创造出各种花式镜。大型镜子直径大过一尺二寸，小型镜子仅如一般银币大小。并且起始创造有柄手镜。至于图案花纹，无论用的是普通常见花鸟蜂蝶，还是想象传说中的珍禽瑞兽，或神话故事、社会生活，表现方法都十分富于风趣人情，并具有高度真实感。我国对于世界文化，历来采取一种谨慎态度，不盲目接受，也不一律拒绝，总是在固有基础上，把外来文化健康优秀部分加以吸收融化。唐代海外交通范围极广，当时西域各属文化也有高度发展，因之更加采取一种兼容并收的态度，来丰富新的艺术创造内容。在音乐、歌舞、绘画、纺织图案、服装等方面影响，都相当显著。镜子图案的主题同样反映出这种趋势。例如满地葡萄鸟兽花草镜、麒麟狮子镜、醉拂菻击拍鼓弄狮子镜、骑士玩波罗球镜、黑昆仑舞镜、太子玩莲镜，都可以见出融合外来文化的痕迹。前一种图案组织复杂而精密，用高浮雕技术处理，综合壮丽与秀美成一体，在表现技法上格外突出。后几种多用浅浮雕法，细腻利落，以善于布置见长，结构疏密恰到好处。花鸟蜂蝶，都各有生态，彼此呼应，整体完美而和谐。

唐代统治者有意把老子奉为“玄元皇帝”，把道教当作国家宗教，小说诗歌且善于附会神奇，神仙思想因之在社会中有一定基础。唐镜图案也有种种不同反映，例如：嫦娥奔月镜、真子飞霜镜、王子晋吹笙引凤镜、仙真乘龙镜、水火八卦镜、海上三神山镜，图案组织都打破了传统的对称法，作成各种不同新式样。唐代佛教盛行，艺术各方面都受过影响，镜子图案除飞天频迦外，还有根据《莲花太子经》故事制作的太子玩莲图案，用一些胖娃娃作主题，旋绕于花枝间。子孙繁衍、瓜瓞绵绵既然是一般人所希望，因此这种题材在丝绸锦绣中加以发展，就成为富贵宜男百子锦，织成幛子被单，千多年来还为人民熟习爱好。汉代铸镜多在五月五日，唐人习惯照旧，传说还得在扬子江中心着手，这显然和方士炼丹发生瓜葛牵连。又八月五日是唐玄宗生日，定名叫“千秋节”（又作“千秋金鉴节”），照社会习惯，到这一天全国都铸造镜子，当做礼物送人，庆祝长寿。唐镜中比较精美的鸾啣长绶镜、飞龙镜和特别加工精致的金银平脱花鸟镜、螺钿镜，大多完成于开元天宝二十余年间，为适应节令而产生。唐代社会重视门阀，名家氏族，儿女婚姻必求门当户对；但是青年男女却乐于突破封建社会的束缚，来满足恋爱热情。当时人常把它当作佳话奇闻，转成小说诗歌的主题。镜子图案对于这个问题虽少直接表现，但吹笙引凤、仙人乘龙、仙女跨鸾，以及各式花鸟镜子中的鸂鶒、鸳鸯、鹡鸰，口衔同心结子，相趁相逐的形象，就同诗歌形容恋爱幸福和爱情永不分离的喻意相同。镜子铭文中，又常用北周庾信五言诗，及隋唐人拟苏若兰织锦回文诗，借歌咏镜中人影，对于女性美加以反复赞颂。

唐代特种加工镜子，计有金银平脱花鸟镜、螺钿花鸟镜、捶金银花鸟镜、彩漆绘嵌琉璃镜，这类具有高度艺术水平的镜子图案，有部分和一般镜子主题相同，有部分又因材料特性，引起种种不同的新变化，如像满地花螺钿镜子的成就，便是一个例证。这些镜子华美惊人的装饰图案，在中国镜工艺发展史上，达到了一个新的高峰。

唐镜花样多，有代表性的可以归纳成四类：第一类宝相花图案，包括有写生大串枝、簇六规矩宝相花、小簇草花、辐射式宝相花及交枝花六种。第二类珍禽奇兽花草图案，包括有小串枝花鸟、散装花鸟和对称花鸟等等。鸟兽虫鱼中有狮子、狻猊、天鹿、天马、鱼、龙、鹦鹉、鸳鸯、练鹊、孔雀、鸾凤、鹡鸰、蝴蝶、蜻蜓等等。第三类串枝葡萄鸟兽蜂蝶镜，包括方圆大小不同式样。第四类故事传说镜，包括表现各种人物故事、社会生活的图案，如真子飞霜、嫦娥奔月、孔子问荣启期、俞伯牙钟子期，以及骑士打球射猎等等。特别重要的部分，是各种花鸟图案，可说总集当时工艺图案的大成。唐人已习惯采用生活中常见的花鸟蜂蝶作装饰图案，反映到镜子上并且作得格外生动活泼（这是唐镜图案最值得我们学习的一点），花鸟中的鸾衔绶带、鹊衔瑞草、俊鹘衔花各种式样，和唐代丝绸花纹有密切的联系。唐代官服彩绫，照制度应当是各按品级织成各种本色花鸟，妇女衣着则用染缬、刺绣、织锦及泥金银绘画，表现彩色花鸟。使用图案都和镜子花纹一脉相通。因之这些镜子的花纹，为研究唐代丝绸图案提供了种种材料。

唐镜在造形上的新成就，是创造了小型镜子和各种花式镜。不仅打破了旧格式，还影响到其他新工艺美术品的制作。为便于携带，产生了银元大小的贴金银花鸟镜，同时就有许多更小一些的金银陶瓷脂粉盒子出现。至于八棱、八弧、四方委角花式镜的创造，更影响到漆制镜奁的式样。一种三套五套花式镜奁，就完全是为适应花式镜子的收藏而作成。这种可合可分的套奁，一直使用下来，直到明、清，发展出百十种不同样子，美观而切合实用，为人民所爱好。又由于保护镜面的光泽，防止潮湿，必需用棉夹镜囊，这种丝绸锦绣镜囊上的圆式图案，也富于艺术创造性。唐代的遗物虽不多，明清两代却留下许多精美作品。仅以刺绣技法而言，就可发现纳丝、刻丝、贴绢、平金、钉线、铺绒、戳纱、结子、堆绫等等，几几乎凡是刺绣中所有技法都使用到。这种镜囊或镜套，是六朝以来妇女的创造，附属于镜子工艺得到发展的。

宋代镜子可分作两类：在我国青铜工艺史上占有一个特别位置的，是部分缠枝花草官工镜。造形特征是镜身转薄，除方圆二式外，还有亞字形和其他新式样。装饰花纹也打破了传统习惯，作成各种不同格式。以写生缠枝草花为题材，用浅细浮雕法处理，近于漆工艺中“识文隐起”的作法。图案组织多弱枝细叶相互盘绕，形成迎风浥露的效果，和定窑瓷器中绣花法异曲同工，基本上实同出于宋代刺绣。这是从重现实的宋代写生花鸟的基础上，经过特别提炼而作成的。这一类官工镜子，精致至极，不免流于纤细，致后来难以为继。还有另一类具有深厚民间艺术作风的，用粗线条表现，和当时磁州窑剔花法相近，双鱼和凤穿牡丹两式有代表性，元、明以来犹在民间流行。

北宋时期在北方有契丹辽政权对峙，西北和西夏又连年用兵，铜禁极严，因此民间铸镜多经登记检验，刻上各州县地名，借此得知当时各县都有铸镜官匠。第二类镜子的创作，就多完成于这种地方官工匠手中，文献和实物可以相互证明。

镜子工艺发展到宋代，就逐渐趋于衰落。劳动人民丰富的智慧和无穷尽的创造力，已随同社会的发展，起始转移到新的造纸墨、刻书、烧瓷、雕漆、织金锦、刻丝及其他生产方面去了。此外，由于战争的关系，镜子工艺也受到很大的影响。特别是南方镜子的生产，再不是工艺美术重点。这时扬州等大都市的手工业，多被战争破坏，原有旧镜多融化改铸铜钱或供其他需要，一般家常镜子均重实用而不尚花纹。在湖州、饶州、临安著名全国的“张家”、“马家”、“石家念二叔”等店铺所作的青铜照子，通常多素背无花。部分铜镜的生产，且多系就铜原料的生产地区，由政府设“铸鉴局”监督，和铸钱局情形相似，用斤两计算成本，值三百十文一斤，镜工艺术水平低落是必然的。私人铸造镜子，虽然还创造了些新样子，却受当时道学思想影响，形态不美，花纹失调，越来越枯燥乏味。如有些鼎形、钟形用八卦或“明心见性”语句作装饰的，在造形艺术处理上都极其庸俗，已无美术可言。南宋时，女真族在北方建立的金政权，生产破坏极大，官私镜子除部分沿用北宋旧样，也产生了些新式样，在制度上虽反映出些问题，艺术方面却无创造性。

我国古代人怎么穿衣打扮

| 首发于一九六三年中国青年出版社《中国历史常识》第五册，文中注释为当时编者所加。

商朝人多穿齐膝短衣，扎着裤脚。衣着材料除麻、葛外，已有十分细致的绌（同“绸”字）子。奴隶主贵族的衣服上，多织绣花纹，连腰带、衣领和袖口，也有花纹。贵族男子常戴帽子，有一种平顶式帽，到春秋战国还流行；汉代的“平巾帻（zé 责）”，就是从它发展而来。妇女多梳顶心髻（jì 计，头发盘结的一种式样），横贯一支圆骨簪；有的还在头顶两旁斜插两支顶端带小鸟形的玉簪。大姑娘梳辫子。小孩子则梳两个小丫角儿。男女贵族身上都佩玉；玉被琢成各种小动物形象，最常见的一种为玉鱼。奴隶只能穿本色粗麻布或粗毛布衣服，光头无发，有的头上包巾子，缠得高高的，和现代西南苗族人一样。

到西周，统治阶级穿衣服，日益讲究宽大。周天子坐朝、敬天、办婚丧大事，衣服各不相同；由于迷信，出行还得按季节、定方向穿不同颜色的服装，配上相当颜色的车马。穿皮毛也分等级，不能随便。猎户打得的珍贵的狐、獭（tǎ 塔）、貂（diāo 刁）、鼠都得全部上缴，私下不能使用，也不许出卖。一般平民，年老的在名分上虽可穿绸衣，其实何尝穿得起？也只能和奴隶一样穿粗麻布或粗毛布短衣，穷极的只好穿草编的牛衣即冬天盖到牛身上的草编蓑衣！

春秋战国时代，贵族的生活越加奢侈，穿的衣服更加华丽，佩的玉也比前越发精致。剑是这个时期的新兵器，贵族为了自卫并表示阔气，经常还得有一把镶金嵌玉的宝剑，挂在腰间皮带上。皮带头有用铜或骨、玉做成的带钩绊住，讲究的带钩必用银镶金嵌玉作成，而且式样很多。男子成年必戴冠。贵族的冠高高上耸，有的又和个倒复的杯子相似（古代的杯子式样多是椭圆形）。年轻妇女梳辫子，梳法多种多样。有的妇女喜戴圈圈帽，而且还在颊边点一簇胭脂点（聚成三角形），眉毛被画得浓浓的。女孩梳两个大辫子，向两边分开；穿的衣长度齐膝，下沿折成荷叶边。贵族男子流行八字须，两角微微上翘。武士则喜留大毛胡子。舞人不论男女，衣袖都极长。打猎人由于经常在丛林草泽中活动，衣裤特别紧小。

历史上所说的“赵武灵王胡服骑射”，所谓“胡服”，究竟是什么样子？根据现存有关材料推断，“胡服”的特征约有四点：（一）衣长齐膝，袖子很小；（二）腰间束有附带钩的皮带，可松可紧；（三）头上戴一顶用毛毡或皮革作的尖尖帽，和个馄饨差不多（后来人把它叫“浑脱帽”，到唐代还一度流行）；（四）脚上穿着短统皮靴。因为这样装束，骑在马上作战特别方便。

秦汉大一统局面出现后，衣服的式样也比较统一起来。统治者戴的冠，前梁高耸，向后倾斜，中空如桥；梁分一梁、三梁、五梁几种，上面另加金玉装饰，表示爵位等级。凡是有官爵的人，无分男女，还得把一条丈多长的丝绦（tāo 掏，按品级颜色各不相同），折迭起来挂在右腰边，名叫“组绶（shòu 受）”。贵族男子这时已改佩环刀。普通男子头戴巾、帻。巾子多用来包裹头发；帻则如平顶帽，上加个“人”字形帽梁（不加帽梁就叫“平巾帻”)。汉代妇女已不再点三角形胭脂，但却常用黛(dài 代，青黑色的颜料)石画眉毛；髻子向后梳成银锭式，向上梳的多加假发。年轻姑娘依旧梳辫子，也有松松绾(wǎn 碗，盘绕起来打成结、扣)成一把，末后结成一小团，成个倒三角形的。这时期，衣服最贵的是白狐裘，春秋战国时就已价值千金。衣料最贵的是锦绣，上面有各种山云鸟兽花纹，比普通绸子贵二十倍。西北生产的细毛织物和西南生产的木绵布、细麻布，价格也和锦绣差不多，一匹要卖二两金子。当然，这些材料只有贵族用得起，一般劳动人民是连做梦也不敢想的。

魏晋以来，男子流行戴小冠，上下通行。“组绶”此时已名存实亡。玉佩制度也渐次失传。贵族身边的佩剑已改用木制，留个形式而已。红紫锦绣虽然依旧代表富贵，但统治阶级多欢喜穿浅素色衣服。帝王有时也戴白纱帽。一般官僚士大夫，多喜用白巾子裹头。在东晋贵族统治下的南方，普通衣料多用麻、葛，有的地方用“蕉布”、“竹子布”、“藤布”；高级的衣料是丝麻混合织物“紫丝布”和“花綀(shū 蔬)”。在诸羌胡族贵族统治下的北方，统治者还是喜欢穿红着绿，先是短衣加披风，到北魏时改为宽袍大袖，惟帽子另作一纱笼套上，名叫“漆纱笼冠”。至于普通老百姓，不论南北，都是一样，始终穿短衣。——不过北方人穿上衣有翻领的，穿裤子有在膝下扎带子的。这种装束，直到唐代还通行于西北。特别是翻领上衣，几乎成了唐代长安妇女最时髦的服装式样。

唐朝的服色，以柘黄为最高贵，红紫为上，蓝绿较次，黑褐最低，白无地位。由于名臣马周的建议和阎立本的设计，唐朝恢复了帝王的冕(miǎn 免，帝王的礼帽)服，并制定了官服制度。官服除用不同颜色分别等级外，还用各种鸟衔各种花的图案来表示不同的官阶。通常服装，则为黑纱幞(pú 葡)头，圆领小袖衣，红皮带（带头有等级之分），乌皮六合靴。幞头后边两条带子变化很多，或下垂，或上举，或斜耸一旁，或交叉在后，起初为梭子式，继而又为腰圆式……从五代起，这两条翅子始平直分向两边，宋代在这个基础上加以改进，便成了纱帽的定型样式。不当权的地主阶级及所谓隐逸、野老，多穿合领宽边衣，一般称为“直掇”。平民或仆役多戴尖毡帽，穿麻練鞋，且多把衣服撩起一角扎在腰间。妇女骑马出行，必戴“帷帽”，帽形如斗笠，前垂一片网帘（中唐以后此帽即少用）。女子的衣裙早期瘦而长，裙系在胸上；发髻向上高耸，发间插些小梳子，多的到五、六把；面部化妆多在眉心贴个星点，眉旁各画一弯月牙。这时，中原一带的妇女喜着西域装，穿翻领小袖上衣，条纹裤，软锦蛮靴；有些妇女还喜梳蛮鬟椎髻，嘴唇涂上乌膏，着吐蕃装束。这时期，流行一种半袖短外褂，叫做“半臂”，清代的马褂和背心，都是由它发展而来。

赵匡胤“黄袍加身”，做了宋朝的开国皇帝，重定衣服制度，衣带的等级就有二十八种之多。黄袍成了帝王的专用品，其他任何人都不许穿，穿了就算犯罪。规定的官服，有各种不同花色。每遇大朝会或重要节日，王公大臣们必须按照各自的品级，穿上各种锦袍。皇帝身边的御林军，也分穿不同花纹的染织绣衣。宫廷内更加奢侈，衣服、椅披、椅垫，都绣满花纹，甚至缀上真珠。皇后的凤冠大大的，上面满是珠宝，并且还有用金银丝盘成整出王母献寿的故事的，等于把一台戏搬到了头上。贵族妇女的发髻和花冠，都以大为时髦，发上插的白角梳子有大到一尺二寸的。贵族妇女的便服时兴瘦长，一种罩在裙子外面类似现代小袖对襟褂子式的大衣甚流行。衣着的配色，打破了唐代以红紫、蓝绿为主色的习惯，采用了各种间色，粉紫、黝紫、葱白、银灰、沉香色等等，配合使用，色调显得十分鲜明；衣着的花纹，也由比较呆板的唐式图案改成了写生的折枝花样。男子官服仍是大袖宽袍，纱帽的两翅平直向两旁分开，这时已成定型。便服还是小袖圆领如唐式，但脚下多改穿丝鞋。退休在野的官僚，多穿“直掇”式衫子，戴方整高巾（又名“东坡巾”或“高士巾”，明代还流行）。棉布已逐渐增多。南方还有黄草布，受人重视。公差、仆役，多戴曲翅幞头，衣还相当长，常撩起一角扎在腰带间。农民、手工业者、船夫，衣服越来越短，真正成了短衣汉子。

契丹、党项、女真族先后建立了辽、西夏、金政权，他们的生活习惯保留了浓厚的游牧民族的特色，在穿戴上和汉人不大相同。契丹、女真男子，一般多穿过膝小袖衣，长统靴子，佩豹皮弓囊。契丹人有的披发垂肩。女真人则多剃去顶发，留发一圈结成两个小辫子，下垂耳后。党项男子多穿团花锦袍，戴毡帽，腰间束唐式带子，上挂小刀、小火石等用物。女真妇女衣小袖左衽（rèn 任，衣襟）长衫，系一丝带，腰身小而下摆宽；戴尖顶锦帽，脑后垂两根带子。党项妇女多穿绣花翻领长袍。后来，由于辽、金统治者采用了宋代服制，所以契丹，女真族的装束和汉族的装束区别日益减少。绸缎也多是南方织的。

元朝的官服用龙蟒缎衣，等级的区别在龙爪的多少，爪分三、四、五不等，有法律规定，不许乱用。明清两代还依旧这样。在元代，便服还采用唐宋式样。一般人家居，衣多敞领露胸；出门则戴盔式折边帽或四楞帽，帽子用细藤编成。蒙古族男子多把顶发当额下垂一小绺，如个小桃子式，余发分编成两个大辫，绕成两个大环，垂在耳后。贵族妇女必戴姑姑冠；冠用青红绒锦作成，上缀珠玉，高约一尺，向前上耸，和个直颈鹅头相似。平民妇女或奴婢，多头梳顶心髻，身穿黑褐色粗布、绢合领左衽袍子。长江上游已大量种植棉花，织成棉布。

明代，皇帝穿龙袍。大臣穿绣有“蟒”、“斗牛”、“飞鱼”等花纹的袍服，各按品级，不得随便。一般官服多为本色云缎，前胸后背各缀一块彩绣“补子”（官品不同，“补子”的彩绣也不同）。有品级的大官腰带间垂一长长丝绦，下面悬个四寸长象牙牌，作为入宫凭证。冬天上朝，必戴皮毛暖耳。普通衣服式样还多继承宋、元遗制，变化不大。这时结衣还用带子，不用纽扣。男子头上戴的巾，有一种像一块瓦式，名“纯阳巾”，明太祖定名为“四方平定巾”（喻意天下平定），读书人多戴它；另有一种帽子，用六片材料拼成，取名“六合一统帽”（喻意全国统一），小商贩和市民多戴它。妇女平时在家，常戴遮眉勒条；冬天有事出门，则戴“昭君套”式的皮风帽。女子有穿长背心的，这种背心样式和兵士的罩甲相近，故又叫“比甲”或“马甲”。

清代的服装打扮，不同于明代。明朝的男子一律蓄发绾髻，衣著讲究宽大，大体衣宽四尺，袖宽二尺，穿大统袜、浅面鞋；而清代的男子，则剃发垂辫（剃去周围的头发，把顶发编成辫子垂在背后），箭衣马蹄袖，深鞋紧袜。清代官员服用石青玄青缎子、宁绸、纱，作外褂，前后开叉，胸、背各缀“补子”（比明代的“补子”小一些）一方（只有亲王、郡王才能用圆形），上绣各种禽兽花纹，文官绣鸟，武官绣兽，随品级各有不同：一品文官绣仙鹤，武官绣麒麟；二品文官绣锦鸡，武官绣狮子；三品文官绣孔雀，武官绣豹子；四品文官绣云雀，武官绣老虎；五品文官绣白鹇（xián 闲），武官绣熊；……一般人戴的帽子有素冠、毡帽、便帽等几种。便帽即小帽，六瓣合缝，上缀一帽疙瘩，俗名西瓜皮帽。官员的礼帽分“暖帽”（冬天戴）、“凉帽”（夏天戴）两种，上面都有“顶子”，随着品级不同所戴的“顶子”颜色和质料也不同：一品官为红宝石顶，二品官为红珊瑚顶，三品官为亮蓝宝石顶，四品官为暗蓝宝石顶，五品官为亮白水晶顶……帽后都拖着一把孔雀翎，普通的无花纹，高级官僚的孔雀翎上才有“眼”，分一眼、二眼、三眼，眼多表示尊贵。只有亲王或对统治阶级特别有功勋的大臣才被赏戴三眼花翎。平民妇女服装，康熙、雍正时，时兴小袖、小云肩，还近明式；乾隆以后，袖口日宽，有的竟肥大到一尺多，衣服渐变宽变短。到晚清，城市妇女才不穿裙，但上衣的领子转高到一寸以上。男子服式，袖管、腰身日益窄小，所谓京样衫子，把一身裹得极紧，加上高领子、琵琶襟子、宽边大花坎肩，头戴瓜皮小帽，手拿一根京八寸小烟管，算是当时的时髦打扮。一般地主，商人和城市里有钱的市民，很多就是这样的装束。照规定，清代农民是许可穿绸纱绢缎的，可是事实上穿绫罗绸缎的仍然是那些地主官僚们、大商人们，至于受尽剥削、受尽压迫、终年辛勤难得一饱的短衣汉子们，能求勉强填满肚皮，不至赤身露体已经很不容易，哪里还能穿得上丝织品！

古代人的穿衣打扮

| 写于一九六二年六月二十五日。

古代人穿衣服事情，我们过去所知并不多，文献上虽留下许多记载，只因日子太久，引书证书，辗转附会，越来越不易清楚了。幸亏近年考古学家的努力，从地下挖出了大量古文物，可作参考比较，我们才得到新的认识。

由商到西周、春秋、战国，前后约一千年，大致可以分作三个历史阶段看它的演变。较早时期，除特殊人物在特种情形下的衣服式样，我们还不大明确，至于一般统治者和奴隶，衣长齐膝似乎是一种通例。由此得知，汉代石刻作的大禹像和几个历史上名王名臣像，倒还有些古意，非完全出于猜想。因为至少三千年前的商代人，就多是这个样子了。当时人已穿裤子，比后人说的也早过一千年。商代人衣服材料主要是皮革、丝、麻。由于纺织术的进展，丝、麻已占特别重要地位，奴隶主和贵族，平时常穿彩色丝绸衣服，还加上种种织绣花纹，用个宽宽的花带子束腰。奴隶或平民，则穿本色布衣或粗毛布衣。贵族男子头上已常戴帽子，是平顶筒子式（图 1），用丝绸作成，直流行到春秋战国不废。女人有把发上拢成髻，横贯一支骨簪的。

图1　商　玉人（河南安阳殷墟妇好墓出土）

也有用骨或玉作成双笄，顶端雕刻个寸来大小鸟形（鸳鸯或凤凰）两两相对，斜插头顶两侧，下垂卷发齐肩，颈项上挂一串杂色闪光玉石珠管串饰。历史上著名的美人妲己当时大致就应这么打扮。女子成年才加笄，所以称“及笄”，表示可以成婚。小孩子已有头顶上梳两个小角儿习惯，较大的可能还是编辫发。平民或奴隶有裹巾子作羊角旋斜盘向上的，有包头以后再平搭折成一方角的，还有其他好些样式，都反映在玉、铜、陶人形俑上。样子多和现在西南居住的苗、瑶族情形差不多（这不是偶然巧合，事实上很多三千年前古代图案花纹还可从西南兄弟民族编织物上发现)。许多野生植物如槐花、栀子、橡斗已用来做染料，并且还种植了蓝草，能染出各种不同的青蓝色，种茜草和紫草专染红、紫诸色。

历史上称周公制礼，衣分等级和不同用场，就是其中一项看得十分重要的事情。衣服日益宽大，穿的人也日益增多，并且当成一种新的制度看待，等级分明大致是从西周开始。统治者当时除大量占有奴隶外，还向所有平民征税，成丁人口每年必贡布二疋和一定粮食，布疋织得不合规格的不许出卖也不能纳税，聚敛日多，才能穿上宽袍大袖的衣服坐而论道。帝王和大臣，为表示尊贵和威严，祭天礼地和婚丧大事，袍服必更加庄严且照需要分别不同颜色，有些文献还提起过，天子出行也得按时令定方向，穿上不同颜色衣服，备上相当颜色车马，一切都得相互配合。皮毛衣服也按等级穿，不能逾越制度。即或是猎户猎得的珍贵狐、獭、貂鼠，也得全部贡献给统治者，私下不许随便使用或出卖。照周代制度，七十岁以上老百姓，可以穿丝绸和吃肉，但是能照制度得到好处的人事实不会多。至于一般百姓，自然还是只能穿本色麻布或粗毛布衣服，极贫困的就只好穿那种草编的“牛衣”了。

衣到西周以后变动虽大，有些方面却又不大。比如作战时武将头上戴的铜盔，从商到战国，就相差不多。甲的品种已加多了些，有犀甲、合甲、练甲，后来还发明了铁甲，最讲究贵重的是犀甲，用犀牛皮做成，上面用彩漆画出种种花纹。因为兼并战争越来越多，兵器也越来越精利，且有新兵器剑和弩机出现，甲不坚实就不抵用，“坚甲利兵”的话就由此而来。矛既十分锋利，盾也非常结实。

照周初制度，当时把全国分划成许许多多大小不等的邦国，每一个地方设一统治者，用三种特殊身份的人去担任：一是王族子弟，如召伯封于燕、周公父子封于鲁；二是有功于国家的大臣，如姜尚封于齐、熊绎封于楚；三是前代王朝子孙。这些人赴任时，除了照例可得许多奴隶，还可得一些美丽的玉器，一份精美讲究的青铜祭器和日用饮食器，以及一些专作压迫人民工具的青铜兵器，用壮观瞻的车马旗帜，另外就是那份代表阶级身份的华美文绣丝绸衣服。虽然事隔两千多年，好些东西近年都被挖出来了，有的还保存得十分完整。丝绸衣服容易腐朽，因之这方面知识也不够全面。但是由于稍晚一些已流行用陶、木作俑代替生人殉葬，又在其他材料中还保存不少形象资料，加以综合分析，比较真实情形，就慢慢的逐渐明白了。

衣服发展和社会制度有密切联系，也反映了生产发展，衣服日益讲究，数量又加多，是和社会生产发展相适应的。比如商代能穿丝绸衣服的，究竟还是少数，到西周情形便不同了，成王及周公个人，不一定比纣王穿着更奢侈，但是各地大小邦国封君，穿衣打扮却都有了种种不同排场。地方条件较好的，无疑更容易把衣服、帷帐、茵褥，做得格外华丽精美。到春秋战国时，政权下移，周王室已等于虚设，且穷得无以复加。然后五霸七雄，各自发展生产，冶铜铁，修水利，平时重商品流通，战时兼并弱小，掠夺财富，对大量技术工人的掠夺占有，更促进了工艺技巧的提高，他们彼此在各方面技术的竞争，反映到上层阶级的起居服用上，也格外显明。

服装最讲究的时代是春秋战国。不仅统治者本人常常一身华服，即从臣客卿也是穿珠履，腰佩金玉，出入高车驷马。因为儒家说玉有七种品德，都是做人不可少的，于是“君子无故玉不去身”的说法，影响到社会各方面，贵族不论男女，经常必佩带上几件美丽雕玉。剑是当时的新兵器，贵族为表示武勇，

图 2　战国　人物御龙帛画（湖南长沙子弹库一号墓出土 湖南省博物馆藏）

兼用自卫，又必佩带一把镶金嵌玉的玉具剑。当时还流行使用带钩，于是又用各种不同贵重材料，作成各种不同样子，有的用铁镶金嵌玉，有的用银镶玉嵌五彩玻璃珠，彼此争巧，日新月异。即或是打仗用的兵器，新出现的剑和发展中的戈矛，上面也多用细金银丝镶嵌成各种精美花纹和鸟兽形文字，盾牌也画上五彩云龙凤，并镶金镂银，男子头上戴的冠，更是件引人注目的东西，精细的用轻纱薄如蝉翼，华美的用金玉，有的还高高的如一个灯台（图 2）。爱国诗人屈原，文章就提起过这种奇服和高冠。鞋子用小鹿皮、丝绸或细草编成，底子有硬有软，贵重的还镶珠嵌玉在上面。

冬天穿皮衣极重白狐裘，又轻又暖，价重千金。女子中还有用白狐皮镶有袖口衣缘作出锋，显得十分美观。

社会风气且常随有权力人物爱好转移，如齐桓公好衣紫，国人有时就全身紫衣。楚王爱细腰，许多宫女因此饿死，其他邦国也彼此效法，女子腰部多扎得细细的。女人头上装扮花样更多变化。楚国流行梳辫子，多在中部作两个环，再把余发下垂。髻子也有好些种，有梳成喜鹊尾式，有作元宝式的。女人也戴帽子，和个椭圆杯子差不多。有的又垂发在耳旁，卷成如蝎子尾式。女孩子多梳双小辫，穿齐膝短衣，下缘作成裥褶。成年妇女已多戴金银戒指，并在脸颊旁点一簇三角形胭脂。照古文献记载，原都是周代宫廷一种制度，金银环表示有无怀孕，胭脂记载月经日期，可一望而知，大致到了战国已成一般装饰，本来作用就慢慢失去了。

衣服的材料越来越精细，名目也因之繁多，河南襄邑出的花锦、山东齐鲁出的冰纨、文绣、绮、缟等更是风行全国，有极好市场；和普通绢帛比价，已超过二十多倍。南方吴越出的细麻布，北方燕国生产的毡裘毛布，西域胡族作的细毛花罽异常精美，价值极高。楚国并且可能有了印花绸子生产，但最讲究的衣被材料，仍还是华美刺绣和织锦。

衣服有许多不同式样，有的虽大袖宽袍，还不至于过分拖沓。若干地区还流行水袖长衣，依旧还有下缘，长才齐膝，头戴平顶帽子，腰系丝带和商代人相差不多情形。

最通常的衣服是在楚墓中发现的三种式样，其中一种用缠绕方式穿上，再缚根宽宽腰带，式样较古。衣边多较宽，且用锦类作缘和记载上说的“锦为缘”相合，大致因此才不致于使过薄的衣料妨碍行动。这种式样，汉代人还有应用。又一种袖大及膝，超过比例，穿起来显得格外庄严的，可能属于特定礼服类。奏乐人有戴风兜帽的，舞人已穿着长及数尺的袖子。打猎人衣裤多扎得紧紧的，才便于在丛林草泽中活动。中原区山西河南所得细刻花纹铜器上又常发现一种戴鸱角鹊尾冠着小袖长裙衣、下裳作成斜下襞折式样的。河南洛阳还出土过一个玉佩，上面精雕二舞女袖子长长的，腰身扎得极细，头下垂齐肩，略略上卷，大致是当时的燕赵佳人典型式样。山西出土的陶范上则有穿齐膝花衣戴平顶帽，腰间系一丝绦，打个连环扣，带头还缀两个小绒球的，男女都穿。河南也发现这种装束大同小异的人形，且一般说是受“胡服”影响，事实上还值得进一步研究。历史上常说起赵武灵王胡服骑射影响到赵国当时军事组织和后来人生活都极大。主要影响还是“骑射”。轻骑锐进和短兵相接，才变更了传统用战车为主力的作战方法。至于“胡服”究竟是个什么样子？过去难说清楚。一说貂服即胡服，这不像是多数人能穿的，试从同时或稍后有关材料看，衣服主要特征，原来也是齐膝长短，却是古已有之。大致由于周代几百年来社会习惯，上层分子，已把穿长衣当成制度，只有奴隶或其他劳动人民才穿短衣，为便于实用，赵王创始改变衣服齐膝而止和骑射联系，史官一书，便成一件大事了。胡服当然还有些其他特征，腰间皮带用个钩子固定，头上多一顶尖尖的皮或毡帽子，因为和个馄饨一样，后来人叫做“浑脱帽”，不仅汉代胡人戴它，直到唐代的西域诸胡族也还欢喜戴它。中国妇女唐初喜著胡装，因此，这种帽子还以种种不同装饰而出现于初唐到开元天宝间，相传张萱画的武则天像，就戴上那么一个帽子，晚唐蕃镇时代，裴度被刺也因戴上这种毡帽幸而不死。汉代石刻也发现这种帽形，近年我们还在西北挖出几顶汉代实物，证明确是胡服特点之一。

衣装有个进一步新的变化，新的统一规格，是由秦汉起始（图 3、4)。从几点大处说来，王公贵族因为多取法刘邦平素所

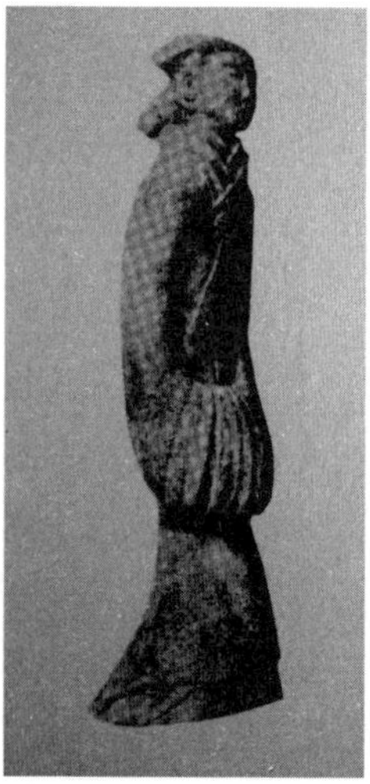

图3　汉　陶俑（江苏徐州铜山汉墓出土）

图4　西汉“信期绣”罗绮锦袍（湖南长沙马王堆一号墓出土　湖南省博物馆藏）

喜爱的一种把前梁高高耸起向后如一斜桥的冠式，于是成了标准官帽三梁、五梁作为等级区分。此外不论男女，有官爵的腰带边必须悬挂一条丈多长褶成两叠彩色不同的组绶。女子颊边那簇三角形胭脂已不再发现，梳辫子的也有改成一环的。许多方面都已成定型。照文献说因为限制商人，作经纪的穿鞋还必需左右不同色。可是一面有种种规章制度，对商人、奴婢限制特别大，另一方面却由于生产发展影响，过不到四十年，商人抬头，不仅打破了一切限制，穿戴得和王公差不多，即其奴婢也穿起锦绣来了。情形自然显得较为复杂，说它时就不易从简单概括得到比较明确印象了。惟复杂中，还有些规律为我们掌握住了的，即汉代高级锦绣花纹，主要不过十来种，主题图案，不外从两个方面得来，一是神仙思想的反映，二是现实享乐行为的反映，因此总不外山云缭绕中奇禽异兽的奔驰，上织文字

“登高明望四海”的，大致和秦始皇汉武帝登泰山封禅必有较多联系，“长乐明光”则代表宫殿名称，这些材料多发现于西北，新疆、甘肃和东北、蒙古及朝鲜，并由此得知，当时长安织室或齐地三服官年费巨万数额大量生产供赏赐臣下，并大量外输的高级丝绸，多是这种样子。

这些都是过去千年读书人不容易明白的，由于近年大量实物和比较材料的不断出土，试用真实文物和文献相互结合加以综合分析，逐渐才明白的，更新的发现无疑将进一步充实丰富我们这方面知识，并改正部分推想的错误。

花　边

| 首发于一九六〇年五月《装饰》第十一期。

衣领襟绣用的花边（见右图），若照旧日称呼，北方叫“绦子”，南方却叫“阑干”，主要使用于女性衣服上，此外镜帘、桌围、帐檐、围裙，和小孩子的头上兜兜帽、胸前涎围，也时常要用到，形成一种美丽装饰效果。特别是在乡村普通家机织的单色蓝青布或条子布，和本色花纱绸料上作适当配合，形成的艺术效果，实显而易见。这种装饰方法直到现代衣料处理上，还值得好好注意利用它，因为不谈别的，仅仅从国民经济而言，全国年产套印五六种颜色的花布，如有一部分可改用单色或两色代替，只需加上一点花边，既效果崭新，又可为国家节省染料。

花边的使用，由来已久，在古代不仅妇女独擅专利，男子衣服也必用边沿。部分统治者衣上且作得格外讲究花哨。本来作用应当是增加衣服结实耐穿，到后来虽然边必有花，并且成为一种制度，有时且和品级地位相关，虽重在美术作用，还不完全离开实用要求。从中国服装史言，历代成衣师傅都非常懂得花边在衣服上所起的良好作用的。使用花边的全盛时期，距

这里介绍的花边，是过去妇女们使用在衣服的领、袖、大襟上的。花边的使用，不仅可以增加衣服结实耐穿，而且由于花边美丽的纹样、鲜明的色彩，使得整个服装显得分外绚丽。

现今约百五十年到七十年间，直到近五十年，才不再在一般女性衣服上出现。但西南兄弟民族中，到现在还十分重视爱好，有的地方还不限于妇女衣服使用，男子也乐意用它。所以成都、苏州新织的彩丝花边，目前在湖南、广西、贵州和云南各地区，都各有一定市场。十九世纪在女衣上应用花边情况，一般多宽窄相互配合，二三道间隔使用是常见格式，较繁复则用七九道，晚清用十道俗称“十姊妹”。最多竟有用至十三道，综合成一组人为的彩虹，盘旋于一身领袖间的，论图案效果倒也还不坏，论实用要求，已超过需要太多。物极必反，因此光绪末到宣统时，流行小袖齐膝女衫，只留下一道窄窄牙子边，其余全废。既不再穿裙，裤脚也有加边的。维新变法影响到衣著，过去似乎还少有人谈起过的。

这些花边主题画，属于古典的，可以说是清代锦缎花纹一种发展，属于新行的，虽比较接近于写生，也还并未完全脱离晚清流行绸缎花纹规模。早期常用三蓝加金，“花蝶争春”占重要地位。随后既千变万化，日见新奇，从道光以来流行的金鱼图案和皮球花为别具风格。由于加工技术比锦缎简单，不费工料，社会要求又广，因之生产上也更容易显得丰富多采。当时出厂一般作三种包装形式，原始式多扎成一束，如在乡村零售，记得还有用双手展开量度的，名叫“庹”，还是元代计量绸缎的方法，《元典章》谈绸缎禁令时就提起过。洋行式则分两种，一种用硬纸板卷成，整数发行以板计，零售才以尺计。也有做成卷的，中心加个有孔小木轴，上贴某某洋行商标，和后来洋线轴差不多，惟卷团大约到五六寸。其实通是中国江浙工人织成的。

十九世纪中叶，正是各大强国张牙舞爪侵略我国初期，起始用武力强迫当时昏庸无能的满清政府签定了一系列不平等条约，霸占了我国许多重要港口和租界，并利用租界特权和关税传教等等特权，一面用鸦片烟和宗教双管齐下毒害中国人民，一面起始大量流入外来机织羽纱、毕叽、咔喇和棉纺织物，进行贪婪无情的经济掠夺。随后且更进一步，就租界设纱厂、丝织厂，和其他出口原料加工厂，剥削万千人民累代的血汗，造成了租界十里洋场的假繁荣和藏垢纳污。因为花边流行，他们便利用中国人力、物力和美术设计力，针对社会风气，或自设作坊，或就津、广、申、苏各地丝绸行业定织各种花边，贴上“怡和”、“茂隆”、“安利”等等洋行商标，向全国运销，只是一转手间赚了许多钱去。所以这些花边也标志着近百年来被侵略和剥削的中国劳动人民血汗的痕迹。另一面则这些花边究竟还是中国劳动人民在实用美术上一部分成就。

就个人所知，最精美花边的收藏机关应数故宫，由康熙到清末近三百年来还有上千种一库房五彩缤纷好作品。虽然数量大部分大约还是晚清时。此外人民美术出版社由我经手还收集了约二千种，也有不少极别致美丽的。中央工艺美术学院约收有六百种，历史博物馆也还有一部分较精的，其中实不少可以参考取法的东西。这种装饰花纹应用面很广泛，千百种结构美丽配色鲜明的花边，既可直接使用新的印花、提花、丝棉毛麻织物上，来丰富新生产品种内容，也可转用到其他种种需要方面，例如糖果点心包装纸及日用搪瓷、玻璃、热水瓶、灯罩、雨伞、皮革烙印提包、塑料模印器物等等新的生产装饰图案，或放大它作成新的印花床毯、地毯、被包毯，以及提供新的建筑彩绘浮雕所需要带式装饰图案使用。还有对于千百万西南、中南地区对衣用花边有传统爱好的兄弟民族，为了满足他们爱美的要求，还可用机织印刷法作斜条密集印成新的花布，专供他们作衣边使用。目下成都或苏州织彩丝花边，下乡后零售价多在二毛到二毛五一尺，虽色彩华美，一丈三尺料总得费四五元。如印成丝光花边布，不过四毛一尺，至多有一尺七寸布可裁成斜条，使一件单色蓝青布料衣服得到非常美观的装饰效果，花个六七角钱就可以办到。两者作个比较，就可知这种新的条子花布的试生产，对于绝大多数爱好美丽花边的西南劳动妇女具有何等重要意义了。

如果多数读者认为有必要，我们还将建议轻工业出版部门或人民美术出版社和收藏机构协作，选出千把种花边，用原彩色印出来，供各方面美工同志参考。

从文物来谈谈古人的胡子问题

| 首发于一九六一年十月二十一、二十四日《光明日报》。

《红旗》十七期上，有篇王力先生作的《逻辑和语言》文章，分量相当重。我不懂逻辑和语言学，这方面得失少发言权。惟在末尾有一段涉及胡子历史及古人对于胡子的美学观问题，和我们搞文物所有常识不尽符合。特提出些不同意见商讨一下，说得对时，或可供作者重写引例时参考，若说错了，也请王先生不吝指教，得到彼此切磋之益。

那段文章主要计三点，照引如下：

一、汉族男子在古代是留胡子的，并不是谁喜欢胡子才留胡子，而是身为男子必须留胡子。

二、古乐府《陌上桑》说："行者见罗敷，下担捋髭须。"可见当时每一个担着担子走路的男子都是有胡子的。

三、胡子长得好算是美男子的特点之一，所以《汉书》称汉高祖"美须髯"。

王先生说的"古代"界限不明白，不知究竟指夏、商、周……哪一朝代，男子必须留胡子？有没有可靠文献和其他材料足证？

其次，只因为乐府诗那两句形容，即以为古代每一个担着担子走路的男子都是有胡子的，这种推理是不是能够成立？还是另外尚有可靠证据，才说得那么肯定？

其三，即对于“美须髯”三字的解释，照一般习惯，似乎只能作“长得好一部胡子”的赞美，和汉魏时“美男子”特点联系并不多。是否另外还有文献和别的可作证明？

文中以下还说：“到了后代，中年以后才留胡子。”照文气说，后代自然应当是晋南北朝、唐、宋、元、明、清了，是不是真的这样？还是有文献或实物可作证明？

私意第一点概括提法实无根据，第二点推想更少说服力，第三点对于文字解说也不大妥当。行文不够谨严，则易滋误会，引例不合逻辑，则似是而非，和事实更大有出入，实值商讨。

关于古人胡子问题，类书讲到不少，本文不拟作较多称引，因为单纯引书并不能解决具体问题。如今只想试从文物方面来注注意，介绍些有关材料，或许可以说明下述四事：一、古代男子并不一定必需留胡子。二、胡子在某一历史时期，由于社会风气或美学观影响，的确逐渐被重视起来了，大体是什么式样？又有什么不同发展？文献不足证处，我们还可以从别的方面取得些知识。中古某一时期又忽然不重视，也有社会原因。三、美须髯在某些时期多和英武有关，是可以肯定的，可并不一定算美男子。有较长时期且恰恰相反，某些人胡子多身份地位反而比较低下。可是挑担子的却又决不是每人都留胡子。四、晋唐以来胡子式样有了新的变化，不过中年人或老年人，即或是名臣大官，也并不一定留它。这风气直继续到晚清。

首先可从商代遗留下的一些文物加以分析。故宫有几件雕玉人头，湖南新出土一个铜鼎上有几个人头（图 1），另外传世

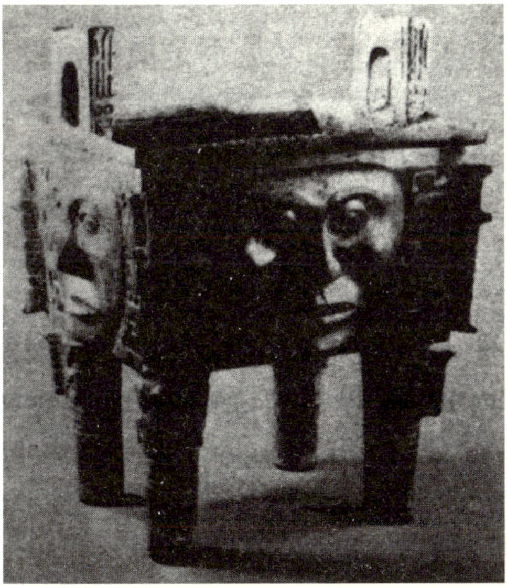

图 1　商　人面纹方鼎（湖南宁乡县黄材出土 湖南省博物馆藏）

还有几件铜刀、铜戈、铜钺上均有人的头形反映，又有几个陶制奴隶俑，在河南安阳被发掘出来，就告诉我们殷商时期关于胡子情况，似乎还无什么一定必需规矩。同是统治者，有下巴光光的，也有嘴边留下大把胡子的。而且还可以用两个材料证明胡子和个人身份地位关系不大，因为安阳出土一个白石雕刻着花衣戴花帽的贵族，和另外一个手带梏桎的陶制奴隶，同样下巴都是光光的。（如果材料时代无可怀疑，我们倒可用作一种假说，这时期人留胡子倒还不甚多。）

春秋战国形象材料新出土更多了些。较重要的有：一、山西侯马发现那两个人形陶范（图 2），就衣着看，显明是有一定身份的男子，还并不见留胡子的痕迹。二、河南信阳长台关楚墓出土一个彩绘漆瑟，上面绘有些乐舞、狩猎和贵族人物形象，

图 2　山西侯马东周人形陶范

也不见有胡须模样。三、近二十年湖南长沙大量出土战国墓彩绘木俑，男性中不论文武打扮，却多数都留有一点儿胡须，上边作两撇小小“仁丹胡子”式，或者说“威廉”式，尖端微微上翘，下巴有的则留一小撮，有的却没有保留什么。同一形象不下百十种，可知和当时某一地区社会爱好流行风气，必有一定关系，并不是偶然事情（如艺术家用来作屈原塑像参考，就不会犯历史性错误）。但其中也还有好些年纪大但并不留胡子的。另外故宫又还有个传世补充材料足资参考，即根据列女传而作的《列女仁智图》卷（图 3）上有一系列春秋时历史著名人物形象，其中好几位都留着同样仁丹式八字胡须，亦有年逾不惑并不留胡子的。这画卷传为东晋顾恺之稿。若从胡子式样联系衣冠制度分析，原稿或可早到西汉，即根据当时的四堵屏风画稿本而来（也许还更早些，因为胡子式样不尽同汉代）。另

图 3　东晋　顾恺之《烈女仁智图》局部
（北京故宫博物院藏）

外又还有一个河南洛阳新出西汉壁画，绘的也是春秋故事，作二桃杀三士场面（图 4），这应当算是目下出土最古的壁画。由此得知当时表现历史人物形象的一点规律，如绘古代武士田开疆、古冶子时，多作须髯怒张形象，用以表示英武。武梁祠石刻也沿此例。此外反映到东汉末绍兴神像镜上的英雄伍子胥，和山东沂南汉墓石刻上的勇士孟贲，以及较后人作的《七十二贤图》中的子路，情形大都相同。如作其他文臣名士，则一般只留两撇小胡子，或分张，或下垂，总之是有保留有选择的留那么一点儿。其余不问是反映到长沙车马人物漆奁上，还是辽

图 4　河南洛阳西汉墓壁画《二桃杀三士》摹本局部

宁辽阳营城子汉墓壁画上，和朝鲜出土那个彩绘漆竹筐边缘孝子传故事上，都相差不太远。同时也依旧有丝毫不留的。即此可知，关于古代由商到汉，胡子去留实大有伸缩余地，有些自觉自愿意味，并不受法律或一定社会习惯限制。实在看不出王先生所说男子必须留胡子情形。

至于汉魏之际时代风气，则有更丰富的石刻、壁画、漆画、泥塑及小铜铸像可供参考。很具体反映出许多劳动人民形象，如打猎、捕鱼、耕地、熬盐、舂碓、取水、奏乐以及好些在厨房执行切鱼烧肉的大司务，极少见有留胡子的。除非挑担子的是另一种特定人物，很难说当时每个挑担子的却人人必留胡子！那时的确也有些留胡子的，例如：守门的卫士、侍仆以及荷戈前驱的伍伯（图 5），即多的是一大把胡子，而统治者上中层本人，倒少有这种现象。即有也较多作乐府诗另外两句有名叙述："为人洁白皙，鬑鬑颇有须"，不多不少那么一撮儿样子。可证王先生的第三点也不能成立，因为根据这些材料，即从常识判断，也可知当时封建统治者绝不会自己甘居中下游，反而让他的看

图5　唐　敦煌二二〇窟壁画《帝王群臣》

门人和马前卒上风独占作美男子！

其实还有个社会风气形成的相反趋势继续发展颇值得注意，即魏晋以来有一段长长时期，胡子殊不受重视。原因多端，详细分析引申不是本文目的。大致可说的是它和年青皇族贵戚及宦官得宠专权必有一定关系。文献中如《后汉书·宦者传》、《汉书·佞幸传》、《外戚传》，和干宝《晋纪总论》，《晋书·五行志》、《抱朴子》、《世说新语》、《颜氏家训·勉学篇》，以及乐府诗歌，都为我们记载下好些重要可靠说明材料。到这时期美须髯不仅不能成为上层社会美的对象，而且相反已经成为歌舞喜剧中的笑料了。《文康舞》的主要角色，就是一个醉意朦胧大胡子。此外还有个弄狮子的醉拂菻，并且还是个大胡子洋人！我们能说这是美男子特征吗？不能说的。

其实即在汉初，张良的貌如妇人，和陈平的美如冠玉，在史传记载中，虽并不见得特别称赞，也就看不出有何讥讽。到三国时，诸葛亮为缓和关羽不平，曾有意说过某某“不如髯之超群绝伦”。然而《典略》却说，黑山黄巾诸帅，自相号字，绕须者则自称“羝根”。史传记载曹操见匈奴使者，自愧形质平凡，不足以服远人，特请崔琰代充，本人即在一旁捉刀侍卫。当时用意固然以为是崔琰长得魁伟，且有一部好胡子，具有气派，必可博得匈奴使者尊敬。但是结果却并不成功。因为即使脸颊本来多毛的匈奴使者被曹操派人探问进见印象时，便依旧是称赞身旁捉刀人为英挺不凡，并不承认崔琰品貌如何出众！魏晋以来胡子有人特别爱重是有记录的，如《晋书》称张华多姿，制好帛绳缠须；又《南史》说崔文仲尝献齐高帝缠须绳一枚给；都可证明当时对于胡子有种种保护措施，但和美男子关系还是不多。事实正相反，魏晋之际社会日趋病态，所以“何郎敷粉，荀令熏香，”以男子而具妇女柔媚姿态竟为一时美的标准。史传叙述到这一点时，尽管具有深刻讥讽，可是这种对于男性的病态审美观，在社会中却继续发生显明影响，直到南北朝末期。这从世说记载潘安上街，妇女掷果满车，左思入市，群妪大掷石头故事及其他叙述可知。总之，这个时代实在不大利于胡子多的人！南朝诗人谢灵运，生前有一部好胡子，死后捐施于南海祇洹寺，装到维摩诘塑像上，和尚虽加以爱护，到唐代却为安乐公主斗百草剪去作玩物，还可说是人已死去，只好废物利用，不算招难。然而五胡十六国方面，北方诸胡族矛盾斗争激烈时，历史上不是明明记载过某一时期，见鼻梁高胡子多的人，即不问情由，咔喳一刀！

到北魏拓跋氏统一北方后，照理胡子应受特别重视了，然而不然。试看看反映到大量石刻、泥塑和壁画上的人物形象，就大多数嘴边总是光光的，可知身属北方胡族，即到中年，也居多并不曾留胡子。传世《北齐校书图》作魏收等人画像，也有好几位没有胡子，画中胡子最多还是那位马夫。

至于上髭由分张翘举而顺势下垂，奠定了后来三五绺须基础，同时也还有到老不留胡子的，文献不足征处，文物还是可以帮忙，有材料可印证。除汉洛阳画像砖部分反映，新出土有用重要材料应数近年河南邓县南朝齐梁时画像砖墓墓门那两位手拥仪剑，身着两当铠，外罩大袍的高级武官形象。其次即敦煌二二〇窟唐贞观时壁画维摩变下部那个听法群众帝王行从图一群大臣形象（图6）。这个壁画十分写实，有可能还是根据阎

图6　河北望都汉墓壁画摹本

立本兄弟手笔所绘太宗与宏文馆十八学士等形象而来，最重要即其中有几位大臣，人已早过中年，却并不留胡子。有几位即或相貌英挺，胡子却也老老实实向下而垂。总之，除太宗天生虬髯为既定事实，画尉迟敬德作毛胡子以示英武外，始终还看不出胡子多是美男子特点之一的情形。一般毛胡子倒多依旧表现到身份较低的人物身上，如韩幹《双马图》那个马夫，《萧翼赚兰亭图》那个烹茶火头工，陕西咸阳底张湾壁画那个手执拍板的司乐长，同样在脸上都长得是好一片郁郁青青！

那么是不是到中唐以后，社会真有了些变迁，如王先生所说人到中年必留胡子？事实上还是不尽然。手边很有些历代名臣画像，因为时代可能较晚，不甚可靠，不拟引用。宋人绘的《香山九老图》，却有好些七八十岁的名贤，下巴还光光的。此外《洛阳耆英绘图》和《西园雅集图》，都是以当时人绘当时事，应当相当可靠了，还是可见有好些年过四十不留胡子的，正和后来人为顾亭林、黄黎洲、蒲留仙写真差不多。

就这个小小问题，从实际出发，试作些常识性探索，个人觉得也很有意义。至少就可以给我们得到以下几点认识：

一、胡子问题虽平常小事，无当大道，难称学术，但是学术的专家通人，行文偶尔涉及到它的历史时，若不作点切实的调查研究，就不可能有个比较全面具体的认识。如只从想当然出发，引申时就难于中肯，而且易致错误。

二、从文物研究古代的梳装打扮、起居服用、生产劳作和车马舟舆的制度衍进，及其应用种种，实在可以帮助我们启发新知，校订古籍，得到许多有益有用的东西，值得当前有心学人给予一点应有的注意。古代事情文献不足征处太多，如能把这个综合文物和文献的研究工作方法，提到应有认识程度，来鼓励一些学习文史、有一定文献知识的年青少壮，打破惯例，面对近十年出土文物和传世文物，分别问题，大胆认真摸个十年八年，中国文化史研究方面有许多空白点或不大衔接处，一定会可望到许多新发现和充实。希望新的学术研究有新的进展，首先在研究方法上必需有点进展，且有人肯不怕困难，克服困难，来作作闯将先锋！

三、从小见大，由于中国历史太长，任何一个问题，孤立用文献求证，有很多地方都不易明白透彻。有些问题或者还完全是空白点，有些又或经后来注疏家曲解附会，造成一种似是而非印象，有待纠正澄清，特别是事事物物的发展性，我们想弄清楚它求个水落石出，势必需把视野放开扩些，搁在一个比较扎实广博的物质基础上，结合文物和文献来进行，才会有比较可靠的新的结论，要谈它，要画它，要形容说明它，才可望符合历史本来面目！

至于这种用文物和文献互相结合印证的研究方法，是不是走得通？利中是否还有弊？我想从结果或可知道。以个人言，思想水平既低，古书读得极少，文物问题也只不过是懂得一点皮毛，搞研究工作，成就自然有限。即谈谈胡子问题，总还是不免会错，有待改正。但是如国内文史专家学人，肯来破除传统研究文史方法，注意注意这以百万计文物，我个人总深深相信，一定会把中国文化研究带到一个崭新方向上去，得到不易设想的新的丰收！

故宫的建筑

丨首发于一九五七年

第一期《人民画报》。

北京有个天安门，建筑得庄严、雄伟而美丽，我国人和世界上很多人都知道。

北京是以风格特殊的东方古建筑著名的。天坛、颐和园等建筑群都自成一个体系，具有独立的艺术风格，综合起来又如一个整体，从属于更大结构的要求，即全个北京城设计的企图。北京城的中心主题结构是紫禁城里的故宫。天安门只算故宫前沿突出部分的一座大门。由此向前还有中华门、正阳门等一线贯通直达最南端的永定门，这条既平且直如坻如矢的中心大道，和北京一样，是五百五十年前明永乐定都时就安排好了的。由天安门向里走，还有端门、午门；午门才是紫禁城真正的大门，午门以内紫禁城统属故宫范围，现在是故宫博物院——世界著名的一所文化美术博物院。

午门是天安门以外另一杰构，它在历史上作用和古罗马凯旋门有些相同。在棕红色三丈高台上矗立起一长列九楹重檐大殿，有四个金顶重檐方阙楼环卫着，两道长廊把它们贯串成一个整体，显得庄重而严肃。午门下边东西两廊，清代文武官员多在此候朝。皇帝坐朝时，午门两旁阙楼即钟鼓齐鸣。

紫禁城是一个方形，南北长三百三十六丈，东西三百零二丈九尺五寸。共有四门，各有雄伟高大的门楼，四角还各有转角楼一座，结构壮丽而秀拔。

进午门是金水桥和太和门。金水河如一条曲折白玉带子横勒广场，五座白石桥一排展开，门前有一对雄伟威猛的青铜狮子，周围用长廊环抱。太和门平台虽不怎么高大，迎面看来格局却十分壮观。门后广场尽头便是故宫主要建筑三大殿。

太和殿是过去帝王坐朝问政的“金銮宝殿”，宝座现在还金漆煌煌。这座殿地位高旷宏敞，殿基高二丈，殿屋高十丈，广十一楹，纵深五楹。重檐垂脊，前后有金铜饰门和琐窗。殿脚用三层白石台子围绕三层白石栏杆，每一阶段都排列着几个大炉鼎，殿前还有金铜铸龟、鹤、香炉和大缸。广场东西各有一座双层高阁，用六十四间廊庑连接。从建筑工程看来真够得上说是堂皇庄严，气象万千。其他两殿中，中和殿规模略小，保和殿高大可比太和。保和殿和四围回廊建筑是历代艺术综合陈列馆，故宫收藏的最精美古代艺术品，多集中在这部分。

保和殿北入乾清宫门，门前格局小而精美，琉璃八字花墙经过二百多年还如崭新，这里已临近封建帝王平时起居地方。两庑一列靠墙小房子，五十年前军机大臣就在这里住宿办事。东西六宫是帝后居住的地方。现在都各有古艺术专题陈列，东六宫的丝绸、陶瓷、青铜诸专馆，再东还有雕刻、珍宝、绘画诸专馆。西六宫主要是宫廷工艺品和宫廷原状陈列。

乾清宫是清初诸帝起居寝殿，乾隆以来多在这里召见奏事大臣。后边交泰殿，屋顶藻井雕刻特别精美。清代帝王在这里举行婚礼，殿后坤宁宫，是婚后暂住的地方。窗棂密密的，显得相当阴郁，古代帝王多生于深宫之中，养于妇人之手，本来全部生活都是十分阴暗的，这地方倒是一个象征。

御花园在故宫最后地区，五十年前只有帝王一家人在此饮酒喝茶，赏花玩月，现在已成了游人休息地方。御花园有很多珍奇花木，其中几株阅世多、上了年纪的老树木，大都经过明清两个王朝的兴废。现在这些成于古代万千人民劳动和智慧的花木山石，解放后，回到了人民手中，都特别加以保护，好让游人来游园和纳凉。

出御花园后面的神武门，可上景山。从山顶的万春亭鸟瞰北京全城，极目远望，天坛祈年殿和西城大白塔都收入眼底，近处的北海琼岛和整个故宫建筑群，更是历历在目。向后看，在中心轴大道上还有钟楼鼓楼各一座，从万户人家绿树丛中巍然高耸。

古人说，登高望远，使人心悲。现在登临景山，则只会引起人对大好河山的亲切感。为的是这个伟大都城并不因为古老而衰颓，到处有高楼大厦建筑完工，即故宫十多万平方米旧建筑，也在兴工逐渐翻修，事实上可说正在返老还童，永远有青春活力注入，使他越来越美丽，越年青！

北京是个大型建筑博物馆

| 原题《北京有许多博物馆，同时又是个大型建筑博物馆》，首发于一九五六年十月十五日《文汇报·笔会》。

北京在世界上以古建筑著名。紫禁城里的宫殿，分布城郊的庙坛园林，每个单位都包括有一系列的建筑物，各有艺术上的不同风格，综合看来，又如同整体的一部分，是用故宫皇城大建筑群作中心，在五百年前北京建都总计划中就定下来，经过累代创修陆续完成的。设计规模的雄伟、谐调、明朗，以及每一建筑物装饰的华美精细，都给人留下一个不易忘记的深刻印象。

这些建筑物近年来一部分已改作各种博物馆，或一般性文化展览馆。论规模宏大，经常性展出和专题展出种类多，从伟大祖国文化艺术遗产方面给观众以爱国主义教育的，应数故宫博物院。以科学发掘出土文物为主，结合历史人物事件、生产发展、科学文化艺术的发明和创造而作通俗陈列的，应数北京历史博物馆。其实说来，北京城本身，也就是一个大型建筑历史博物馆。

这个历史名城，战国时就已经是燕国都会之一，华北平原一个政治文化的中心（近年来，围绕着这个地区的外缘唐山和热河，不断都有大量古文物的发现，已证明这地区还可能有更多重要遗物出土）。隋唐时代依旧是北方重镇，设立范阳节度使，屯集重兵，当时主要是防御奚、契丹的内侵。安禄山镇范阳后，却用作根据地，利用诸胡族，举兵内犯，动摇了长安唐政权。即由金人正式建都燕京算起，也有了八百多年。世界著名横跨无定河的东方长石桥——芦沟桥，就是这个时期石工修造的。

元代在这里作大都，百年统治中，城郊庙坛园林还不断有补充。白云观、护国寺、东岳庙、白塔寺，都是这一时期建造的。当时尼泊尔的大艺术家安尼哥，和中国大艺术家刘元，师徒二人曾经参加过这些庙宇园林的建筑设计和雕塑工程。长城口居庸关的过街楼，也是这个时期作成的。金代城池的建造，多取法北宋汴梁，间接还保留洛阳和长安汉唐帝都的规模。《金史·张汝霖传》中曾提起过，当时装饰一个宫殿，就使用过汉族和回鹘锦绮丝绣工人一千二，经时两年才告完成。今北海琼岛的建筑，虽从辽代创始，至于琼岛上的太湖石假山，却是金人攻下开封后，把“寿山艮岳”撤毁，搬运石头来京堆砌成功的。元代在这座小山上建“广寒殿”避暑，房屋花木布置得和想象中的月宫仙境一样。当时还用人工激水上升到山顶，水从一个龙头口里喷出，变成小瀑布缓缓流入浴池中。明太祖因为这座宫殿过于奢侈，派萧洵来督工，把它撤毁。萧洵才把原来琼岛建筑情况，一一记载下来让后人知道。琼岛上石头透剔清奇部分，明代搬移过中南海，就成了现在的“瀛台”。元代虽已利用海运转输南方粮食，南北运河还贯通，运河粮船能直达北城后海一带，当时在琼岛上远望，还可依约见到千百艘大粮船，舳舻衔接、桅樯如林的动人情景。

金元旧都略偏西南北，经过长久的岁月，加上几次历史上的改朝换代大事变，目下只剩下些城垣遗迹和庙宇中碑石树木。明代永乐重新定都北京，前后修筑的内外皇城，和用紫禁城里三大殿作主体的故宫建筑群，虽历年五百，因明清两代不断兴修，大致都还保存得完完整整。此外围绕宫城的几个主要建筑群，例如南城的天坛和先农坛，西城的白塔寺和城外白云观与五塔寺，北城的钟楼和鼓楼，东北城角的国子监、孔庙和雍和宫，城外的东岳庙，以及临近宫城的中南海、北海、团城、太庙和社稷坛、景山和大高殿，郊外西山一带的碧云寺、八大处、卧佛寺、玉泉山、大觉寺……都是近五百年古建筑艺术的结晶。这些古建筑或因年久失修，或前后曾遭受人力破坏摧残，建国后经过逐年修复，又回复了它固有的光彩。

外来游人到了北京，最先引起注意的是天安门。在一座高达三丈的棕红色台基上，高高矗起那么一座九楹重檐金碧辉煌的大门楼，两翼红墙向东西延展开去，给人印象是雄伟、华贵，而又十分沉静稳定。无论任何时候看来都很壮观。其实如就故宫建筑全部说来，天安门还只是宫城建筑体系前缘一部分。再前还有正阳门，后边又还有端门。由端门进去是午门，这才是紫禁城真正的大门。天安门建筑以华美壮丽见称，午门却给人一种端重严肃的感觉。一个熟习近五世纪中国史的游人，来到这座门楼下边时，这种严肃感会格外加深。

午门在历史上具有“凯旋门”意味。明清两代国有大事，出兵远征时，将帅受命成行，多在午门前举行出兵仪式。战争结束胜利归来时，帝王就坐在午门楼上阅兵，慰劳将士，检视俘虏和胜利品。明代晚期政治特别黑暗，宦官权臣为媚悦帝王，巩固宠信，利用锦衣卫作爪牙，不时突入人家，逮捕异己敢言事的正直大臣，用严刑酷罚罗织成狱，对名士大臣施行“廷杖”

时，也就在午门楼下广场中执行。许多人就在这种专制淫威下当场死去。

午门楼下东西两廊，共有八十四间厢房连接端门，过去是百官候朝的地方。天明前即冠带袍服云集，到时候午门两侧角楼钟鼓齐鸣，才鱼贯进入午门、太和门，于太和殿前白石丹陛下等待召见。午门兴建于十五世纪，重修装金布彩于十七世纪末，距现今也有了二百七八十年。午门使人认识历史过去。让我们明白，世界上任何一个地区都有过帝王，一时节具有无上的权威，不多久这权威总会消失无余。专制帝王在某种历史情形下，也能或多或少作了些对国家人民有益的事情。但凡是想利用残暴统治，鱼肉人民，满足一己私欲的，被人民推倒就更加快一些。至于人民由于劳动和智慧结合，在生产、科学和文学艺术领域中的发明和创造，对国家有益的贡献，却必然长远存在后人记忆中，而且会成为后人追求社会进步、建设共同美好生活的启发和鼓舞力量。午门可视作明清两代的历史博物馆，午门本身的历史和系统通俗历史陈列，教观众更加清楚了解历史发展的规律。

试站到午门楼上高处四望，故宫以三大殿作中心的建筑群，及内外东西六宫建筑群，文华武英二殿建筑群，都如近在眼前。一重重明黄色琉璃瓦大屋顶，和秀挺不群矗立在城垣东西那两座转角楼，共同在明朗秋阳下灼灼闪光，后背衬托着的是一大片蓝空。围绕着宫城百万户人家，半笼在郁郁青青的一片树木绿海中。这一切，真是够壮严、深厚、沉静和一种不易形容的美丽！特别是我们如体会到这个历史上的大都名城，这一片绿海下边正在进行的万千种不同工作和活动，对于中国人民的幸福生活，以及对于世界未来长久和平所起的良好作用时，会觉得蓝空下的北京一切，诗人即或想用文字来叙述赞美，不免会感觉到难于措词。即色彩丰富的绘画，也只能画出部分的印象。或许只有某种伟大音乐，综合百十种不同器乐中所具有的豪放和精细、壮美和温柔的声音，融化组织不同时空下形成的种种旋律和节奏，写成一个大乐章，才有希望能作出适当的反映。

在这片绿海中，这里那里，远近都可发现有崭新建筑物在高高矗起。十年二十年后的北京城，这百万户旧宅无疑会完全变更旧有的面貌，产生一种崭新的景象。那时节不论是学校、医院、工厂或戏院附近，以及大街上人行道边，大致都可按照一定计划，收拾得和目前公园一样，到处是花坛栽满各种美丽好花，到处有平整草地，可以供人休息散步。新建筑的专门博物馆和文化馆，也将成千累百，分布城郊各处，设备完美而又清洁舒适，教育观众以种种新知识。但是北京这些古建筑，却决不会就失去它固有的光辉，只会更加使人觉得可爱，因之也保护得更加周到，因为人人都知道，这些建筑不仅仅是祖国重要文化艺术的遗产，同时也是世界重要文化艺术遗产一部分，加倍珍重爱护它们，既能够增加人民对于历史过去伟大成就的认识，也可启发人民种种新的创造热情，对于争取世界持久和平，作出更大的贡献！